袁慧光 笺注

CNS 岳麓书社

欧阳询诗文笺注

书堂山欧阳询文化园出品

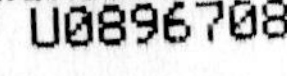

目　录

笔　录

序　论

附　录

书堂山记（代序）

王涧波

湖湘天元之地，古城长沙北境，巍然而峙者，书堂山也。晋惠帝时，欧阳氏自欧余山远徙而来。至南朝，家道兴盛，筑镇南将军府于南麓，千秋楷圣欧阳询诞于其间，千载之下，遗迹蔚然。今天下大治，文道昌盛，一时宏举，鼎复圣境。吾适幸参与，百感欣集，一言均赋，拙以记之。

三秋气朗，九月鹰飞。云销雨霁后，彩彻澄明间，红枫日耀，唐风雅集。沿古镇以徜徉，闻书香之馥郁，瞻忠孝之门坊，依稀梦里回故乡。俯拾可见，墨宝灼灼，楷似悬崖峭立，行若龙蛇惊走。开元通宝，开宝文之先河，九成宫铭，奠千秋之典法，肩比二王，蜚声海内，不禁叹然。

至山脚，稻香亭临池照水，若浣纱西子，欧阳阁宏阔流丹，犹鲲鹏扶翼。拾级而上，芳草鲜美，日光下澈，影斜石落，涧水扑面，淙淙峻激。一时间，风生两腋，凉意掠胸，怆然不忍久搁。奋起而蹬，旋至洗笔亭，气犹急喘。回目四顾，豁然见麻潭葱翠，一峰独秀，轻岚玉带，绵延湘水之滨，俯若蛟龙吸水。夕阳横照，红霞万丈，炊烟缭绕，浑如瑶台宝境。

抬望眼，洗笔泉自岩穴瀵涌而出，散珠落玉，宛延激湍。遥问询公当年，挥毫洗笔，累月穷年，岂非天养浩气，地孕灵泉，人酬正道乎？其必曰：天道即书道，人正则书正，报国以忠，为政以德，处世以仁，侍堂以孝，宠辱不惊，中正刚健，此大丈夫立于天地之间也。然今繁华之盛，古之未有，道之旁落，令人唏嘘，蔡京、秦桧、汪精卫之流，书艺劣品，忠奸莫辨，高价藏之若骛，岂不痛哉！

沉吟间，远山朦胧，暮色苍茫。良久，月出于东山之上。石上清泉，山间明月，闻声鹊起，悄怆幽邃。疾奔山顶，赫然见太子围圩，此询公高卧之处也，心内杂陈，不可名状。复行数步，凭栏而望，明月当空，山行如浅黛，湘水绕白练，心目旋即豁然。呜呼！古人曾见今时月，今月何年照古人，冯唐易老天难老，李广难封帛自封！天高地迥，盈虚有数，未若把酒盈樽，醉邀明月，此乐何极也！

是时，四野辽阔，寂寥无声，月上中天。

概　述

欧阳询（557—641），字信本，湖南长沙望城书堂山人。生于官宦之家，祖父欧阳頠系陈朝镇南将军，广州刺史；父亲欧阳纥承袭为广州刺史，进号轻车将军。陈朝光大二年，即公元568年，宫廷发生政变，皇叔陈顼夺取侄儿陈伯宗的皇位称帝，史称陈高宗。欧阳纥属于先主旧臣，陈顼心存疑忌，执意要排除异己，将欧阳纥逼得无路可走，不得不以匡扶太子陈伯宗而起兵反抗。最终兵败被诛。

家遭如此不幸，欧阳询时年十二岁，为民部尚书江总所收养。欧阳询痛失亲人，从此寄寓他乡，全仗江总呵护并教以书传。欧阳询颖悟绝伦，勤学博洽，潜心书翰，尚未及冠，便声名鹊起。陈后主嗣位之至德年初，召欧阳询为五经博士，隋开皇年中授为太常博士，唐武德年间拜给事中，唐贞观初，擢太子率更令、弘文馆学士，封渤海县男。

欧阳询可谓几朝元老。他曾奉唐高祖李渊之旨，主持编纂《艺文类聚》，成书一百卷。这是一部涉及广泛的类编书籍，收录自先秦两汉、魏晋南北朝以来的大量诗文、辞赋等作品，为后人研读这一时期的文献提供了珍贵资料。此外，欧阳询还奉命或撰或书诸多的碑铭墓志，更留下不少论著与书札。

时至今日，欧阳询谢世已经一千三百多年了，其书法造诣，被誉为“开唐楷之先河”、“八体尽能”、“尤精飞白”、“初仿王羲之，后险劲过之”，不少碑帖至今还被人奉为学书之圭臬。然而，欧阳询的诗文作品却见之不多，亦未见其个人专集传世。

本编试图辑录欧阳询的诗文成册，却倍感“非知之艰，行之惟艰”。考清代康熙年间所纂《全唐诗》仅载欧阳询诗三首，清嘉庆年间所编《全唐文》共收欧阳询文八篇，清同治年间所录《唐文拾遗》也只有六篇。如此区区不足二十篇，令人大失所望，且又感到不可思议。难道欧阳询终其一生的著述就只有这些么？这对于一个活了八十五岁而且勤于案牍的书家来说，简直叫人无法相信。应该说，这完全是由于年代久远，其著作大多数被湮没所至；加之欧阳询淡泊名利，所撰书碑记常常不署名，使后人无从稽考。

为着汇集欧阳询诗文作品，本编勉为其难，先后从浩瀚的古籍中探究，做大海捞针之尝试。查阅《集古录》、《金石录》、《宣和书谱》、《宝刻类编》等记载，发现欧阳询有一些作品早在宋代就只有篇目尚存，而原文已佚。继而又从《淳化阁帖》、《古刻丛钞》、《金薤琳琅》、《墨池编》、《六艺之一录》等几十种书刊中寻觅。虽然有所收获，但也察看到一些张冠李戴归在欧阳询名下之篇章。几经辨析，反复甄别，方才将其硕果仅存的作品缀订，按诗歌、碑铭、书启、笔录、序论归类，汇编成集，辅以浅笺，以期方家正之。

一　诗歌类

初唐是开诗歌之风的时期，贞观之元，已见端倪，唐太宗曾赋《帝京篇》十首“以明雅志”。欧阳询虽生逢其时，他所存世的诗篇却极其少。一首为《道失》，刊载于明代董其昌《戏鸿堂帖》，系行书摹印件，又被收录于《全唐诗》第一函第八册。按诗中所咏之时事，当为陈亡入隋时所作。然而该诗帖本之后落款“贞观十二年”云云。贞观十二年欧阳询已八十多岁了，要说赋这样一首诗当然也可以，不过，于时于地还是作于陈朝覆灭之际更让人相信。窃以为落款年月应为欧阳询清点旧稿时重新抄定的时间。

另一首为《嘲萧瑀射》，出自《太平广记·嘲诮第五十一》。还有一首为《嘲长孙无忌》，见于《太平广记·恢谐第五十》。此二首诗同载于《全唐诗》第十二函第八册，均为戏谑、调侃之作。属于达官贵人之间互相以诗打趣、取乐而为之，其诗的艺术价值自然有所局限。

另外，《全唐诗续补遗》卷一又收录欧阳询一首《题雷威琴》。此系四言诗：

合雅大乐，成文正音。

徽弦一泛，山水俱深。

全诗仅此四句，用平水"十二侵"韵。诗后注明：源于《西溪丛语》。

今按宋代姚宽《西溪丛语·渑邑古琴》所载："长兄伯声云：昔至渑邑，获一古琴。中题云：'合雅大乐……'雷威斲，欧阳询书。"

上述《西溪丛语》说的是"欧阳询书"，并没有说是欧阳询所撰，怎么就可以定为欧阳询的诗呢？再说，是否是欧阳询所书还有待论证。我们不妨先考究一番雷威的生平。雷威，宋代人，善于作琴。昔称雷威遇大风雪，便独自往峨眉山中饮酒，头戴斗笠，身着蓑衣，立于风雪中细辨树木的连绵悠扬之声，遂伐来作琴。

此说虽然将雷威渲染出传奇色彩，本编姑且不论，仅以宋代人所制之琴而究之，作为初唐时期的欧阳询又怎么可能与之题诗呢？显然，该诗属于托名伪作。另有一种论调，说雷威是唐代人，曾为唐玄宗的梨园弟子制琴。这一说同样与欧阳询不搭界，唐玄宗公元712—756年在位，这时欧阳询早已作古了。基于此，本编将《题雷威琴》排除在欧阳询诗作之外。

目前，我们暂时只能见到前面提到的诗三首，数量虽少，依然可以看出欧阳询诗歌的某些特征与趋向。

二　碑铭类

关于欧阳询的碑记铭文，《全唐文》只载《西林寺碑》、《大唐宗圣观记》、《鄱阳铭》（即《临川帖》）三篇。《唐文拾遗》又补载《大唐故特进尚书右仆射上柱国温公墓志》、《女子苏玉华墓志铭》两篇。

据《宝刻类编》卷一所刊欧阳询作品目录中，还有《司空窦抗墓志》与《楚哀王稚诠碑》，均为欧阳询"撰并分书"。分书即"八分书"之谓。宋代赵明诚《金石录》卷二十三亦云："右唐窦抗墓志，欧阳询撰并书。"《六艺之一录》卷六十七载："楚哀王稚诠碑，唐欧阳询撰并分书。"

上述几家都已明确指出，只是至今找不到这两篇原文。这还是属于欧阳询有篇目而缺篇章之类的作品，若是篇目与文章全佚，尚且不知凡几。

且说窦抗其人，按《旧唐书·窦抗传》载："武德四年，因侍宴暴卒，赠司空，谥曰密。"武德四年即公元621年，窦抗其时随李世民讨平王世充，立下大功，凯旋还朝，陪唐高祖宴饮之间"暴卒"。而《宝刻类编》称立墓志为"武德五年十月"。从"四年"卒到"五年十月"才刊刻墓志，其过程之长究竟是怎么回事？是否《宝刻类编》记录有误，因为没有见到这篇文章，故不敢妄测。

再说楚哀王李稚诠的碑文，参阅《六艺之一录》所载："王名稚诠，字集弘，高祖之子也。隋大业末，高祖起兵于太原，王在京师见杀。高祖辅政，追封楚公，谥曰哀。武德初进爵为王。"这一段文字明显是从墓碑中摘录下来的内容，过于简略，决非原文，根本无法全面了解欧阳询所撰碑文。按《新唐书·高祖诸子传》载："楚哀王智云，初名稚诠……为阴世师所害，年十四，武德元年追王及谥。"

从这里我们只能得知李稚诠是武德元年即公元618年被追谥为

王。唐高祖诏欧阳询撰书其碑志自然也在这一年无疑，至于碑文写了多少字，没有找到原文，无法估计。

另外，关于《女子苏玉华墓志铭》，有人认为不是欧阳询的作品。近代有萧沈撰《欧阳询年谱略》称“是年又有托名欧阳询撰并书《女子苏玉华墓志铭》”云云。萧沈的理由是：苏玉华为武德二年五月九日卒于长安，欧阳询这年不在唐朝，而是在窦建德所谓夏王朝就职。并引司马光《资治通鉴·唐纪三》所载窦建德授“欧阳询为太常卿”为证。此处新、旧两《唐书》都不载欧阳询为窦建德所用。《资治通鉴》的根据何在？文中未作任何注明，也就不足为据。司马光修《通鉴》时，距窦建德覆亡已经有四百六十多年了。我们不妨站在今天追溯四百六十多年前的明朝嘉靖年间之时事，恐怕多种信息都属于子虚乌有了。更不要说隋朝末年天下大乱原始档案资料的缺失，即使有只言片语的记载，历经“安史之乱”、“黄巢起义”、“五代十国之乱”，也早已灰飞烟灭了。《通鉴》此处一反新、旧两《唐书》所载，谓武德二年欧阳询为窦建德任太常卿，只能说是市井之谈，或者说是荒谬的标新立异。而萧沈深信不疑，以此为证，将《女子苏玉华墓志铭》论为托名伪作。果真如此的话，那么《楚哀王稚诠碑》还在武德元年就由欧阳询所撰并书又作何解答呢？难道欧阳询在“夏王朝”任职还能兼顾长安唐室政权为李稚诠写碑记么？

本编遵照清代陆心源《唐文拾遗》所录，定《女子苏玉华墓志铭》为欧阳询作品。既然武德元年欧阳询在长安为楚哀王写碑记，那么武德二年为苏玉华写墓志又有什么值得怀疑的呢？

考辨古人作品之真伪，应从多处着眼，即兼知则明，偏知则暗。更要本着实事求是的态度。一篇《郭云墓志铭》，题下仅署名“率更令欧阳询书”，却未记载何人所撰。这应该不是欧阳询的文章，若是则必然写成“撰书”或“撰并书”。既然没有这么标明，只能看作系郭氏家人所提供的原文或另有其撰稿人，所以该文未能收进本集。

还有一篇《汝南公主墓志铭》，撰书人名都缺，《宝刻类编》误入欧阳询作品篇目之中。其实，该墓志实属虞世南所撰并书。按《古刻丛钞》全文登载《汝南公主墓志铭》之后，又题跋称："虞书世所传者，孔庙记耳，此帖遂可抗行。"这就已经指明为虞世南所作了。再说汝南公主其人，系唐太宗之女，史称早薨。唐太宗对虞世南格外赏识，称赞其有"五绝"，即《新唐书·虞世南传》所载："一曰德行，二曰忠直，三曰博学，四曰文词，五曰书翰。"唐太宗如此看重虞世南，让他为公主撰书墓志也尽在情理之中。据此，这篇墓志不属欧阳询的作品。

综上述，经过这么逐一辨析论证，欧阳询的碑铭文章目前只见十一篇，日后若有考古新发现，寄望增补。

三　书启类

此类作品属于书札信件，共存八篇，分别见于《淳化阁帖》、《全唐文》、《唐文拾遗》等书籍中。当初，欧阳询这些信札究竟是写给哪些人的呢，由于年代阻隔，已无法考究。但从信的字里行间仍可获得不少信息。不难看出，欧阳询颇重友情。

比如《数日不拜帖》称"偶制少肉松脯，味似不恶，辄送上"云云。所谓"松脯"即松软的干肉，相当于今天的腊肉。从这里兼以得知制腊味的传统到了隋唐，较之春秋时期的"肉脩"确系一脉相承；还可以看出欧阳询讲究美食，能够自制肉脯，且送一些给友人，实属淳厚情谊。

又如《比年帖》云："比年守疾病，无事绝心气，至于书处焉。"从这里可以洞悉欧阳询当年是多么酷爱书法艺术，他在家中养病期间，也要"至于书处"。这对于一个已负盛名的书法大家来说，如此孜孜以求，永不自满，勇于探索，锲而不舍的精神，确实令人敬佩。

此外，关于欧阳询的一些书信，历代却有混淆作者的记载。例如：《薄冷帖》，《淳化阁帖》卷九归在王献之的名下，而《宣和书谱》卷八则记录在欧阳询的行书篇目中。此外，又有《懋勤殿法帖》卷十二将《薄冷帖》列为欧阳询作品。今考其墨迹笔法，与欧阳询的字迹颇为吻合，与王献之的书写风格迥然不同，当是出自欧阳询之手。

另有《益部帖》，《淳化阁帖》卷九亦将其载于王献之的作品内，有人将此帖定为欧阳询所作。今察辨其笔势，与欧阳询的笔迹不太一致，倒是与王献之的字形十分相类。再说，按《益部帖》中所书"《益部耆旧传》今送"云云，指的是晋代陈寿所撰《益部耆旧传》（此处"益部"，《晋书·陈寿传》作"益都"，《隋书·经籍志》作"益部"，帖文写成"益部"）。该帖实非欧阳询所书，故而以此排除。

总之，古人的书信写在纸上或绢上，难以长久保存，幸有后世人为之摹刻，让今人还能看到一些，实属不易。

四　笔录类

关于欧阳询的笔录作品，目前只见到八篇。按《宣和书谱》卷八所列篇名，还应有《周公帖》、《齐宣王帖》、《荀公帖》、《战国策帖》、《子卿帖》、《戴逵帖》等诸多篇章。只是《宣和书谱》仅录其标题而未载全文，到现在已经很难找到这些帖文了。

所谓笔录，则是从经、史、子、集这些古籍中取其奇闻异事，或摘录或缩写，使之成为读书笔记及心得。其内容涉及甚广，有警世之论，有名士嘉行，有风雅趣谈，有规鉴之录等，实为典籍中的精髓部分。

例如《梦奠帖》所载：孔子梦见被人祭奠，他感到自己将不久于人世，结果过了七天就死了，死时七十二岁。此处"孔子梦奠"原本出自《礼记·檀弓上》。欧阳询以此感叹人生"终归冥灭”，既而慨谈孽缘因果“形归丘墓，神还所受”。接着又规劝世人，善恶有报，“如影随行”，这便是欧阳询对于生与死的认知。

又如《张翰帖》所书张翰思鲈鱼一事，出自《晋书·张翰传》所载：“天下纷纷，祸难未已……因见秋风起，乃思吴中菰菜、莼羹、鲈鱼脍”，便弃官而去。欧阳询记录张翰这种“无望于时”，视功名为羁绊，超然于物外的清纯，确为古今之美谈。

另如《由余帖》，记录着秦穆公问由余一些治国的理念，语出《史记·秦本纪》。此为精辟之论，强调的是“上含淳德御下，下怀忠信事上”才能使国家长治久安。

再如《殷纣帖》，写的是商纣王以酒池肉林“为长夜之饮”，竟然连日子都记不清了，派人去问箕子的故事。原出于《韩非子·说林》。欧阳询以贤明的大臣面对无道的君主，录箕子之言，作明哲保身之论。

这些作品，系欧阳询博览群书，心领神会而记之，并非照抄前人之作，而是用自己的方式再现经典。一如旧籍记载“蹶”与“蛩蛩巨虚”一样。《吕氏春秋·不广》云：“北方有兽名曰蹶，鼠前而兔后。”刘向的《说苑》卷六亦云：“北方有兽，其名曰蹶，前足鼠，后足兔。”如此同录一事，没有人会认为这是刘向抄袭了《吕氏春秋》。

还有“隋珠弹雀”一事。《庄子·让王》云：“以隋侯之珠，弹千仞之雀，世必笑之。”《吕氏春秋·贵生》亦云：“以隋侯之珠，弹千仞之雀，世必笑之。”即使这样如出一辙，也没见有人觉得是吕不韦的“枪手”们抄袭了《庄子》。

这类事例太多了，诸如：《淮南子》、《韩非子》、《韩诗外传》等书中，同文同述，屡见不鲜。欧阳询所作，何尝不是如此呢？尽管不属于个人创作，也可以归为个人作品，且定名为“笔录”，有望认同。

五　序论类

这一类作品，见证了欧阳询精深的书法理论与渊博的学识，同时也承载着他事业的辉煌。

序即《艺文类聚序》，见于《全唐文》卷一四六，这是在唐高祖武德七年即公元624年所作。按《旧唐书·欧阳询传》载："武德七年，诏与裴矩、陈叔达撰《艺文类聚》，一百卷，奏之。"据此，有人认为该书编者还应署上裴矩、陈叔达之名，不应当归在欧阳询一人名下。其实，《艺文类聚》就是由欧阳询主修，何以见得？这篇序言就是最好的依据。试想：时任太子詹事的裴矩，官正三品，陈叔达任黄门侍郎，也是三品官，欧阳询官给事中，只有正五品，他们二人的地位比欧阳询要高，而序言没让裴矩或陈叔达来撰写，又没有给他两人署编者之名，肯定是裴、陈很少过问或没有多少精力参与修编《艺文类聚》所致。据《新唐书·令狐德棻传》所载，武德年间高祖又下诏："……太子詹事裴矩、吏部郎中祖孝孙、秘书丞魏徵主《齐》，秘书监窦琎、给事中欧阳询、文学姚思廉主《陈》，侍中陈叔达、太史令庾俭及德棻主《周》。"

从这里可以看出，诏修《艺文类聚》之时，唐高祖还下诏普遍开展修史。其中，令裴矩等人修《齐书》、陈叔达等人修《周书》。他两人各有自己的主修项目，又哪里顾得上《艺文类聚》呢？欧阳询还参与了修《陈书》，当《陈书》修完之后，署名是姚思廉，没有欧阳询的名分，当然他是以修《艺文类聚》为主。窃以为欧阳询主编该书作序并署名，属于名至实归。

论即《用笔论》、《八诀》、《三十六法》、《论飞白》、《传授诀》等论书诸章，分别见于《书断》、《佩文斋书画谱》、《墨池编》等旧籍中。这都是欧阳询平生致力于书法的经验之谈。比如：书写时要注重"端己正容"、"虚拳直腕"、"斜正如人"、"意在笔前"云云，无一不是至理名言。对于怎样将字写好，把握好分寸，欧阳询上升到了一种书法审美追求。例如："分间布白"、"四面停匀"、"粗细折中"、"东映西带”等，则是一种更高境界的技法，成为传授书法的经典之论。

诚然，欧阳询这些观点之中，也不乏有继承了前人的书法理论之谈。比如：世传所谓晋代卫夫人的《笔阵图》曾经说过“（一横）如千里阵云，隐隐然其实有形；（一点）如高峰坠石，磕磕然实如崩也；（一撇）陆断犀象”云云。而欧阳询的《八诀》亦云：“（一点）如高峰之坠石”，“（一横）若千里之阵云”，“（一撇）利剑截断犀象之角牙”。二者对比，其义略同，以此譬喻笔画，十分精到。应该说是欧阳询吃透了前人的论书学说，将其视为学书的准则而共同言之。

此外一篇《论飞白》，为历代所提及，然而却不曾见到原文。按《宣和书谱》卷八称欧阳询云：“其飞白、隶、行、草入妙；大小篆、章草入能。”据此联想，欧阳询《论飞白》一定是睿智之论，可惜失传。考唐代张怀瓘《书断》卷中仅载其一段，本编权且录下，虽属残缺，也可供参考。

总而言之，纂集欧阳询的诗文作品，实非本编之可以胜任者矣！叹岁月悠邈，文献流失，资料乏载，可奈人何？

笔者曾十余次查询《四库全书》有关金石、书画之卷，却收效甚微。想欧阳询高龄八十有五，官弘文馆学士，著述一生，如今只剩区区这些作品，不禁扼腕叹息。顾盼之际，只得暂且将欧阳询幸存的诗文缀集。囿于个人的学识与水平，虽曰笺注，不足之处尤多，恳请读者指点为谢。

袁慧光于2014年5月
拟于静心楼

诗　歌

嘲长孙无忌[①]

索头连背暖[②]，漫裆[（一）]畏肚寒[③]。

只因心浑浑[（二）]，所以面团团。[④]

全唐詩 諧謔

長孫無忌

與歐陽詢互嘲 無忌見詢姿形麽陋嘲之詢亦云云太宗聞之笑曰詢此嘲曾不畏皇后耶無忌皇后兄也

聳膊成山字埋肩不一作畏出頭誰家麟角上畫此一獼猴 無忌

索頭連背暖漫一作裞襠畏肚寒只因心渾渾所以面團團 詢

按：此诗见于《太平广记·诙谐第五十》，亦载于《全唐诗》第十二函第八册。《太平广记》载："唐太宗宴近臣，戏以嘲谑，赵（国）公长孙无忌嘲欧阳询曰：'耸膊成山字，埋肩不出头。谁家麟阁上，画此一猕猴。'"欧阳询即撰该诗给予回击。朝廷中达官贵人互以诗相戏，可见一斑。

【注释】

①长孙无忌：字辅机，从秦王李世民征讨有功，官比部郎中。长孙无忌以妹为秦王妃，渐登显贵。李世民嗣位后，长孙无忌迁吏部尚书，进封尚书右仆射、齐国公。贞观十一年，出为赵州刺史，改赵国公，后擢太子太师。

②“索头”句：头发梳成辫子如绳索，披在身后可以为背部保暖。

索头：即古称索头虏、索虏，系中原人对北狄胡人的蔑称。当时的北方少数民族惯以编发为辫，故以“索头”谓之。长孙无忌本为北方拓跋氏，后入居中原更其姓氏。《新唐书·后妃传上》载：“太宗文德顺圣皇后长孙氏，河南洛阳人，其先魏拓跋氏，后为宗室长，因号长孙。”

③“漫裆”句：大腹便便，撑起裤裆，显露的肚皮害怕寒冷。

漫裆：撑宽裤裆。漫指充满、充塞，裆即裤裆。

④“只因”二句：只因为胸中混浊纷乱，饱食终日，无所用心，所以长得团团大脸。

浑浑：混乱，浑浊。晋代陆云《感逝》云：“将霭霭而未扬，世浑浑其难澄。”

【校】

（一）漫裆：此处《太平广记》作“椀裆”，《全唐诗》作“漫”，一作“椀”。

（二）浑浑：《太平广记》作“溷溷”，《全唐诗》作“浑浑”。其义相同。

嘲萧瑀[1]射

宋公萧瑀不解射，九月九日赐射，瑀箭俱不着垛，询咏之云云。

急风吹缓箭，弱手驭强弓。[2]
欲高翻复下，应西还更东。
十回俱着地，两手并擎空。[3]
借问谁为此，乃应是宋公。[4]

歐陽詢
嘲蕭瑀射 宋公蕭瑀不解射九月九日賜射瑀箭俱不著垛詢詠之云云
急風吹緩箭弱手馭強弓欲高翻復下應西還更東十
迴俱著地兩手并擎空借問誰爲此乃應是宋公

按：该诗载于《全唐诗》第十二函第八册，又见于《太平广记·嘲诮第五十一》，系调侃戏谑之作，可见当时文人士大夫之间一种取笑为乐之风。史称：萧瑀自幼爱好经史，长于文辞，曾撰文诟病前辈梁朝刘峻的《辩命论》，为人称叹。但他不善骑射，九月重阳日，皇上令萧瑀引弓射箭，十余次均未中靶，成为君臣们的嘲弄对象。欧阳询与萧瑀同属隋朝旧僚，相识已久，赋诗以资笑谈。

【注释】

①萧瑀：字时文，南朝梁明帝之子，九岁时封为新安王。之后入隋，以姊为隋晋王杨广之妃。杨广即帝位后，萧瑀官内史侍郎，出为河池郡守。唐高祖李渊入长安，召前朝旧臣，授萧瑀为民部尚书，迁尚书左仆射、太子太保等。

②“急风”二句：急速的风吹阻缓驰的箭，文弱书生的手拉强劲之弓，自然力不从心。

缓箭：指箭穿行无力。

驭：把持，控制。《荀子·君道》云：“欲治国驭民，调壹上下。”

③“欲高”四句：一心想将箭射高，反而被风吹落，本来朝西射却偏向了东边。十次开弓，箭都落地，两手之中什么都没有抓住。

翻：反而，相反。北朝庾信《卧疾穷愁》诗云：“有菊翻无酒，无弦则有琴。”

④“借问”二句：要问这是谁在射箭么，就是这位萧瑀宋国公。

宋公：宋国公，爵位名。《新唐书·萧瑀传》载：“高祖入京师，招之，挈郡自归，授光禄大夫，封宋国公。”

道 失[①]

已惑孔贵嫔，又被辞人侮。[②]
花笺一何荣，七字谁曾许。[③]
不下结绮阁，空迷江令语。[④]
雕戈动地来，误杀陈后主。[⑤]

按：该诗载于《全唐诗》第一函第八册，又见于《戏鸿堂帖》，诗后落款为“贞观十二年六月二日”。全诗所写为陈朝后主亡国之事，似乎作于陈亡入隋之时更为合情合理。然何以落笔“贞观十二年”，有可能是欧阳询检点旧稿，重抄时所记之年月。本编以《全唐诗》所录为底本，参以书帖校订。

【注释】

①道失：指失去了道义、法则，失去了治国之正道。道：即规律、常理。《周易·说》云：“立天之道，曰阴与阳；立地之道，曰柔与刚；立人之道，曰仁与义。”

②“已惑”二句：后主陈叔宝已经被孔贵嫔的姿色所迷惑，又被巧言令色的辞人所蒙蔽、戏弄。

孔贵嫔：陈后主之嫔妃。自入宫之后，曾一度失宠。为争恩幸，又与陈后主的近臣名为“狎客”之一的孔范以兄妹相称。经孔范从中斡旋，孔贵嫔重获陈后主的宠爱。《南史·恩幸传·孔范》载：“时孔贵人绝爱幸，（孔）范与孔氏结为兄妹，宠遇优渥，言听计从。”

辞人：赋辞作诗的人。汉代扬雄《法言·吾子》云：“诗人之赋丽以则，辞人之赋丽以淫。”

侮：这里指瞒和骗，戏弄。《字汇·人部》云：“侮，戏弄也。”又《南史·恩幸传·孔范》载：“后主性愚狠，恶闻过失，每有恶事，（孔）范必曲为文饰，称扬赞美。”

③“花笺”二句：用彩色浸绘图案的纸张，经皇上御笔在上面写诗，是何等的珍贵与荣耀。所写的那七字之名句，究竟是谁的许诺和认可。

花笺：本指绘有图案制作精美的信笺与诗笺，引申为浮艳的诗文。《南史·陈本纪·后主》载：“先令八妇人襞彩笺，制五言诗，十客一时继和。”

七字：七言诗或七字谚语。但究竟是哪七字，说法不一。大体来看，有两种解释。其一：按上句“花笺一何荣”接下来，应指“花笺”中的诗句“玉树流光照后庭”七字。此为陈后主《玉树后庭花》中的千古名唱。其二：按“谁曾许”三字之谓，则应是“金陵有都邑之气”七字。《元和郡县图志·江南道一·润州》载：“秦始皇时，望气者云：‘五百年后，金陵有都邑之气。’”陈后主曾执此一说，深信不疑，认为江山永固而偷安淫乐，不思治国导致败亡。故而诗中以“谁曾许”诘问，也就如同反问：“‘金陵有都邑之气’，这是谁的许诺?”陈后主信奉都邑王气之说见于《南史·陈本纪·后主》。据载：“及闻隋军临江，后主曰：‘王气在此，齐兵三度来，周兵再度至，无不摧没。’”上述两种解释，供读者取舍。

④“不下”二句：陈后主又宠幸张丽华，整日与张丽华在结绮阁不下来，不理朝政。根本没有领悟尚书令江总的委婉劝谏。

结绮阁：陈后主大兴土木，积石为山，引水为池，为张丽华造结绮阁。另外还修造了临春阁、望仙阁等。《陈书·皇后传·张贵妃》载：“其下积石为山，引水为池，植以奇树，杂以花药。后主自居临春阁，张贵妃居结绮阁，龚、孔二贵嫔居望仙阁。”

空迷：虚迷，误迷。空，虚无，徒然。《广韵·东韵》云："空，空虚。"《汉书·匈奴传》载："光戒明友，兵不空出。"宋代辛弃疾《木兰花慢》词云："落日胡尘未断，西风塞马空肥。"此处"空"字，为徒劳之义。

江令：即江总，字总持，济阳考城人。陈后主在东宫时，江总为太子詹事。后主嗣位，授江总为吏部尚书，迁尚书仆射。至德四年，擢尚书令。《陈书·江总传》载："后主即位，除祠部尚书，又领左骁骑将军，参掌选事。转散骑常侍、吏部尚书，寻迁尚书仆射。"

语：指江令说过的话，应为一席婉曲规谏陈后主的言辞，后主未能领悟，故云"空迷江令语"。今考《陈书》、《南史》均不载江总有关这类的言语。《陈书·江总传》仅载江总云："以我为三公，知天下无人矣。"

⑤"雕戈"二句：隋军精心雕制的兵戈席卷而至，误国误民，悔恨之极的是陈后主。

雕戈：刻有花纹的戈矛，形容兵器精良。《国语·晋语》载："穆公衡雕戈出见使者曰：'昔君之未入，寡人之忧也。'"

误杀：误煞，指谬误之深。杀通"煞"，表示极深。唐代李白《陪侍郎叔游洞庭》诗："巴陵无限酒，醉杀洞庭秋。"

陈后主：陈朝的亡国之君陈叔宝，在位七年，于隋开皇九年被执送长安，隋文帝没有将其杀害，而是以礼相待。《南史·陈本纪·后主》载："既见宥，隋文帝给赐甚厚，数得引见，班同三品。"陈后主在隋朝又生活了十多年，直到隋仁寿四年（604）方才病逝，时年五十二岁。

碑　铭

西林寺碑

盖闻不生不灭，圆照偏知；无去无来，冥机虚寂。言语既穷，心行迹断。[1]利见鹿苑，兴捅诱之权；倚迹鹫山，导汲引之路。[2]一音称物，随类得解；三达教阐，迷途自识。[3]慧日骞幽，法雨遐济。德畅忍土，是谓能仁。[4]然喻月譬镜，宜有隐显，髣髴宗极，仰资图铸。[5]道冠域中，金刚为大。故神塔涌见，灵相望先。[6]

全唐文 卷一四六 歐陽詢

西林寺碑

蓋聞不生不滅圓照偏知無去無來冥機虛寂言語旣窮心行跡斷利見鹿苑興誧誘之權倚迹鷲山導汲引之路一音稱物隨類得解三達教闡迷途自識慧日騫幽法雨遐濟德暢忍土是謂能仁然喻月譬鏡宜有隱顯髣髴宗極仰資圖鑄道冠域中金剛爲大故神塔湧見靈相望先有曇比邱俗姓竺氏本爲趙將知若器之難安悟浮生之易盡以榮利爲桎梏視名聞爲羈絆屏棄諠嘵專修寘寂

欽定全唐文 卷一百四十六 歐陽詢 十三

有昙比丘，俗姓竺氏，本为赵将。知若器之难安，悟浮生之易尽，以荣利为桎梏，视名闻为羁绊。[7]屏弃喧哓，专修冥寂。虚舟触远，津度罕概。[8]元风独扇，息心无侣，匡阜北岭，地接层峰。日月之所萦回，云雾之所蒸液。[9]激白水于紫（一作青）霄，照离晖于石镜。南瞻五岭，北睇九州。贞遁忘归，幽栖是卜。[10]法师秉心萃止，负锡来仪。树宇山间，游情梵表。及迁即化，藉草岩间。[11]

欽定全唐文 卷一百四十六 歐陽詢 主

虛舟觸遠津度罕槩元風獨扇息心無侶匡阜北嶺地接
層峰日月之所縈廻雲霧之所蒸液激白水於紫（一作青）霄
照離暉於石鏡南瞻五嶺北睇九州貞遯忘歸幽棲是卜
法師秉心萃止負錫來儀樹宇山間游情梵表及遷即化
藉草巖間有息慈慧永河内繁氏高足稱首人師物匹儀
無虛位理必淵湮服道御身宏善備物形性兩忘寃親等
觀故異香入室猛獸馴階紹修主業安禪結宇晉光祿卿
潯陽陶範慕彼清馨遊茲勝地崇信正道擁篲式閭爲出
俗之藩籬爲入室之椅櫳興建佛寺締構伽藍指景瞻星

有息慈慧永，河内繁氏，高足称首，人师物匹。[12]仪无虚位，理必渊湮。服道御身，宏善备物。形性两忘，冤亲等观。[13]故异香入室，猛兽驯阶，绍修主业，安禅结宇。[14]晋光禄卿浔阳陶范，慕彼清声，游兹胜地。崇信正道，拥篲式间。[15]为出俗之藩篱，为人室之树栖。兴建佛寺，缔构伽蓝。指景瞻星，鸠徒揆日。剃草开林，增阜架巘；[16]夷峻（一作峻）筑台（一作堂），疏峦抗殿。长廊绕涧，斜砌环池（一作流）。冬燠夏凉，经行毕备，命曰西林。[17]是岁太和之一年，永公化缘将尽，曾无忧生之嗟。冥照幽通，岂若逆旅之舍。其日山房晦寂，侧塞幡花，洞户疑深，铿锵音乐。欢喜合掌，奄然终谢，年八十三。[18]法师运载群品，舟梁大法。翾羽蠢族，咸知缔向。[19]

鳩徒揆日薙草開林增阜架巘夷峻一作峻築臺一作堂疏巒抗殿長廊繞澗斜砌環池一作流冬燠夏涼經行畢備命曰西林是歲太和之一年永公化緣將盡曾無憂生之嗟冥照幽通豈若逆旅之舍其日山房晦寂側塞幡花洞戶疑深鏗鏘音樂歡喜合掌奄然終謝年八十三法師運載羣品舟梁大法翾羽蠢族咸知締向賈遠法師德高人師道被幽冥能屈萬乘之尊申其再三之敬相望江海獨在伊人言發響依契同符合自爾戒定接式龍象咸洎感不虛至切有歸焉但年代推遷寺宇凋毀梁天監三年有恩律

欽定全唐文 卷一百四十六 歐陽詢 圭

贾远法师德高人师，道被幽冥。能屈万乘之尊，申其再三之敬。[21]相望江海，独在伊人。言发响依，契同符合。[21]自尔戒定，接式龙象。咸泊感不虚，至切有归焉。[22]但年代摧薄，寺宇凋敝。梁天监三年，有恩律师，聿来憩止，抡葺道场。[23]

欽定全唐文 卷一百四十六 歐陽詢 二五

既聿來憩止掄葺道場大隋握鏡天下文明慧達禪師太原王氏廓六度以爲津構四禪以爲室世歸至德物仰高韻爲善終日匪憚劬勞自東徂西興建佛事爰自金城至於淮水亘陸遵渚莫匪教門宅古棲空因心自遠虛室生白房櫳引霤四部翹誠頭目頂禮禪師報云欲道場營建七間重閣勸募之侶咸百其誠以大業二年爰戒匠人匪日斯就透迤飛閣秀出干霄延袤層軒俯視無地爐香與峰雲共鬱鐘聲與幽谷合響有頃達公欲往長沙模寫瑞像及刻優填王像即輕舉扁舟俄而旋返所造法身光相

大隋握镜，天下文明。慧达禅师，太原王氏。廓六度以为津，构四禅以为室。[24]世归至德，物仰高韵。为善终日，匪惮劬劳。自东徂西，兴建佛事。[25]爰自金城，至于淮水，亘陆遵渚，莫匪教门。[26]宅古栖空，因心自远，虚室生白，房栊引霤。四部翘诚，头目顶礼。[27]禅师报云：欲道场营建七间重阁，劝募之侣，咸百其诚。[28]以大业二年，爰戒匠人，匪日斯就。透迤飞阁，秀出干霄，延袤层轩，俯视无地。炉香与峰云共郁，钟声与幽谷合响。[29]有顷，达公欲往长沙，模写瑞像。及刻优填王像，即轻举扁舟，俄而旋返。[30]所造法身，光相殊特。势超镕楷，功逾琢磨，丹臒竞姿，紫铣争耀。力虽人就，妙乃神输。[31]

大业七年，达公寂灭。次有东林道生法师，树明因于往劫，袭慧果于今生。忘己济物，纂修厥绪。[32]寺僧智正等，以树道风于长世，诒德范于来业，莫若勒兹绀碣，题以元碑，寓言雕篆，稽首作领。乃为铭曰：[33]

殊特勢超鎔楷功踰琢磨丹艧競姿紫銑爭耀力雖人就
妙乃神輸大業七年達公寂滅次有東林道生法師樹明
因於往劫襲慧果於今生忘己濟物纂修厥緒寺僧智正
等以樹道風於長世詒德範於來業莫若勒茲紺碣題以
元碑寓言雕篆稽首作頌乃爲銘曰
二儀肇判萬品流形 闕 愛煩惱繽紛靡寧三彰四倒瘝惑
焦明十纏九結寵辱相驚邅迴三界輪環四生慾流長騖
薪火不停誰其拯物獨有能仁紆情紆識卽果明因開方
便門示彼元津雨大法雨洗滌深塵佛日雖隱宏道在人

欽定全唐文 卷一百四十六 歐陽詢 陸元朗

二仪肇判，万品流形。□爱(一)烦恼，缤纷靡宁。三彰四倒，瘝惑焦明。十缠九结，宠辱相惊。[34]邅回三界，轮环四生。欲流长骛，薪火不停。谁其拯物，独有能仁。[35]纡情纡识，即果明因。开方便门，示彼元津。雨大法雨，洗涤深尘。佛日虽隐，宏道在人。[36]爰有开士，粤来萃止。铲迹销声，为法忘己。置想依空，求真得理。[37]异人载挺，大法舟航。希踪祇树，标建道场。披蓁剪棘，抗陆游梁。切汉干霄，含星浴日。[38]岩谷虚静，树林闲谧。宴坐经行，道粮权实。法门无二，义揆归一。总驾大乘，始终竟毕。[39]像教有形，取诸相质。灵宇方固，金刚不迁。希彝至道，缅邈遐年。须弥有尽，法炬长燃。咸慕偈赞，敬勒雕镌。[40]

欽定全唐文　卷一百四十六　歐陽詢　三十

爰有開士粵來萃止鏟跡銷聲爲法忘己置想依空求眞
得理異人載挺大法舟舫希蹤祇樹標建道場披蓁剪棘
抗陸游梁切漢干霄含星浴日巖谷虛靜樹林閒謐宴坐
經行道糧權實法門無二義揆歸一總駕大乘始終竟畢
像教有形取諸相質靈宇方固金剛不遷希彝至道緬邈
遐年須彌有盡法炬長燃咸慕偈讚敬勒雕鐫

按：《西林寺碑》其文载于《全唐文》卷一四六。宋代欧阳修《集古录》卷五云："右庐山西林道场碑，渤海公撰，公为隋太常博士时作"云云，并注明撰写的时间为"大业十三年"。其后，赵明诚《金石录》卷二十二亦称："右隋西林道场碑，题太常博士欧阳询撰。"《宝刻类编》卷一录载该文篇目，谓之"隋庐山西林道场碑"。如此一来，便出现了文同而题异之说，今以《全唐文》所载篇名《西林寺碑》为定。纵观该文，可知欧阳询精于佛典，洞悉伽蓝，亦获知庐山西林寺从肇创到几经修葺之盛况，极具文史价值。

【注释】

①"盖闻"六句：经常听说，没有滋生就没有寂灭，只有菩萨才知道。没有过去就没有未来，幽深的玄机藏于虚幻空寂之中，用语言很难以表达，在心中揣测也很难有迹可循。

圆照：指佛菩萨头部放出来的轮光，亦代指菩萨。《广弘明集》卷十三载："如来身长丈六，方正不倾，圆光七尺，照诸幽冥。"

冥机：深奥的玄机。冥，幽远，高深。机，变化的迹象与征兆。《庄子·至乐》云："万物皆出于机，皆入于机。"

②"利见"四句：探索释迦牟尼在鹿苑所宣扬的佛法，能够兴起善诱之机宜。追踪在灵鹫山弘扬佛理的学说，可以吸引开导慧觉之路。

利见：指见到君主或先圣先哲。《周易·乾》云："飞龙在天，利见大人。"

鹿苑：鹿野苑，即释迦牟尼说法之处。《续高僧传》卷四云："鹿苑鹫峰，瞻奇仰异。"

捅诱：前行引诱。捅，向前，引导之义。《集韵·董韵》云："捅，进前也，引也。"诱，指诱导。《论语·子罕》云："夫子循循然善诱人。"

权：佛教语，方便，与"实"相对。适于一时之法曰权，究竟不变之法曰实。《文选·王中〈头陀寺碑文〉》：“导亡机之权，而功济尘劫。”李善注：“权，方便也。”

鹫山：即灵鹫山，梵语“耆阇崛山”。在古印度摩揭陀国的王舍城东北，因山顶似鹫，山中多鹫而得名，据说释迦牟尼在山中居住和讲授佛学多年。《广弘明集》卷十五云：“弘龙窟之威，绍鹫山之法。”

③“一音”四句：一声佛音概括一切事物，可以触类旁通获得解脱。能以“宿命明、天眼明、漏尽明”此三达阐释教义，还可以自我辨别迷途。

一音：释家称佛说法之声为一音。鸠摩罗什《维摩诘经·佛国品》云：“佛以一音演说法，众生随类，各得解脱。”

称物：与事物相符合，引申为概括。晋代陆机《文赋》云：“恒患意不称物，文不逮意，盖非知之难，能之难也。”

三达：佛教称“宿命明、天眼明、漏尽明”为三明，能知此三明者，谓之三达。三达分别指悉知众生的过去、悉知众生的未来、断除一切烦恼所获得的智慧。南朝沈约《弥勒佛铭》云：“七珍非羡，三达斯仰。”

④“慧日”四句：佛陀的智慧如同太阳的光芒飞射到每一个幽暗之处，佛法如同滋润万物的雨露长久地普济众生，佛德畅行于忍受苦难的人世间，这就是释迦牟尼的大仁大智。

慧日：佛教用语，言佛之智慧如同太阳普照人间。南朝萧统《和武帝游钟山大爱敬寺》诗：“以兹慧日照，复见法雨垂。”

骞幽：飞向幽暗之处，这里指阳光照射每处角落。骞，飞腾。《广雅·释诂》云：“骞，飞也。”幽，昏暗深远处。《尔雅·释言》云：“幽，深也。”

遐济：远济，长久地普济。遐，长久，长远之义。《诗经·小雅·鸳鸯》云：“君子万年，宜其遐福。”济，助济。《周易·系辞上》云：“知周乎万物，而道济天下。”

忍土：佛教用语，指堪忍世界。佛家以人生活之地“耐怨害忍、安受苦忍”等，为忍土。南朝梁元帝《光宅寺大僧正法师碑》云：“转金轮于忍土，策绀马于阎浮。”

能仁：对释迦牟尼的尊称。南朝慧皎《高僧传·序录》载：“至若能仁之为训也，考业果幽微，则循复三世。”

⑤“然喻月”四句：然而，譬如月亮与明镜照临，宜有时而隐没时而显现的时候。佛却无所不能，仿佛达到了至高无上的顶点，人们怀着敬仰之心资以绘图造像。

隐显：隐没与显现。《荀子·天论》云：“故道无不明，外内异表，隐显有常。”

髣髴：仿佛。

宗极：至高无上，达到极至。南朝谢朓《明皇帝谥策文》云：“所以永言配命，寄心宗极。”

图铸：绘制的图形与用金属铸造的塑像，这里指铸塑佛像。

⑥“道冠”四句：西林寺的道法超越本境区域，护法金刚神通广大。此后年深月久，这里埋葬高僧的佛塔相继涌现，菩萨的妙相也开始凋零。

冠：超出。《史记·魏其武安侯列传》载“身被数十创，名冠三军”。

金刚：佛教中的护法神，即梵语“跋折罗”。以手执金刚杵而得名。《大日经》云：“一切持金刚者，皆悉集会。”

神塔：佛塔，梵音“窣堵坡”，又称浮屠。用以供奉佛骨，保存僧人遗骸的地方。《释氏要览·送终立塔》云：“梵语塔婆，此云高显，今略称塔也。”

灵相：佛教用语，指诸佛的妙相。南朝沈约《释迦文佛像铭》云：“仰寻灵相，法言攸吐。”

望先：望秋先零的省称，指人未老先衰。这里借指零落凋敝。《晋书·顾悦之传》载：“（悦之）而发早白，帝问其故。对曰：

‘松柏之姿，经霜犹茂，蒲柳常质，望秋先零。’”

⑦“有昙”七句：曾经有一位乞食僧名昙，俗姓竺，本为后赵时期的将领，知道当时的政局一时难以安定，悟出漂浮不定的人生容易终结，便以荣耀利禄为枷锁，视名望闻达为束缚。

昙：竺昙，晋代僧人，曾于庐山西侧筑禅室，潜心佛理，此处后为西林寺。

比丘：梵文音译，亦作“苾刍”，意为乞食男僧。少年时出家，受戒为沙弥，二十岁再受“具足戒”，则称比丘。《魏书·释老志》云：“桑门为息心，比丘为行乞。”

赵将：后赵的将领。东晋时期，北方有石勒的割据政权，史称后赵（328—351）。竺昙曾属后赵将领。

器：这里指神器，帝王符玺，钟鼎彝器之类，比喻国家政权。晋代木华《海赋》云：“且其为器也，包乾之奥，括坤之区。”

桎梏：刑具，指脚镣手铐，形容受拘束。《周易·蒙》云：“利用刑人，用说桎梏。”

羁绊：本指马的笼头和绊索，比喻受到束缚。《汉书·叙传上》云：“今吾子已贯仁谊之羁绊，系名声之缰锁。”

⑧“屏弃”四句：摒弃喧嚣，一心甘居寂寞。胸怀恰似空船般坦荡，追寻悠远，渡到解脱的彼岸，显现出少有的气概。

喧哓：喧嚣，喧哗吵闹。比喻纷乱不宁的尘俗之世。

冥寂：静默，寂寞，这里指净心奉佛。晋代郭璞《游仙诗·翡翠戏兰苕》：“中有冥寂士，静啸抚清弦。”

虚舟：空船，比喻胸怀坦荡。《晋书·谢安传》载：“太保沉浮，旷若虚舟。”

津度：即津渡，渡口。《汉书·赵充国传》载：“金城太守合疏捕山间虏，通转道津渡。”这里用作比拟佛家所称解脱的彼岸。

罕概：少有的气概。

⑨“元风”六句：将玄奥之风独自弘扬，纯净心思，不与俗侣

为伴。独自来到庐山北麓，这里紧连着层峰峻岭，日月为之绕行，云雾为之蒸腾。

元风：玄风，玄奥之风，原始本初之风。《世说新语·文学》云："妙析奇致，大畅玄风。"

息心：排除心中欲念，归于清纯。晋代袁宏《后汉纪·孝明皇帝》载："沙门者，汉言息心，盖息意去欲而归于无为也。"

无侣：没有俗侣之伴，或拒交浮浅之侣。南朝江总《静卧栖霞寺房望徐祭酒》诗："绝俗俗无侣，修心心自斋。"

匡阜：即庐山，又名匡山，匡庐。相传周朝时期，有匡氏七兄弟在此修道，结草庐为舍，因而得名。阜，指山丘。

⑩"激白水"六句：望着从山巅云霄间流下的白水，便激发其坚定不移的林泉之志。还有晶莹洁净的天然石镜，能够映照出太阳的光辉。朝南可以远眺五岭，向北可以顾盼九州。于是更加坚定洁身归隐之心，选择这方幽静之处卜居。

白水：本指纯静透明的水。《左传·僖公二十四年》载："公子曰，所不与舅氏同心者，有如白水。"后以"白水"表示信守不移之义。南朝刘峻《广绝交论》云："援青松以示心，指白水而旌信。"

离晖：明亮的光辉。离，指明亮。《周易》八卦中"离"为火。《广雅·释诂》云："离，明也。"

石镜：如镜的山石，庐山有石如镜。郦道元《水经注·庐江水》载："有一圆石，悬崖明净，照见人形，晨光初散，则延曜入石，豪细必察，故名石镜焉。"

五岭：在广东与湖南、江西交界处，即：大庾岭、骑田岭、都庞岭、萌渚岭、越城岭。

九州：古代中国划分的行政区域，指冀州、豫州、雍州、扬州、兖州、徐州、梁州、青州、荆州，后泛指全国。

贞遁：坚贞正己，洁身隐退。贞，坚贞，坚定不移，多指人的操守和意志。汉代贾谊《新书·道术》云:“言行抱一谓之贞。”遁,遁世,归隐。《玉篇·辵部》云:“遁,退还也,隐也。”

幽栖:幽居,隐居避世。《宋书·隐逸传》载:“南阳宗炳,雁门周续之,并植操幽栖。”

卜:卜居,指选择居住之地。南朝萧子良《行宅》诗:“访宇北山阿,卜居西野外。”

⑪“法师”六句:法师竺昙一心修筑栖息之所,手执锡杖来到此处。他在山间造好屋宇,每日倾心于佛门经典学说,直到岁月变迁,年老归于寂灭时,坐化在草丛岩石间。

秉心:以心操持,操心,专心。《诗经·鄘风·定之方中》云:“匪直也人,秉心塞渊。”

萃止:停止,栖息。《诗经·陈风·墓门》云:“墓门有梅,有鸮萃止。”

负锡:背着锡杖。锡,指佛家宗师所持禅杖。《洛阳伽蓝记·景明寺》云:“名僧德众,负锡为群。”

来仪:本指凤凰飞来。《尚书·益稷》云:“箫韶九成,凤凰来仪。”后用以比喻有突出人物出现。晋代干宝《搜神记》卷十六载:“不悟阴阳运,哲人忽来仪。”

树宇:建造屋宇。

梵表:佛教范本,印度正宗梵学经典。《法苑珠林》卷二十四云:“固以声藻震中,事灵梵表。”

及迁即化:随着岁月的变迁,人老而死亡。《汉书·外戚传上》载:“忽迁化而不返兮,魄放逸以飞扬。”

藉草:坐卧在草上。晋代孙绰《游天台山赋》云:“藉萋萋之纤草,荫落落之长松。”

⑫“有息慈”四句:有一位息慈人慧永,系河南繁氏之后裔。出家后成为道安禅师的高才弟子,冠众僧侣之首,为大家所学习和比较的楷模。

息慈：地名。息，周朝时期的诸侯国名，在河南息县，曾称息州，又改新息县。慈，慈丘县，故址在今河南泌阳县西北。

慧永：东晋高僧，师于道安法师。庐山竺昙圆寂之后，慧永自太行山至庐山，看到竺昙修行之禅室简陋，随后化缘修寺。

河内：黄河流域河南段。《孟子·梁惠王上》云："河内凶，则移其民于河东。"

高足：本指良马捷足，比喻高徒弟子。南朝羊欣《采古来能书人名》云："高阳许静民，镇军参军，善隶草，（王）羲之高足。"

人师：众人的师表，学习的榜样。《荀子·儒效》云："通达之属莫不服从，夫是之谓人师。"

物匹：以事物相比匹，比较，效法。《庄子·逍遥游》云："而彭祖乃今以久特闻，众人匹之。"

⑬"仪无"六句：仪容举止，名不虚传，钻研佛理，必求渊深广博。以奉行道义，实践终身，弘扬善举，完备事物。外形与内性，皆忘于物外，对待冤家与亲人，一视同仁。

渊湮：渊深而精博。渊，渊博，渊深。《广雅·释诂》云："渊，深也。"湮，通"洇"，浸开，向周围漫延。

服道：奉行道义。服，从事，奉行。《论语·为政》云："有事，弟子服其劳。"道：道义，这里指佛家思想体系。《魏书·释老志》载："诸服其道者，则剃落须发，释累辞家。"

御身：驾驭自身，治修规范自己的言行，谓之自我实践。《玉篇·彳部》云："御，治也。"

宏善：弘善，提倡、弘扬善果。

备物：完善事物。备，完备，完善。

⑭"故异香"四句：故而慧永所居之处，不时有奇异的香气进入室内，佛性之造化使得猛兽驯服于庭阶前。他继承前辈宗师的广修善业，致力于筑室安禅，扩修寺院。

异香入室：据说慧永在庐山所居禅室，常有异香扑鼻，其地因而号称“香谷”。

绍：继承。《尚书·商书·盘庚上》云：“绍复先王之大业，底绥四方。”

安禅：佛教用语，指安静入定，也指安置佛龛。南朝张缵《南征赋》云：“今筑室以安禅，邑无改于旧井。”

⑮“晋光禄卿”五句：晋代官至光禄卿的九江鄱阳人陶范，仰慕慧永的清操声名，来到这庐山西林胜地，推崇信守正道，毕恭毕敬地伏在车驾的横木上，进入寺院所在地的乡村闾里之门。

光禄卿：光禄勋，官名，秦代为郎中令，汉代改光禄勋，掌管宫殿禁中门户。《晋书·职官志》载：“光禄勋，统武贲中郎将、羽林郎将、冗从仆射、羽林左监、五官左右中郎将”等等。

浔阳：江西九江。晋代置浔阳郡，隋代改九江，唐代复称浔阳，宋代改江州，今称九江。

陶范：江西鄱阳人，大司马陶侃之子。《晋书·陶范传》载：“（陶）范最知名，太元初，为光禄勋。”

拥篲：本指手执扫帚，扫除庭院以待贵客，后引申为恭敬相待。《史记·孟子荀卿列传》载：“昭王拥篲先驱，请列弟子之座而受业。”

式闾：车行至闾里之门，人俯伏在车前的横木上，表示恭敬来访。式，通“轼”，指车前的横木。闾，指乡闾村庄之门。《梁书·何胤传》载：“月中常命驾式闾，谈论终日。”

⑯“为出俗”八句：陶范为超凡脱俗的人拓展空间，为皈依佛门的弟子建起篱笆、树起屋梁，兴造寺院，构建僧侣园林，使之能指点风景，高瞻星斗。于是征集工徒，整天劳作，铲除杂草，开山伐木，填平低洼之地，架设栋宇于高台。

藩篱：本指用竹木编结的篱笆，屋舍的外围，引申为境地和门户。北朝庾信《哀江南赋序》云：“江淮无涯岸之阻，亭壁无藩篱之固。”

树楣：顶起栋梁。树，直立的树木。《广韵·之韵》云：“树，树木立貌。”楣，梁栋的别称。《玉篇·木部》云：“楣，梁栋名。”

伽蓝：梵语“僧伽蓝摩”的省称，意为僧人聚集的园林，后泛称寺院。《僧史略》云：“僧伽蓝者译为众园，谓众人所居。”

鸠徒：结集工匠工徒。鸠，指聚集。《尔雅·释诂》云：“鸠，聚也。”

揆日：度量，筹策整日，指整天劳作。《诗经·鄘风·定之方中》云：“揆之以日，作于楚室。”

剃草：铲除芜草。《礼记·月令》云：“烧剃行水，利以杀草。”

增卑：填土增高低下之坑地。卑，指地势低下。《字汇·十部》云：“卑，下也。”

架巘：架设房梁于高地。架，架设房屋。《广韵·祃韵》云：“架，架屋。”巘，高地，小山丘。《广韵·阮韵》云：“巘，山形如甑。”

⑰“夷峻”七句：削平峻岭，高筑平台，疏通山路，竖起高殿。修一道长廊，引涧水绕行，砌一座环形水池，积蓄清流，使之冬暖夏凉。直到僧人修身经行之径完善，命名为西林寺。

夷峻：削平高峻之地。夷，铲平。《说文解字·大部》云：“夷，平也。”峻，指高峻。《小尔雅·广诂》云：“峻，高也。”

疏峦：开通山径。疏，开通，疏导。峦，即山峦。

抗殿：高筑大殿。抗，指高举，撑起。《广雅·释诂》云：“抗，举也。”

燠：暖和。《尔雅·释言》云：“燠，暖也。”

经行：僧侣为修身养性，散除郁闷，往返于路径，谓之经行。南朝法显《佛国记》云：“经行处及作诸佛形象处，尽有塔。”

⑱“是岁”十二句：这一年正是东晋太和元年，慧永教化众生的缘分将尽，他曾毫无忧恋生年的感叹，却似乎看到了佛光照临幽冥之路。不就是人生匆匆如同过客，世间仅仅是寄居的旅馆么？这

一天僧舍晦暗沉寂，侧边塞满供佛的巾幡之花，一道洞开的门户令人迷惑而深邃，隐约有铿锵的音乐之声。慧永禅师非常欢喜地双手合十，忽然谢世，享年八十三岁。

太和：东晋废帝司马奕的年号，即公元366年至370年。

化缘：佛教用语。有两义：其一指诸佛、菩萨教化众生，因"缘"而来人间，缘尽而去，称化缘；其二指能布施的人与佛有缘，而称募捐财物奉佛为化缘。这里是属前者，指慧永大师生缘将尽，即将缘尽而去。

冥照幽通：照见通往冥间的一条幽径。冥，指冥司，阴间。幽，指昏暗，幽冥。

逆旅：客舍，过往行人宾居之所，这里比喻人生寄居的地方。《庄子·山木》云："阳子之宋，宿于逆旅。"

山房：本指山中屋舍，亦代称僧舍。南朝江总《经始兴广果寺题恺法师山房诗》，山房即寺庙。

幡花：供佛的幢幡彩花。《资治通鉴·唐纪三》载："唯取内库彩物大造幡花，又出诸服玩，令僧散施贫乏以求福。"

洞户：洞门，通门，连通相对应的门户，指幽深的内室。《后汉书·梁冀传》载："堂寝皆有阴阳奥室，连房洞户。"

疑深：迷惑于深邃。疑，困惑，迷惑。《说文·疋部》云："疑，惑也。"

奄然：忽然，多用于辞世之际。《后汉书·侯霸传》载："未及爵命，奄然而终。"

⑲"法师"四句：法师运用众多的佛经篇章，推行佛法就像船和桥一样济渡众生，又以愚昧的鸟类作比喻，让人感悟真谛。

群品：众多的佛教经典篇章。如：《十地品》、《人法界品》、《如来性品》、《迦叶菩萨品》等。"品"指梵语"跋渠"之义译。

舟梁：指船和桥，也指连舟成浮桥。梁，即桥，桥梁。《庄子·马蹄》云："山无蹊隧，泽无舟梁。"引申为开导和引领。《北齐书·宣帝纪》载："王神祇协德，舟梁一世。"

翾羽蠢族：翾羽指飞翔的鸟类，蠢族指未能获得佛学真谛而处于蒙昧阶段之物类。

这里出典系佛教《百喻经》中的一则故事：说的是两鸽同巢，秋天同采果实，将巢塞满。又因天气干燥，果实干缩，巢中空间渐大，一鸽以为是同伴独自偷吃所致，怒将同伴啄死。后来天降大雨，果实浸水膨胀，复又挤满一巢，这只鸽子才明白真相。《百喻经·二鸽喻》云："后唯悲叹，如彼愚鸽。"佛家通过这则故事告诫众生，凭自己的感观判断，常常会产生错觉。世界上万事万物无不如此，表象往往迷惑人的心智，只有洞悉佛理才能清楚世间的一切真相。

咸知：感知，感化。《周易·临》云："初九，咸临，贞吉。"王弼《周易注》："咸，感也，感应也。"

缔向：谛向。佛教名词，指真谛所指引的方向。

⑳"贾远"四句：法师贾远，德高望重，为净土宗之先师，道行覆盖到昏昧冥远之处。能使万乘之尊的皇上注重，并再三为之礼敬。

贾远：即慧远（334—416），山西雁门人，俗姓贾，故称贾远。师从太行山道安法师，东晋太元年间入庐山，创立"净土法门"，世称净土宗之祖。

幽冥：暗昧与深远。《淮南子·原道训》云："幽兮冥兮，应无形兮。"

万乘：古代天子辖地千里，车骑万乘，故以万乘代称皇帝，战国时大国亦称万乘。《孟子·梁惠王上》云："万乘之国，弑其君者，必千乘之家。"赵岐注曰："万乘，兵车万乘，谓天子也。"

申其再三之敬：指东晋孝武帝司马曜受其影响而敬奉佛法，在宫中立寺庙。《晋书·孝武帝纪》载："帝初奉佛法，立精舍于殿内，引诸沙门以居之。"

㉑“相望”四句：观望江乡海宇，大宗师只有慧远一人。他宣讲佛法，众人响应，意气相投，志同道合。

伊人：此人，他这个人。《诗经·秦风·蒹葭》云：“所谓伊人，在水一方。”

响依：响应，表示赞同，依从。

契同：融洽，投合，亦作“同契”。三国时曹植《玄畅赋》云：“上同契于稷离，降合颖于伊望。”

㉒“自尔”四句：自从修戒、定、慧，他效仿的榜样是阿罗汉中的“龙象”高僧，便悉以淡泊心怀处世而不图虚名，至情至切地归依净土宗。

自尔：自此，自从。北魏郦道元《水经注·溱水》载：“自尔年丰，弥历一纪。”

戒定：佛教用语，指出家和未出家的佛门信徒遵循的戒规。防非止恶为戒，息虑清心为定，即修行的功课戒、定、慧。达到慧觉则解除烦恼，进入“般若”境界。《楞严经》卷六云：“因戒生定，因定发慧。”

接式：继承榜样。接，继承，接续。式，楷模，标准，式样。

龙象：佛教名词，称众阿罗汉中修行勇猛有力者为龙象。龙行水中力大，象行陆地力大，故以此为喻，后以龙象尊称得道高僧。《大般涅槃经》卷二云：“世尊，我今已与诸大龙象菩萨摩诃萨，断诸结漏文殊师利法王子等。”

咸：这里用作皆、全。《说文解字·口部》云：“咸，皆也，悉也。”

泊感：淡泊宁静之感。

至切：极为真切，所谓“情至真，意至切”之谓。

㉓“但年代”六句：随着年代增添，风雨摧损，西林寺开始破旧。南朝梁武帝天监三年（504），善于讲解佛门戒律的有恩人，接踵来到这里歇息，却又很卖力地参与修葺寺院。

摧薄：摧损剥蚀，同摧剥。《列朝诗集·黄甲·十六夜祖董生北行》诗：“愿君霜树年，遗风远摧薄。”

天监三年：即公元504年。天监即南朝梁武帝萧衍的年号。

律师：佛家称善于解说戒律的人为律师。《涅槃经·金刚身品》云：“如是能知佛法所作，善能解说，是名律师。”

聿来：追循而来，接踵而来。聿，指跟循。《玉篇·聿部》云：“聿，循也。”

憩止：歇息。《晋书·刘寔传》载：“每所憩止，不累主人。”

抡葺：下力气参与修造。抡，用力挥动。葺，修缮房屋。

㉔“大隋”六句：隋朝一统江山，倡导天下文明。禅师慧达，本系太原人，俗姓王氏，他来到西林寺，弘扬“六波罗蜜”之经义，作为向往的彼岸，构建“四禅天”作为精进的殿堂。

握镜：手执明镜，比喻帝王掌握天下，光照八极。南朝梁元帝《玄览赋》云：“粤我皇之握镜，实乃神而乃圣。”

慧达：俗姓王，幼年心仪寺宇，后居天台山出家。曾游武当山和金陵诸寺庙，课劝修补旧寺庙三百余座。晚年应慧云的邀请，来到庐山西林寺。《续高僧传》卷二十九载：“（慧达）晚为沙门慧云邀请，遂上庐岳，造西林寺。”

廓：拓展，弘扬，扩充之义。《荀子·修身》云：“狭隘褊小，则廓之以广大。”

六度：梵译为“六波罗蜜”，意指六到彼岸，分别系布施、持戒、忍辱、精进、禅定、智慧。南朝王屮《头陁寺碑文》云：“推之于无，则俯弘六度。”

四禅：即四禅定，四静虑。初禅，指已离“欲恶”；二禅，指无“寻伺”思维；三禅，指舍去“喜乐”；四禅，指禅定修养功德“念清静”。

㉕“世归”六句：世道归于大德，一切都仰慕高雅。慧达整日行善，不畏惧劳苦，自东到西，再次兴建佛寺。

至德：至高无上的德行，德之极至。《论语·泰伯》云：“泰伯其可谓至德也已矣。三以天下让，民无得而称焉。”

高韵：高雅的气质。《世说新语·品藻》云：“颜性弘方，爱（杨）乔之有高韵。”

为善终日：整天都做好事。《尚书·周书·泰誓中》云：“我闻吉人为善，惟日不足。”《注》：“惟日不足者，言终日为之而犹为不足也。”

匪惮：不怕，不畏惧。匪，即“非”。《广雅·释诂》云：“匪，非也。”惮，畏惧。《说文解字·心部》云：“惮，忌难也。”

劬劳：辛劳，苦劳。《诗经·小雅·鸿雁》云：“之子于征，劬劳于野。”

徂：到，往。《诗经·大雅·桑柔》云：“自西徂东，靡所定处。”

㉖“爰自”四句：于是从西北金城到淮河流域，有信徒走过连绵的陆地，又沿着水乡而来，没有谁不以此“净土宗”为教门。

爰：于，于是。《尔雅·释诂》云：“爰，于也。”

金城：地名，在甘肃省皋兰县，晋代设金城郡。《读史方舆纪要》卷六十《临洮府》载：“战国时为西羌所居，秦属陇西郡，汉属陇西金城郡，晋初因之。”

亘陆：本指绵亘的陆地。晋代孙绰《望海赋》云：“弥纶八荒，亘带九地。”这里喻指人通行于道途。《广韵·嶝韵》云：“亘，通也。”

遵渚：沿着水域岸边而走。遵，顺着。《诗经·豳风·九罭》云：“鸿飞遵渚，公归无所。”

教门：教派，不同类别的教化之道。佛教有天台宗、净土宗、法相宗等，均有各自传教理念。《譬喻品》云：“以佛教门，出三界苦。”

㉗“宅古”六句：托古皈依空门，因心自在高远，心生虚空纯

白，窗前引观云气，四部书刊虔诚研读，到此顶礼膜拜。

宅古：托古。宅，指寄托。《说文解字·宀部》云："宅，所托也。"《文心雕龙·章句》云："夫设情有宅，置言有位，宅情曰章，位言曰句。"

栖空：栖居空门，依于佛门。晋代谢灵运《石壁立招提精舍诗》云："禅室栖空观，讲宇析妙理。"

虚室生白：指心生空虚，形容清净的心境。《庄子·人间世》云："瞻彼阕者，虚室生白，吉祥止止。"

房栊：窗户。《汉书·外戚传下》载："广室阴兮帷幄暗，房栊虚兮风泠泠。"

霭：云气，云霭。晋代陶渊明《停云》诗："霭霭停云，蒙蒙时雨。"

四部：各类书的总称。三国时荀勖将书分为四部：甲部为六艺小学等，乙部为诸子百家以及兵书术数，丙部为史料记载，丁部为诗歌图赞等。晋代李充重新划分四部：以五经为甲部，以史书为乙部，以诸子百家为丙部，以诗歌辞赋为丁部。《隋书·经籍志序》载："秘书监荀勖，又因《中经》，更著《新簿》，分为四部，总括群书。"

翘诚：虔诚。《楞严经》卷五云："普及大众，五体投地，雨泪翘诚。伫佛如来，无上开示。"

顶礼：佛教徒的至诚之礼，跪在地上以头顶承受尊者的脚。《方广大庄严经·赞叹品》云："化乐天王说是偈已，与诸天众顶礼佛足，却住一面。"后泛指致敬、行礼。

㉘"禅师"四句：慧达禅师宣称：要将西林寺修造成七间房屋宽的重楼高阁，并告诫招募而来的众人，都要百分之百地以诚敬之心从事。

劝募：告诫和勉励募集的人。劝，劝说，劝勉，勉励。《说文解字·力部》云："劝，勉也。"募，征召，广求，应募。《广韵·

暮韵》云："募，召也。"

百其诚：百分之百的诚恳。晋代慧远《万佛影铭》载："爰自经始，人百其诚，道俗欣之，感遗迹以悦心。"

㉙"以大业"九句：在隋朝大业二年，请来工匠兴修寺庙，没过多久就竣工了。高阁连绵，壮美而直干云霄，层楼延展，站在上面俯看远方却望不到边际。炉中的香烟与群峰的云气共苍郁，庙里的钟鼓之声与幽壑深谷产生回响。

大业：隋炀帝的年号。大业二年即公元606年。

戒：准备，具备。《广韵·怪韵》云："戒，具也。"这里指请到工匠。戒又通"届"，有"至、到"之义。《诗经·商颂·烈祖》云："亦有和羹，既戒既平。"《毛传》曰："戒，至。"

匪日：非日，不日，不久。南朝慧琳《龙光寺竺道生法师诔》云："如草之兰，如玉之瑾，匪日熏琢，成此芳绚。"

延袤：延长，延展。《史记·蒙恬列传》载："起临洮，至辽东，延袤万余里。"

层轩：指楼台带有多层空敞的外廊。《楚辞·招魂》云："高堂邃宇，槛层轩些。"

无地：无边，看不到地面，形容位置高或范围广。《楚辞·远游》云："下峥嵘而无地兮，上寥廓而无天。"

㉚"有顷"六句：不久，慧达法师要去长沙，着手描摩佛像，以此雕刻优填王法身，便乘一叶轻舟而往，很快就跟着返回来了。

有顷：不久。《战国策·秦一》载："惠王代后，莅政有顷，商君告归。"高诱《战国策注》曰："有顷，言未久。"

瑞像：佛像，祥瑞之像。南朝梁元帝《与萧咨议等书》云："窃以瑞像放光，倏将旬日。"

优填王：即梵语"优陀延王"、"嗢陀演那伐蹉"，意译为日子王。晋代释法炬《佛说优填王经》云："一时佛在拘深国，王号曰优填。"

旋返：返回，随即归回。旋，立即。《广韵·仙韵》云：“旋，疾也。”

㉛“所造”八句：所造法像，光彩之貌特殊，其形态气势超过了金属铸造，用功独到胜于精细琢玉。涂上丹漆，姿容焕发，箔上紫金，熠熠生辉。虽然是人力造就，其妙相似有神采注人。

镕楷：用金属熔化浇铸身型。镕，熔化，铸造。《玉篇·金部》云：“镕，镕铸也。”楷，式样，模形。《广雅·释诂》云：“楷，式也。”

丹雘：红色油漆。《尚书·周书·梓材》云：“若作梓材，既勤朴斫，惟其涂丹雘。”

紫铣：闪着紫色光泽的金子。铣，指最闪光的金子。南朝刘勰《剡县石城寺弥勒石像碑铭》云：“青雘与丹粟竞采，白金共紫铣争辉。”

㉜“大业七年”七句：隋朝大业七年（611），慧达禅师圆寂后，另有东林寺竺道生法师，树起明了因缘业报于往世，因袭慧觉善果于今生的佛学经义。抛开自我，济施以物，继承先辈禅师的绪业。

东林：即东林寺，在庐山北麓，位于西林寺之东面，故称。

道生：竺道生，南朝时高僧，河北钜鹿人，俗姓魏。幼年追随竺法汰禅师出家，改姓竺。后至庐山，与慧远等人结“白莲社”，精研佛理。著有《二谛论》、《佛无净土论》、《法身无色论》等。

明因：佛教所称明白十二因缘，一切都由因缘而合成，诸法由因缘而生。十二因缘即：无明缘、行缘、识缘、名色缘、六处缘、触缘、受缘、爱缘、取缘、有缘、生缘、老死缘。十二因缘概括过去、现在、未来三世。所谓“明因识果”是明白因果业报，超出轮回。

往劫：指往世。佛家称天地的形成到毁灭为一劫，大的劫难包括成劫、住劫、坏劫、空劫共四劫。南朝宗炳《明佛论》云：“自恐往劫之桀纣，皆可徐成将来之汤武。”

慧果：慧觉之善果，指积善因者，报之以善果。此外，另有僧人名“慧果”，南朝时淮南人，俗姓潘，出家后曾居景福寺，与西域僧人求那跋摩有过交往。按文中之义，这里是指慧觉之果报。

济物：指施舍，以物相济助。南朝谢灵运《述祖德诗》云：“兼抱济物性，而不缨垢氛。”

纂修：继承修治。《汉书·公孙弘传》载：“孝宣承统，纂修洪业。”

厥绪：此项绪业，这里的事业。厥，“其”、“这”之义。《尔雅·释言》云：“厥，其也。”绪，功业，事业。《广雅·释诂》云：“绪，业也。”《史记·太史公自序》载：“赵夙事献，衰续厥绪。”

㉝“寺僧”八句：西林寺智正等僧人，以树立佛门正道风尚于长久之世，想留下功德典范于后辈，莫过于镌刻立石，首题碑记，寓以辞赋。今稽首叩拜领受，且作铭以记。

智正：僧人名，俗姓白，河北定州人。十一岁出家，居胜光寺，后至终南山至相寺，又抵庐山西林寺。卒于公元639年，著有《华严疏》十卷。

道风：道德风范，超凡脱俗的风貌。南朝谢灵运《庐山慧远法师诔并序》云：“于昔安公，道风允被。”

诒：留传，遗留。《诗经·大雅·文王有声》云：“诒厥孙谋，以燕翼子。”郑玄笺曰：“诒，犹传也。”

来业：来世，来世的业果。《明佛论》云：“衹行于今，以拟来业，而迈至德者。”

勒：雕刻，刻文于石。《礼记·月令》云：“物勒工名，以考其诚。”

绀碣：深青透红的石碑。绀，青色。《玉篇·糸部》云：“绀，深青也。”碣，圆顶的石碑。《字汇·石部》云：“碣，碑碣。”唐代岑文本《龙门山三龛记》云：“是用勒绀碣于不朽，譬彼法幢，陈赞述于无穷。”

元碑：首立之碑。元，开始，首次。《说文解字·一部》云：“元，始也。”

雕篆：即雕虫篆刻的省称。雕虫，雕镌古文字“虫书”，后以雕篆代称辞赋章句。南朝刘勰《文心雕龙·时序》云：“集雕篆之轶才，发绮縠之高喻。”

稽首：跪拜行礼，将头触地。《尚书·虞书·舜典》云：“禹拜稽首，让于稷契。”

铭：这里指一种文体。古人或铸字于钟鼎，或刻写于碑碣的铭文，言词简捷，用语顿挫，后为一种文章体裁。明代徐师曾《文体明辨序说·铭》云：“凡山川、宫室、门井之类，皆有铭词……然要其体不过有二：一曰警戒，二曰祝颂。”

㉞“二仪”八句：天和地刚分开时，万物开始形成。欲望随之产生，同时伴随烦恼。从此世事纷乱不宁。几番彰显几番颠倒，疾苦困惑如同良禽。处世纠缠盘结，人生荣辱皆惊。

二仪：亦称“两仪”，指天和地。三国时曹植《惟汉行》诗：“太极定二仪，清浊始以形。”

肇判：始分。肇，刚开始。判，分开。

万品：万象，万物，言之众多。《文心雕龙·原道》云：“旁及万品，动植皆文。”

靡宁：无宁，不安宁。晋代陶渊明《闲情赋》云：“意惶惑而靡宁，魂须臾而九迁。”

三彰四倒：多次彰明，多次颠倒。四倒，即“四颠倒”，指四件违背佛理的事。佛家称有常、有乐、有我、有净为四倒。《般若无知论》云：“若有知性空而称净者，则不辨于惑智，三毒四倒亦皆清净。”

瘝惑：疾苦与惶惑。瘝，指病痛或疾苦。《集韵·山韵》云：

"瘝，病也。"惑，指迷乱，困惑。《玉篇·心部》云："惑，迷也。"

焦明：鸟类。汉代司马相如《上林赋》云："捷鸳鸰，掩焦明。"张守节《史记正义》按："长喙，疏翼，圆尾，非幽闲不集，非珍物不食。"

这里指《佛本生故事》中的大雁。据其中《狮子和大雁》一章所载：有一头狮子吃鱼，被鱼骨刺卡在咽喉处，吐不出又咽不下，疼痛不能进食。这时大雁飞来了，狮子请求大雁帮忙取出鱼骨刺。大雁以慈悲为怀答应了，又担心自己被狮子吃掉，于是找一根木条塞在狮子嘴里，然后才将脖子伸进狮子口，叨出鱼骨刺。狮子好了，又要进食。大雁说自己为它做了一件善事，想请狮子谈一谈感受。狮子说它生性吃肉，你能从它的嘴里逃脱出来，你应该知足了。大雁知道自己拯救了忘恩负义的家伙，这是自己最大的迷失。《佛本生故事》这类以飞禽走兽作譬喻的事例很多，大雁的困惑，也是大千世界中良知的困惑。

宠辱：荣耀与委屈。老子《道德经》云："宠之为下，得之若惊，失之若惊，是谓宠辱若惊。"

㉟"邅回"六句：徘徊于生死流转的欲界、色界、无色界，轮回于胎生、卵生、湿生、化生之中，欲望长期追求，业缘相煎不停，谁来拯救万物，只有释迦圣人。

邅回：徘徊，踯躅。《淮南子·原道训》云："邅回川谷之间，而滔腾大荒之野。"

三界：佛教名词，佛教将生死流转的人世间划为三界，即欲界、色界、无色界。《楞严经》云："弘范三界，应身无量。"

四生：佛教用语，佛家将世间众生分为四大类，即胎生、卵生、湿生、化生。胎生如人畜，卵生如禽蛇，湿生如虫孑，化生为无所依托，借助业力忽然而生。《法苑珠林·四生》云："故有四生，依壳而生曰卵，含藏而出曰胎，假润而兴曰湿，欻然而现曰化。"

骛：强求，力求，如“好高骛远”。汉代司马相如《上林赋》云：“游乎六艺之囿，驰骛乎仁义之涂。”

薪火：本指柴薪之火，佛家以此比喻业性相煎。南朝沈约《法王寺碑》云：“或期寂灭，或念薪火。”

拯物：拯救万物，指济世。晋代袁宏《三国名臣序赞》云：“知能拯物，愚足全生。”

㊱“纡情”八句：盘结情感行识，果以因缘阐明。开启度人法门，指点彼岸渡津。大施普天法雨，洗涤深久凡尘。佛日虽然西隐，弘扬佛法在人。

纡情纡识：萦绕积结感情与受、想、行、识。纡，维系，萦回。《说文解字·糸部》云：“纡，萦也。”

方便门：佛教称随机度人的法门，引人慧悟的门径。《四十二章经》云：“视方便门，如化宝聚。”

彼元津：彼岸，原本具备的普渡之岸。佛教称超脱生死达到涅槃境界为彼岸。

雨大法雨：大洒法雨。前一“雨”字用作动词，即“普降”或“洒”之义。法雨，佛门指佛法普施众生，如雨露滋润万物。南朝谢灵运《庐山慧远法师诔》云：“仰弘如来，宣扬法雨。”

佛日：佛家认为佛法无边，广济众生，佛如同太阳普照大地。《观无量寿经》云：“唯愿佛日教我观于清净业处。”

㊲“爰有”六句：于是有德高僧，来到这里栖居，匿迹销声入定，奉佛法而忘身，搁置俗念依空，求索佛理真谛。

开士：菩萨的别称，指可以自我开觉，又可以开启他人慧觉的人为开士。后用作对高僧的敬称。《释氏要览》云：“经中多呼菩萨为开士，前秦苻坚赐沙门有德解者，号开士。”

粤：这里用作发语词，无实际意义。《汉书·翟方进传》载：“粤其闻日，宗室之俊有四百人。”

萃止：停止，栖息。《诗经·陈风·墓门》云：“墓门有梅，有鸮萃止。”

铲迹销声：匿迹销声，指遁入空门。《晋书·儒林传》载：“文博之漱流枕石，铲迹销声。”

置想：搁置设想，指抛弃杂念。

㊳“异人”八句：奇异之人出现，大兴普渡之法。仰慕追踪祇园，修造标准寺院。披蓁丛斩荆棘，垒高台设桥梁。大殿高耸云霄，揽星辰沐红日。

异人：不寻常的人，才能突出的人。《汉书·公孙弘传》载：“群士慕向，异人并出。”

载挺：挺拔出众。晋代潘尼《献长安君安仁诗·峨峨嵩岳》云：“奕奕茂宗，载挺英俊。”

舟航：连舟以渡，指浮桥。《淮南子·氾论训》云：“不通往来也，乃为窬木方版，以为舟航。”

希踪：仰慕而追踪。希，仰慕。晋代左思《咏史·吾希段干木》诗：“吾希段干木，偃息藩魏君。”踪，踪迹。这里指仰仗追踪。《晋书·宗室传》载：“栖情尘外，希踪物表。”

祇树：即祇树林，祇园。古印度憍萨罗国“祇陀太子”的园林。因园中设有讲佛精舍，后以“祇园”或“祇树林”泛称佛门。唐代李颀《题璿公山池》诗：“远公遁迹庐山岑，开士幽居祇树林。”

披蓁：披荆，铲除灌木荆棘。披，指劈折。蓁，指丛木，棘条。《佛祖通载》卷十六云：“既披蓁结庵，才疵趺座。”

抗陆：抬高地面。抗，指高，举起。《广雅·释诂》云：“抗，举也。”

游梁：供游览的小桥，或游于桥梁。梁即桥。南朝江淹《青苔赋》云：“游梁之客，徒马疲而不能去。”

切汉：直切云汉，形容高耸。切，指贴近。汉，指天汉，银河。《贞观政要》卷三载：“离宫别馆，切汉凌云。”

㊴“岩谷”八句：山崖沟谷虚寂，林中安逸静谧。或坐禅或经行，共济“权”教“实”教。成为不二法门，大义归于统一。总驾大乘之舟，普渡至始至终。

闲谧：闲静，安闲静谧。《唐文安县主墓志铭》云：“靡不思穷妍丽，虑归闲谧。”

宴坐：本指闲坐，佛门称坐禅为宴坐。鸠摩罗什《维摩诘经·弟子品》云：“心不住内，亦不在外，是为宴坐。”

道粮：道饷，指资养共济，施舍过往人之粮食。《上堂法语》云：“遍给静室之道粮，大增梵宇之光辉。”也指修行人的食物。

权实：佛家称佛法有权、实二教。权教属于小乘佛教说法，实教为大乘佛教说法。小乘佛教主张修戒、定、慧，强调出家；大乘佛教主张修“六度”、“四摄”，不一定要出家，可以修居士行。

揆：尺度、准则。《楞严经指掌疏》卷一云：“以义揆之，必是楞严一类。”

大乘：佛学名词，即梵语“摩诃衍那”。“摩诃”是“大”之义，“衍那”指“乘载”之义。大乘佛教自称能普渡众生，如同一种无比巨大的船或车，可以运载无限众生，到达解脱的彼岸。《法华经·譬喻品》云：“利益天人，度脱一切，是名大乘。”

㊵“像教”十句：造佛像以设教，取之于形与质。寺宇整修坚固，护法金刚长在。仰慕佛门至道，展望远久岁月。须弥山在尽头，法灯普照长明。感慕诵经赞偈，敬刻石碑铭文。

像教：古称佛教为像教，指造像以设教。《唐会要·议释教》云：“汉魏之后，像教浸兴。”

相质：相称，指形与质相符。晋代陆机《文赋》云：“碑披文以相质，诔缠绵而凄怆。”

灵宇：对寺庙的颂称。南朝王中《头陁寺碑文》云：“眷言灵宇，载怀兴葺。”

不迁：不动，坚定不移。汉代王褒《洞箫赋》云：“托身躯于后土兮，经万载而不迁。”

希彝：仰慕常道。《黄帝内经素问集注·序》：“讵敢追康节希彝通《易》之秘，隐君齐相搜药之遗。”

缅邈：遥远，深渺。晋代陆机《拟古诗·拟行行重行行》诗：“音徽日夜离，缅邈若飞沉。”

遐年：长年，年代远久。晋代左思《魏都赋》云：“虽逾千祀，而怀旧蕴于遐年。”

须弥：须弥山，即梵语“修迷卢”、“苏迷卢”，传为佛教名山。意译为“妙高”、“妙光”、“积善”之义。《北齐书·樊逊传》载：“置世界于微尘，纳须弥于黍米。”

法炬：法灯，佛法如灯，照彻幽暗。

偈赞：佛经中的唱颂之词，四句为一偈，有三言、四言、五言、六言、七言不等之句式。

【校】

（一）□爱：此处缺字应为“嗜”，即“嗜爱。”晋代王嘉《拾遗记》云：“盖能去滞欲，而离嗜爱。”又《新唐书·韦绍传》载：“若曰以今之珍，生所嗜爱，求神无方。”

江夏县缘果道场砖塔下舍利[①]记

夫至理空冲，寻求之源悠缅，法身寂寞，无方之应奄臻。[②]至如华叠未燃[(一)]，驻影留发；香薪已燎，散体分形。故有宝塔珍龛，崔巍四园之上；云兴地踊，照曜八国之中。俾我圣迹，未之湮坠。[③]

缘果道场者，梁天监十二年太岁癸巳，长史刘端舍宅为寺。[④]有命过僧归阇梨，尽心建造。阇梨降自江夏[(二)]，氏族未详，戒慧总持，甚有灵验。[⑤]于是鸿基胜趾，绨构日新。三业薰修，七财具足。[⑥]以今大隋大业九年昭阳之岁，江夏县缘果乡长刘大懿等，遵依敕旨，共三乡仕民，奉诸佛[(三)]齐与道场七层砖塔一所，安镇此地。[⑦]次有清信弟子黄慧龚、慧俊、慧达[(四)]等兄弟，并德性佳雅。难兄难弟，誓立五根，愿弘四事，于所住宅福瑞累彰亡父。[⑧]于大业三年二月，乃于食内感舍利一枚。大小相欢，睹兹希有，安止水器，且浸且浮。旋绕久之，光明遍室，顶戴虔礼，日申供养。[⑨]到七年正月，俊女鸡娘又感二枚。斯实迹见难思，抑闻图籍。[⑩]次有弟子李药王，信首宿驰，贤才简疋。虽居无瑞草[(五)]，手阙金钱，每用放济，居心倾舍为业。以开皇廿年，行至常州境，感舍利一枚。到大业五年，于所住宅又感二枚。[⑪]昔者阿难捧函，如来赞其希有；康会瓶泻，吴主嗟其神异。[⑫]询诸经诰，今古同符。以今季夏六月八日，奉迭散身，永窆基下。众缘赞助，普设大斋。[13]方俟七级巍峨，接霄房而飏采；九盘煜曜，宝铎韵而流声。上资帝朝，爰洎遐迩。[14]设使芬尽方城，五分之身常住；石销天袂，金刚之地嶷然。敢忘议善，乃为铭曰：[15]

茫茫宇宙，悠悠世间。九地衔海，四渎抱山（六）。三途有狱，五道无关。魂随动泊，识转（七）循还。[16]至圣何像，嶷然恢怕。示现无方，迦维垂迹。等救烧燃，通悲幽溺。[17]息众权城，椎轮火宅。八十化尽，天人丧师。抚膺雨泪，香水离呲（八）。[18]四王典护，八国均持。机缘靡隔，灵祥俟时。[19]坊坟式建，层表临空。非因鬼力，讵假神工。金盘仰露，宝铎摇风。山移川徙，徽业兴隆。[20]

按：该碑记见于明代陶宗仪《古刻丛钞》，题为《江夏县缘果道场七层砖塔下舍利铭记》。题下注明“阙撰人名”，所录该文不足三分之一，几乎只有后面的铭文，还有缺字。其次，又有明代都穆在《金薤琳琅》卷八中刊载了该篇全文，虽有缺字，但已如数标明。都穆在该文后面题跋云：“右隋《江夏县缘果道场砖塔记》，无书撰人氏名。”上述二人对于这篇碑记，都称没有找到作者。几经探究，偶见此碑刻的拓片影印本，标题为《江夏县缘果道场砖塔下舍利记》，正文之前刻有“太子率更令欧阳询撰并书”一行字。如此看来，撰书者似乎已经被确认，但细究一番，仍有疑点。试想：既是隋代缘果道场的碑刻，其时，欧阳询为隋朝太常博士，所谓“太子率更令”是唐代贞观年间才有的官位，这便颇令人费解了。按《旧唐书·欧阳询传》所载：“仕隋为太常博士……贞观初，官至太子率更令、弘文馆学士。”欧阳询在唐贞观年之际所授的职官，怎么提前刻到隋代的碑石上，这里的时空之隔是如何“穿越”的呢？难道欧阳询早在三十多年前就预先知道自己能够官至“太子率更令”么？这显然是不可能的事。再说，隋唐以前的碑刻多不署撰书者姓名，这在欧阳修的《集古录》、赵明诚的《金石录》均已提及。那么，该碑记有此题款，实属蹊跷。反复细辨其拓片印本的字迹，又恰与欧阳询《般若波罗蜜多心经》帖本的书写风格十分一致，这就使人困惑了。再参阅宋代王寀的《汝帖》诸资料，得知自后唐开始，历经宋、元、明、清都有人见古碑已朽或拓片将残，便为之重新摹刻，以保存流传。既然有如此之举，今日我们所见到的该碑字迹，并非原刻，之所以添上“太子率更令”，也就是仿刻者为了标明作者特此添加的“蛇足”。曾经有人指责这些仿刻古碑者缺知少识，连朝代官爵都弄得颠之倒之。窃以为此说实在可笑，殊不知仿刻者另有用意，系遵之以礼敬，怀之以仁心，对作古的名家致以最高官爵之尊称而铭刻为志，难道还有过错么？

认定这篇碑记为欧阳询所作还大有人在。清代乾隆年间进士张问陶在此拓片上题记云：“（隋文帝）诏天下造佛舍利塔，如仁寿元年、二年，青、邓二州舍利塔下铭是也。此《缘果道场砖塔下舍利记》，文与书皆出自率更手。”此外，清代道光年间的书画家鲍镇方也在拓片上题跋曰：“率更生于晋以后，而其书实有过晋人者。”二位先后将本碑记指为欧阳询所作，夫复何疑，且其中还有清代乾隆年间进士长沙人唐仲冕为之题识，道光年间进士梅曾亮为之签名，不一而足。本编依此，将该文收录于本书之中。

【注释】

①舍利：佛骨，又名“设利罗”、“室利罗”。原指释迦牟尼遗体火化之后的结晶状物体，后来指得道高僧死后烧剩的骨头。《魏书·释老志》载：“佛既谢世，香木焚尸，灵骨分碎，大小如粒，击之不坏，焚亦不焦，或有光明神验，胡言谓之舍利。”

②“夫至理”四句：关于最根本的道理就是空虚，探求其根源

却渺远深邃。证得法身的诸佛菩萨其内修高峻孤寂，而接引众生的方式又变幻无穷，这种境界当下即得。

至理：最原本的道理。晋代葛洪《抱朴子·明本》云：“实原本于自然，其褒贬也，皆准的乎至理。”

空冲：空虚。空，佛教指超现实的境界。《般若波罗蜜多心经》云：“色即是空，空即是色。受想行识，亦复如此。”冲，也指空虚。《玉篇·水部》云：“冲，冲虚。”

悠缅：悠远，渺远深邃。《晋书·庾阐传》载：“大庭既邈，玄风悠缅。”

法身：佛家称佛的真身为法身。南朝王中《头陁寺碑文》云：“况法身圆对，规矩冥立。”

无方之应：形容证得法身的诸佛菩萨接引众生的方式无穷无尽。

奄臻：突然企及，当下即得。奄，急遽，忽然。《方言》卷二云：“奄，遽也。”臻，到达，企及。《玉篇·至部》云：“臻，及也。”《陈书·世祖纪》载：“及国祸奄臻，入承宝祚。”

③“至如”十句：至于圆寂后躺在叠叠花垫之中还未火化时，只留下身影与剃度之发。等到香木燃烧，支解躯体而分化形骸，才有宝塔和佛龛，高高耸立在四围之上。于是佛法兴起，菩萨从地下踊出，佛光照耀八方邦国，至使我方圣迹，没有被湮没坠失。

香薪：用香木作燃料。南朝徐陵《东阳双林寺傅大士碑》云：“宁焚软叠，弗燎香薪。”

珍龛：对佛像龛座的敬称。《旧唐书·辛替否传》载：“何必璇台玉榭，宝像珍龛。”

地踊：佛教用语，指娑婆（堪忍）大千世界土地皆震裂时，菩萨从地下踊出。《妙法莲华经·从地踊出品》云：“不见不闻，如是大菩萨摩诃萨众，从地踊出，住世尊前。”

俾：使，致使。《诗经·大雅·民劳》云：“式遏寇虐，无俾民忧。”《尔雅·释诂》曰：“俾，使也。”

湮坠：湮没失落，掩盖消失。《隋书·炀帝纪上》载：“经典散逸，宪章湮坠。”

④“缘果道场”三句：此处缘果道场，原本是南朝梁武帝癸巳年（513），由时任官府长史的刘端捐出自己的住宅而成的寺院。

天监十二年：即公元513年。

长史：官名。为公府的佐官，凡王公、司徒、太尉、太守、刺史、将军等府，均设长史。

⑤“有命”六句：有一位自禀天命的僧人，成为佛门弟子的规范之师，到此尽心尽力兴修寺院。这位僧师出生于江夏县，对于他的世族俗姓却不清楚，以修戒、定、慧而总揽佛学旨要，渐渐获得灵通慧觉。

有命：自禀天命，天意所授之命。《尚书·商书·伊训》云：“皇天降灾，假手于我有命，造攻自鸣条。”

阇梨：梵语，又译为“阿阇梨”、“阿祇利”。意指僧师，品行标准之师。《梁书·侯景传》载：“有僧通道人者……人并呼为阇梨。”

降：降生，诞生之义。屈原《楚辞·离骚》云：“惟庚寅吾以降。”

戒慧：即戒、定、慧，为佛门三学。戒指五戒，即戒杀生、戒偷盗、戒邪淫、戒妄语、戒饮酒。外加戒娱乐、戒享受、戒非时食物，合为八戒。定，指禅定，专注一境而不散乱神思，有四禅，即初禅、二禅、三禅、四禅。达到四禅便脱离了欲界，不苦不乐，专心于佛教的功德修养。慧，指通达事理，亦分为三种，即闻所成慧、思所成慧、修所成慧，即证悟人生，断除烦恼，获得真正解脱的智慧。

⑥“于是”四句：于是在这处鸿大的基业胜地，缔造与日俱新。以三业之善果秉香熏陶，将圣者七财具备充足。

鸿基：宏大的基业。北朝郦道元《水经注·河水五》云：“北岸有新台，鸿基层广，高数丈。”

缔构：营造，缔造，构筑。晋代葛洪《西京杂记》卷一云：“匠人丁缓、李菊，巧为天下第一，缔构既成，向其姊子樊延年说之。”

三业：佛教名词，即身业、语业、意业。身体行动，即身业；口中言语，即语业；思想情绪，即意业。泛指一切身心活动。《大毗婆沙论》卷一一三云：“三业者，谓身业、语业、意业。”

薰修：即熏修。指佛门弟子焚香持戒，课修养性。《楞严经》卷七云：“同处熏修，永无分散。”

七财：佛学术语，即“圣者七财”。指信心财、持戒财、多闻财、布施财、知惭财、有愧财、智慧财。《大般涅槃经》卷十一云：“有七圣财，所谓信、戒、惭、愧、多闻、智慧、舍离，故名圣人。”

具足：这里指具备充足，《百喻经·认人为兄喻》云：“昔有一人，形容端正，智慧具足，复多钱财。”

⑦“以今大隋”六句：以当今隋朝大业九年（613）癸酉岁，江夏县缘果乡的乡官刘大懿等人，遵照皇上的诏令，联同三处乡村的仕族与平民，为供奉诸佛的寺庙修造一所七层砖塔，安镇在本地。

昭阳之岁：指太岁在癸，称“昭阳”，隋大业九年即为“癸酉”岁。《淮南子·天文训》云：“子在癸，曰昭阳，赤奋若之岁。”

敕旨：诏令，帝王的谕旨。《新唐书·百官志二》载：“凡王言之制有七……五曰敕旨，百官奏请施行则用之。”

⑧“次有”七句：其次又有清斋信徒黄慧龚、黄慧俊、黄慧达等兄弟，都是德行禀性高雅之士。这些难兄难弟发誓立“信、精进、念、定、慧”五根之诚，自愿以“衣被、饮食、卧床、医药”四事奉献，还在自己的住宅接连祈福，彰显死去的父亲。

清信：清斋信徒，清信士。南朝梁简文帝《吴郡石像碑》云：

“吴县华里朱膺，清信士也，独谓大觉大悲，将宏化迹。”

五根：佛学名词，指“信、精进、念、定、慧”为五根。南朝梁元帝《与萧咨议等书》云：“必须五根之信，以信为首；六度之檀，以檀为上。”

四事：佛教用语，即“四事供养”，指衣被、饮食、卧具、医药四大类，为出家人的生活所需。

⑨“于大业”十句：在隋朝大业三年（607）二月，就于供食之内感应获得舍利一枚。全家大小都欢喜，目睹这世间的希罕之物，安放在盛水的器具内，只见半浸半浮，回旋盘绕良久，随之光明照遍室内。于是顶礼膜拜，每天供奉。

安止：安放，停留。汉代焦赣《易林·豫之观》云：“胶车木马，不利远驾，出门有害，安止得全。”

申：重复，一再。

⑩“到七年”四句：到了隋朝大业七年正月，他们家名叫“鸡娘”的俊俏之女又感应得到二枚舍利。这实在是奇迹出现不可思议，抑或只能见于图册书籍。

斯实：如此实实在在。斯，这，这样，如此之义。《论语·子罕》曰：“有美玉如斯。”

抑：这里用作“或”，“或者”，表示假定之义，即今之“抑或”。《论语·学而》云：“求之与，抑与之与？”

图籍：图册与书籍。《韩非子·难三》云：“法者，编著之图籍，设之于官府，而布之于百姓者也。”

⑪“次有弟子”十二句：又有俗家弟子李药王，以诚信奉佛为首而心驰宿愿。他本系贤能良才且简洁雅致，虽然居住之处没有富贵吉祥的花木，手中也缺少金钱，但每有日用依然放手济助，专心以施舍为业。在隋文帝开皇二十年（600），李药王来到常州境内，由于佛心感应获得舍利一枚。到隋炀帝大业五年（609），他在自己的住宅又感应再得二枚舍利。

李药王：人名，姓李，名药王，隋朝将领，曾与隋文帝第四子汉王杨谅出兵征讨突厥。《隋书·史万岁传》载："（史）万岁率柱国张定和、大将军李药王、杨义臣等出塞。"

信首：诚实，笃信为首。《说文解字·言部》云："信，诚也。"

简疋：简雅，简洁而雅致。疋，即古之"雅"字。《晋书音义·卷中》云："疋，与雅同。"《晋书·李密传》载："昔舜、禹、皋陶相与语，故得简雅。"

瑞草：富贵吉祥的花草，旧称"灵芝"为瑞草。《神农本草经》载："瑞草，《礼·内则》云：'芝栭'。"卢植《神农本草经注》云："芝，木芝也。"

放济：放手济助。放，指舍弃，这里指捐弃财物。《小尔雅·广言》云："放，弃也。"济，即救助。《尔雅·释言》云："济，益也。"

居心：心甘情愿，安心。《后汉书·公孙述传》载："使西州豪杰，咸居心于山东。"

⑫"昔者"四句：从前阿难陀作为释迦牟尼的捧函侍从，能熟记其言行，被如来佛称赞为世间少有。三国时康僧会在东吴用铜瓶求来舍利，孙权倾瓶泻出，感叹其神异。

阿难：阿难陀，意为"欢喜"、"喜庆"，系释迦牟尼的叔父斛饭王之子。释迦牟尼成佛时，这位堂弟刚出生，取名"阿难"，二十五岁时出家，成为释迦牟尼十大弟子之一。阿难记忆力极强，能将佛祖的言论准确地说出来，并为之编印成册，被称之为"多闻第一"。《妙法莲华经》卷四云："尔时，佛告阿难，汝于来世当得作佛。"

捧函：手捧函盒，指侍从捧着主子所需之物站在一旁。

如来：梵文读音为"多陀阿伽陀"，"怛佗尼多"，意为如实道来达到正觉。《成实论》卷一云："如来者，乘如实道来成正觉，故曰如来。"

康会：僧人，又名“康僧会”，三国时期西域康居国人，出家至印度，后来随父经商到中国广东交趾，辗转至东吴都会建业。孙权曾为他修寺院，号“建初寺”。康会在此译有《小品般若》、《六度集经》、《法镜》等佛学著作。

瓶泻：指康僧会为了取得孙权对修佛寺佛塔的支持，将舍利请入瓶中。孙权将瓶倾泻出舍利，然后才深信不疑。《高僧传》卷一载：“（康）会自往视，果获舍利。明旦呈（孙）权，举朝集观，五色光炎照耀瓶上，（孙）权自手执瓶泻于铜盘。”

⑬“询诸经诰”七句：询察佛门经典所示，今天与古时同样有瑞应相符。以今年夏末六月八日，依次奉献舍利并各自散尽身上的财资，将舍利永久安息在塔基之下。众人为结佛缘而赞助，普遍设斋醮祭。

经诰：佛经圣典。《隋书·牛弘传》载：“光武嗣兴，尤重经诰，未及下车，先求文雅。”

季夏：末夏，夏季的最后一个月。《礼记·明堂位》云：“季夏六月，以禘礼祀周公于太庙。”

奉迭：依次奉献。迭，交替，交互，依次之义。《说文解字·辵部》云：“迭，更迭也。”《楞严经贯摄》卷五云：“取夜摩天所奉迭华之巾，于大众前。”

散身：散去身上的钱财，指倾身奉佛施舍。

窆：本指下葬，这里指用石函或金属匣子装上舍利埋葬于塔基下。

⑭“方俟”六句：等到七级砖塔巍峨耸立，高接云霄的房宇熠闪光彩，九曲盘雕与日争辉，寺塔檐边的风铃响起清脆之声，上可资以声望于皇朝，又可将佛法远近浸透。

方俟：只等，且等待。《南齐书·和帝纪》载：“方俟清宫，未即大号。”

飏采：闪扬光彩，显扬光彩。《艺文类聚》卷七十七《寺碑》

云："饰用沉檀，火齐胜明，烛银飏采。"

九盘：谓回迂曲折。南朝沈约《白马篇》诗："赤坂途三折，龙堆路九盘。"

煜曜：闪耀，光芒耀日。煜，指火焰炽盛。《说文解字·火部》云："煜，熠也。"曜，指日光。《诗经·桧风·羔裘》云："日出有曜。"

宝铎：寺庙檐边或宝塔檐边的风铃。南朝刘孝绰《酬陆长史倕》诗："月殿曜朱幡，风轮和宝铎。"

洎：浸润，漫延之义。《管子·水地》云："越之水，浊重而洎。"尹知章《管子注》曰："洎，浸也。"

遐迩：远近。《汉书·韦玄成传》载："天子穆穆，是宗是师，四方遐迩，观国之辉。"

⑮"设使"六句：假使方城之内芬芳已尽，大日如来佛具备的五种分化之身依然常在。假设石化天裂，金刚护法岿然不动。今人岂敢忘记弘扬善行，且作铭词如下。

芬尽：芬芳已谢，比喻万物凋零。

方城：佛教用语，指空间。《佛说如幻三昧经》云："其于十方幽隐，暗冥蔽翳方城。"

五分之身：即五智五身，指大日如来具有五智，为教化众生，分化为五方五佛身。即中央为毗卢遮那佛，东方为阿閦佛，南方为宝生佛，西方为阿弥陀佛，北方为不空成就佛。

天袂：天祛，天裂。袂与"祛"同，指分开，裂开。汉代扬雄《剧秦美新》云："权舆天地未祛，睢睢盱盱。"

敢忘：即不敢忘记。敢，冒昧自谦之词，即岂敢，焉敢。《左传·庄公二十二年》载："所获多矣，敢辱高位？"杜预注曰："敢，不敢也。"

⑯"茫茫宇宙"八句：茫茫天地之间，悠悠人生世上。九种地势包海，四条江河绕山。三恶通向地狱，五道门径不关。灵魂随缘

止泊，行识转入循环。

九地：九种高低不同的地貌。汉代扬雄《太玄经·玄数》云："九地一为沙泥，二为泽地，三为沚涯，四为下田，五为中田，六为上田，七为下山，八为中山，九为上山。"

四渎：古称黄河、长江、淮水、济水为四渎。《史记·封禅书》载："四渎者，江、河、淮、济也。"

三途：佛家称人有地狱、饿鬼、畜生三种不同的归向，名为"三恶道"，又为三途。晋代郗超《奉法要》云："此谓三途，亦谓三恶道。"

五道：人在生前的善恶行为，导至五种不同的轮回趋向。即天、人、饿鬼、畜生、地狱等五条途径。南朝鲍照《佛影颂》云："六尘烦苦，五道绵剧。"

⑰"至圣何像"六句：佛圣是何法像，巍然庄严淡泊，现身不可预测，故里屡见形迹。救人如出火坑，常悲生灵如溺。

至圣：指道行品德最为高尚的人，这里称佛祖释迦牟尼。

惔怕：即"淡泊"，指清心寡欲。《刘碑造像铭》云："惔怕无相，非有心能知。"

示现：佛家称佛菩萨随机缘而现各种身形。《华严经·十地品》云："常有诸佛大神通力，随众生心，而为示现。"

迦维：又称"迦毗罗卫"、"迦毗罗"、"迦维罗卫国"、"迦毗罗婆苏都"等，意译为"妙德城"，天竺国名，系释迦牟尼的出生地。《魏书·释老志》载："释迦即天竺迦维卫国王之子，天竺其总称，迦维别名也。"

垂迹：佛家称佛菩萨在其出生地本体现身，显示出各种不同的变化之身来济度众生，此谓"垂迹"。晋代僧肇《维摩经序》云："非本无以垂迹，非迹无以显本。"

通悲幽溺：对于没有慧觉的生灵，感到如同陷入幽暗的深水中一样抱以慈悲为怀。通，指贯穿。悲，指慈悲为怀。幽，指暗深。

溺，指深水。

⑱“息众权城”六句：让众生歇息于权宜之城，创说三界火宅。佛祖八十而卒，天人失去导师。捶胸流下泪雨，香水供奉附丽。

权城：即化城，权宜之城，幻化之城。据《法华经·化城喻品》所称：某处深山蛮荒之中，住着受苦的百姓。忽然来了一位导师，劝大家脱离苦境，山外有肥沃之地，到处是珍宝。众人都表示愿意离开这里。于是导师带领众人跋涉而行，走过无数穷山恶水，众人又苦又累，纷纷望而却步，有人打算退回原处，甘愿在故里受穷也不想吃眼前这份苦。导师为了安抚众人，就在前面不远处幻化出一座方城来，让大家住进去休息一段时间。不久，导师见老百姓都恢复了精力，又劝大家继续上路，并说这座城是自己幻化出来的权宜之城。说完，这座城就消失了，众人很是惊奇，又跟着导师前行，直到抵达目的地。这个故事讲述的是引导众生“六度彼岸”之经历与逐步“精进”的过程。指明若要超脱生死轮回，必须经受一段痛苦的历练。《妙法莲华经》卷三《偈语》云：“故以方便力，权化作此城，汝今勤精进，当其至宝所。”

椎轮：最古老的没有车辐的轮子，比喻事物原创或首创。南朝萧统《昭明文选·序》云：“若夫椎轮为大辂之始，大辂宁有椎轮之质？”

火宅：佛教名词，比喻人处于俗世之中，有名欲、利欲、情欲等烦恼，如同深陷火宅之中不能自拔。《妙法莲华经·譬喻品》云：“但以智慧方便，于三界火宅拔济众生。”

八十化尽：指释迦牟尼活到八十岁时，在拘尸那迦城逝世，然后火化形骸。

抚膺：捶胸，这里指悲伤。晋代张华《杂诗》云：“永思虑崇替，慨然独抚膺。”

香水：这里指金刚水，以香料浸泡，用于供佛。《大毗卢遮那成佛经》卷五云："调和香水，以郁金、龙脑、旃檀等种种妙香，亦以真言加持，授与令饮少许，此名金刚水。"

离毗：附丽，依附。离，指丽。《周易·说卦》云："离，丽也。"毗，附合，比附。《诗经·大雅·板》云："无为夸毗。"朱熹《诗经集传》曰："毗，附也。"

⑲"四王典护"四句：四大天王护世，八方国民奉持，机缘并无阻隔，灵瑞之应待时。

四王：佛教所称四天王，又名"护世四天王"。据说天竺国须弥山间另有一座犍陀罗山，山上有四座高峰，因各居一王而得名。即东方持国天王、南方增长天王、西方广目天王、北方多闻天王。

典护：护持，领护。《史记·陈丞相世家》载："是日乃拜平为都尉，使为参乘，典护军。"

均持：均衡奉持，对等侍奉。均，普遍等同。《玉篇·土部》云："均，等也。"

靡隔：不隔，无阻隔。《旧唐书·韦陟传》载："如道义相知，靡隔贵贱。"

俟时：等待时日。晋代袁宏《三国名臣序赞》云："孔明盘桓，俟时而动。"

⑳"坊坟式建"八句：划出街地建塔，高层构筑凌空。不是因为鬼力，岂能凭借神工。铜盆仰承甘露，檐铃随风摇声。即使山川变换，佛门德业兴隆。

坊坟：在街坊市井之间划分出土地。坊，指街坊，里巷。《说文解字·土部》云："坊，邑里之名。"坟，这里指划分。屈原《楚辞·天问》云："地方九则，何以坟之。"王逸《楚辞章句》曰："坟，分也。"

式建：用作建筑。式，指用于。《尔雅·释言》云："式，用也。"

鬼力：亦称鬼功，鬼斧，言其技艺之精巧，即成语"鬼力神工”之谓。

讵假：岂是凭借，何曾凭借。讵，何曾、岂是之义。假，凭借。隋代杨素《赠薛播州》诗：“离心多苦调，讵假雍门琴。”

金盘：金属制成的盘盆，古时寺院中多以此作为承接露水。《后汉书·陶谦传》载：“大起浮屠寺，上累金盘，下为重楼。”

徽业：德业，嘉美之业。徽，指美善，美德。

【校】

（一）未燃：《金薤琳琅》此处作“未燃”，仿刻拓片印本作“未然”。“然”与“燃”通。

（二）江夏：《金薤琳琅》缺“夏”字，据仿刻拓片印本补。

（三）诸佛：《金薤琳琅》谓此处“缺二字”，据仿刻拓片印本补。

（四）慧达：仿刻拓片印本无此二字，据《金薤琳琅》补。

（五）瑞草：《金薤琳琅》作“瑞井”。仿刻拓片印本作“瑞草”，今依之。

（六）四渎抱山：《古刻丛钞》此处缺“渎抱”二字，《金薤琳琅》亦称该处“缺二字”，据仿刻拓片印本补。

（七）识转：《金薤琳琅》、《古刻丛钞》缺“转”字，据仿刻拓片印本补。

（八）离毗：《古刻丛钞》缺此二字，《金薤琳琅》缺一“离”字，据仿刻拓片印本补。

女子苏玉华墓志铭

女子玉华，盖洗马苏君之季女也。[①]夫其瑶姿外照，蕙性内芳，体备幽闲，动合礼则。[②]既娴习于图史，且留连于音律，以故名“霭兰闺”，声绵梓里。[③]夫何美质，降年不永，竟致夭殁，春秋十有五焉。[④]以大唐武德二年五月九日，终于居德里之第，即以其月之廿有五日，葬之于京兆之神和原。[⑤]

悲欤！天乎不臧，曾靡降福；[⑥]□[(一)]道何昧，竟贻斯殃。[⑦]谅岂有违，芳龄永逝。[⑧]悼以长往，终天无期。呜呼哀哉！乃为铭其墓。[⑨]铭曰：

玉碎兮珠焚，风悲兮日曛。问天兮无言，永绝兮音尘。善可纪兮慧绝伦，严霜降兮值芳春。丹旐飞兮泪沾巾，千秋万世兮哀无垠。[⑩]

按：该墓志载于《唐文拾遗》卷十四，属于欧阳询所撰。清代陆增祥《八琼室金石补正·金石祛伪》中，以《女子苏玉华墓志铭》前有“弘文馆学士欧阳询撰并书”等语，又以其时“武德二年”欧阳询尚未授“弘文馆学士”之职为由，认为不是欧阳询的作品。

窃以为陆增祥此说不足为据。按当时的惯例，墓碑、墓志多不载撰书人姓氏，这在欧阳修的《集古录》、赵明诚的《金石录》中均有记叙。当今出土的碑志，多少也能证实不写撰书者人名这一现象的存在。那么《女子苏玉华墓志铭》出现“弘文馆学士欧阳询撰并书”是怎么回事呢？这恐怕是后人翻刻前人碑刻时，为了使之明确撰书人而添加上去的亦未可知。陆增祥此番推断欧阳询该墓志为伪作，难以服人。近代萧沇撰《欧阳询年谱略》，文中以苏玉华武德二年死，欧阳询武德二年尚未归附唐朝为由，认定其墓志系伪作。该文还引《资治通鉴·唐纪三》所载窦建德称夏王，在聊城杀宇文化及之后，“得隋官人千数，即时散遣之。以隋黄门侍郎裴矩为左仆射，掌选事，兵部侍郎崔君肃为侍中，少府令何稠为工部尚书，右司郎中柳调为左丞，虞世南为黄门侍郎，欧阳询为太常卿”。这大概就是萧沇认为欧阳询其时未归附唐朝，而是在窦建德手下的证据。

本编认为，此处《通鉴》记载存在诸多疑点。考《旧唐书·窦建德传》所载窦建德击败宇文化及之后，“得隋文武官及骁果尚且一万，亦放散，听其所去。又以隋黄门侍郎裴矩为尚书左仆射，兵部侍郎崔君肃为侍中，少府令何稠为工部尚书。自余随才拜授，委以政事，其有欲往关中及东都者，亦恣听之”。上述《旧唐书》中并没有欧阳询在窦建德处任太常卿的记载，而是注明隋朝官僚们在去留之间听凭个人选择。《新唐书·窦建德传》也不见欧阳询为窦建德作太常卿的记载，而是同样强调：“有愿往关中及东都者，恣听不留。”即去与留完全由自己作主。综合新、旧两史的记载，窃以为富有学识，饱经患难的欧阳询决不会跟着草莽英雄窦建德四处转战，东冲西突而玩命。天下大乱，他难道就不能跟随那些“欲往关中”的人结伴而行吗？况且那里还有家室，能不归来团聚吗？欧阳询与李渊关系密切，由来已久，他怎么不会想到投奔李渊呢？《旧唐书·欧阳询传》载：“高祖（李渊）微时，引为宾客。”《新唐书·欧阳询传》载：“高祖微时，数与游。”这就足以说明欧阳询与李渊的关系很不一般。如果欧阳询果真在窦建德处，他离开窦建德，一来照顾家小，二来依附李渊，这是顺理成章的事。武德二年，欧阳询在长安又有什么值得怀疑的呢？问题是欧阳询还不一定到了窦建德处，欧阳询为隋朝太常博士，官不过七品，他是否跟着隋炀帝到了江都还很难说。大业十四年三月，隋炀帝在江都被杀，宇文化及挟隋朝官员北上，又被窦建德所击败之时，欧阳询也许并不在被虏隋朝官员之中。按《集古录》卷五载“隋庐山《西林道场碑》……大业十三年建”，可见欧阳询在十三年已开始长途跋涉，前往江西庐山撰书《西林寺碑》，若是从长安出发，这数千里之遥，得耗费多少日子，隋炀帝事发之际，欧阳询很可能不在江都。那么，窦建德的夏王朝为欧阳询授伪职便纯属瞎扯。

再说，关于《资治通鉴》与新、旧两《唐书》谁的史料来源更可靠，本编认为，谁的成书时间更接近当时，其可靠程度就高得多。《旧唐书》编者刘昫（888—947），成书时间大约为公元945年。《新唐书》编者欧阳修（1007—1072）、宋祁（996—1061），成书时间大约为公元1060年。《资治通鉴》编者司马光（1019—1086），成书时间大约为公元1084年。从年代上看，《旧唐书》要早于《资治通鉴》一百多年。刘昫是五代时期人，所掌握的史料更贴近唐代，更有可靠性。之后，以为文严谨著称的欧阳修与宋祁另修《新唐书》，也要早于《资治通鉴》二十多年。这里还要强调一点：窦建德称夏王是公元619年，离司马光修《资治通鉴》已经相隔460多年了。我们不妨站在今天，尝试追溯460年以前的时事，又有谁能知道多少真相？更何况那时还是中原逐鹿的战乱年代。就算当时有书面文字记载，恐怕大部分也早已灰飞烟灭了。再者，唐朝定鼎之后，又经历了“安史之乱”、“黄巢起义”以及五代十国之乱，不少历史资料难逃数劫。综上所述，司马光持欧阳询任窦建德之太常卿一说，从客观上讲不得不令人怀疑。另外，考《新唐书·高祖纪》载，武德四年七月，“窦建德伏诛”。难道说这时候欧阳询才归唐么？那么武德元年书撰《楚哀王稚诠碑》，武德四年书“开元通宝”都出自欧阳询之手又作何解释呢？

此处，《资治通鉴》为什么要这样写，其资料来源又在哪里？书中没有注明，也就没有说服力。本编以新、旧两《唐书》为是，依照《唐文拾遗》的编定，认为《女子苏玉华墓志铭》为欧阳询所作。

【注释】

①“女子”二句：女子苏玉华，系司经局洗马苏君的幼女。

洗马：官名，唐代为太子东宫司经局属官。《新唐书·百官志四上》载：“司经局，洗马二人，从五品下。掌经籍，出入侍从。”

季女：幼女。季，末也。

②“夫其瑶姿”四句：这女子有美玉一样的姿容光彩照人，有纯洁、芬芳、内秀之心性。沉静恬适，言语行动均合符礼俗。

瑶姿：美玉一般的容姿。瑶，玉之美者。《大唐故邳国夫人段氏墓志》云：“擅瑶姿而独立，照彤华而迥秀。”

蕙性：即蕙心，比喻女子纯美之心性。蕙，香草。南朝鲍照《芜城赋》云：“蕙心纨质，玉貌绛唇。”

幽闲：沉静、安闲。

礼则：礼义所规范的行为准则。《左传·文公六年》载：“道之以礼则，使毋失其土宜。”

③“既闲习”四句：既熟悉图籍、史书，又爱好音乐，故而将居室称之为“霭兰闺”。美好的声誉传播家乡。

娴习：熟悉。娴，熟练。《史记·屈原贾生列传》载：“明于治乱，娴于辞令。”

图史：图籍与史书。《新唐书·杨绾传》载：“左右图史，凝尘满席，澹如也。”

音律：五音六律，指音乐。《后汉书·桓谭传》载：“因好音律，善鼓琴，博学多通。”

梓里：故乡，家巷。

④“夫何美质”四句：为什么这么一个天生丽质的人，却年岁不长久，上苍竟让其夭折，年龄才十五岁呀。

不永：不长久。《尚书·商书·高宗肜日》云：“惟天监下民，典厥义。降年有永有不永，非天夭民，民中绝命。”

夭殁：夭折。《后汉书·列女传·刘长卿妻》载：“儿年十五，晚又夭殁。”

⑤“以大唐”四句：在唐高祖李渊武德二年（619）五月初九这天，该女子卒于长安居德里之家中，以本月二十五日出殡，葬于长安之郊外神和原。

武德二年：即公元619年。武德是唐高祖李渊的年号。

神和原：即神禾原，在陕西省长安县。相传此处曾长出一株硕壮的禾穗，产谷六斤，故以“神禾”为名。

⑥“悲欤”三句：悲伤呀，老天爷怎么这么不善待，不降福于小女子。

欤：语气词，这里表示感叹。

不臧：不善，不厚待。《诗经·邶风·雄雉》云：“不忮不求，何用不臧。”

靡：这里用作“不”或“无”之义。《诗经·大雅·荡》云：“靡不有初，鲜克有终。”“靡不”即无不。

⑦“乾道”二句：乾元之道怎么这么昏昧，竟遗下如此祸殃。

乾道：天道，自然规律。《周易·乾》云：“乾道变化，各正性命。”

贻：馈赠，留下。《尚书·夏书·五子之歌》云：“有典有则，贻厥子孙。”

⑧“谅岂”二句：命运的确如此，岂能够违背，花季之年从此永远离开人间。

谅：诚然，的确之义。屈原《楚辞·九章·惜往日》云：“谅聪不明而蔽壅兮，使谗谀而日得。”

⑨“悼以长往”四句：哀悼长此以往，如天之久远，且遥遥无期。呜呼，悲哀呀，以此刊刻墓志铭。

终天：久远，指天日之无穷。晋代潘岳《哀永逝文》云：“今奈何兮一举，邈终天兮不返。”

⑩“铭曰”八句：美玉被打碎呀，珍珠被焚毁，悲风顿起呀，日色转黄昏。问苍天呀天不语，从此永远隔绝音信。善美的人可记载呀，她聪慧无比，严霜乍降呀，却正值芳春。招魂幡飘飞呀，泪水沾巾，千秋万代呀，哀伤无穷。

日曛：日落，黄昏之际。《广韵·文韵》云：“曛，日入也，又黄昏时。”

音尘：音信，邮传驿使飞驰送信而腾起尘埃，故称音尘。东汉蔡文姬《胡笳十八拍》诗：“故乡隔兮音尘绝，哭无声兮气将咽。”

丹旐：举办丧礼时擎起的招魂幡。南朝何逊《王尚书瞻祖日》诗：“昱昱丹旐振，亭亭素盖上。”

【校】

（一）□：该字《唐文拾遗》本缺。依照文义，若以《周易·乾》“乾道变化”之义推之，即成“乾道何昧”，似可与上句“天乎不臧”对应。仅供参考。

大唐宗圣观记

夫至理虚寂，道非常道；妙门凝邈，无名爰名。[1]爰自太始开图，混元立极，三才奠处，万品流形。[2]莫知象帝之家，未睹谷神之域。希夷琐闭（一作闷），溟涬封寄。[3]及夫鸟迹勃兴，隐书诠奥。至化因兹而吹万，元教由是以开先。[4]圣圣袭明，道德授受。于是混元之教，风动天下，水行地中矣。[5]

大唐宗聖觀記

夫至理虛寂道非常道妙門凝邈無名爰名爰自太始開

欽定全唐文　卷一百四十六　歐陽詢　十五

圖混元立極三才奠處萬品流形莫知象帝之家未覩谷

神之域希夷瑣閉一作閟溟涬封寄及夫鳥跡勃興隱書詮

奥至化因兹而吹萬元教由是以開先聖聖襲明道德授

受於是混元之教風動天下水行地中矣宗聖觀者本名

樓觀周康王大夫文始先生尹君之故宅也以結草爲樓

因即爲號先生稟自然之德應元運而生體性抱神韜光

隱耀觀星候氣物色眞人會遇仙軿北面請道二經旣演

八表向化大教之興蓋起於此矣茲觀中分秦甸面距終

南東眺驪峰接晴嵐之浥浥西顧太白粲積雪之皚皚授

宗圣观者，本名楼观，周康王大夫文始先生尹君之故宅也。以结草为楼，因即为号。[⑥]先生禀自然之德，应元运而生，体性抱神，韬光隐耀，观星候气，物色真人，会遇仙辀，北面请道。[⑦]二经既演，八表向化，大教之兴，盖起于此矣。[⑧]兹观中分秦甸，面距终南。东眺骊峰，接晴岚之浥浥；西顾太白，粲积雪之皑皑。[⑨]授经之古殿密清，络牛之灵木特立。市朝屡易，仙迹长存。物老地灵，每彰休应。[⑩]卿云日覆，寿鹤时来。树无窠宿之禽，野有护持之兽。[⑪]文始药井，干甃未堕；老君辇车，确然不朽。[⑫]至于穿窬盗窃，进退自拘，似有絷维，悉皆面缚。[⑬]

經之古殿密清絡牛之靈木特立市朝屢易仙跡長存物老地靈每彰休應卿雲日覆壽鶴時來樹無窠宿之禽野有護持之獸文始藥井幹甃未墮老君輦車確然不朽至於穿窬盜竊進退自拘似有縶維悉皆面縛昔周穆西巡秦文東獵並枉駕回轅親承教道始皇建廟於樓南漢武立宮於觀北崇臺虛朗招徠雲水之仙閒館錯落賓友松喬之侶秦漢廟户相繼不絕晉宋謁版於今尚存實神明之奥區列眞之會府後魏文帝變夷風於華俗立仁義之紀綱崇信教門增置徒侶有陳先生寶熾穎川人夙有幽

欽定全唐文　卷一百四十六　歐陽詢　十六

昔周穆西巡，秦文东猎，并枉驾回辕，亲承教道。始皇建庙于楼南，汉武立宫于观北。[⑭]崇台虚朗，招徕云水之仙；闲馆错落，宾友松乔之侣。[15]秦汉庙户，相继不绝。晋宋谒版，于今尚存。实神明之奥区，列真之会府。[16]后魏文帝变夷风于华俗，立仁义之纪纲，崇信教门，增置徒侣。[17]有陈先生宝炽，颍川人，夙有幽逸之姿，幼怀林壑之趣，松风入赏，名岳留连，玉皇之道既宏，银榜之宫云构。[18]续有王先生子元，言穷名象，思洞隐微，念在元空，累非外物，含神自静，仪圣作师，并德音孔昭，郁为宗范。[19]周太祖定业关内，躬受五符。[20]隋文帝沐芳礼谒，获闻休征。[21]迨隋将季，政教陵迟，六飞失驭，四维圮绝，夷羊在牧，蜚鸿满野，家习兵凶，民坠涂炭。[22]

欽定全唐文 卷一百四十六 歐陽詢 夫

逸之姿幼懷林壑之趣松風入賞名嶽留連玉皇之道旣
宏銀榜之宮雲構續有王先生子元言窮名象思洞隱微
念在元空累非外物含神自靜儀聖作師並德音孔昭鬱
爲宗範周太祖定業關內躬受五符隋文帝沐芳禮謁獲
聞休徵迨隋將季政教陵遲六飛失馭四維圮絕夷羊在
牧蜚鴻滿野家習兵凶民墜塗炭皇帝命世應期縈鏡區
宇戡難靜亂亭毒無垠廣大配乎天地先華方諸日月數
階庭之蓂莢聆鳳和鳴照景星於元雲觀麟郊藝緝禮裁
樂化俗移風農夫勤於時雨隴餘滯穗工女勤於蠶績杼

皇帝命世应期，荣镜区宇，戡难静乱，亭毒无垠。广大配乎天地，光华方诸日月。[23]数阶庭之蓂荚，聆凤和鸣；照景星于元云，观麟郊薮。[24]缉礼裁乐，化俗移风。农夫劝于时雨，陇余滞穗；工女勤于蚕绩，杼柚不空。[25]九服韬戈，三边静柝，西戎革面，东夷献舞。朔南洎声教，漠北尽来王。[26]德化遐渐，无幽不畅。三善克懋，非假二疏，一有元良，万邦贞固。[27]照均天纵，道契生知。笃尚元根，钦兹圣躅。[28]以武德三年，诏锡嘉名，改楼观为宗圣观。[29]宸扆兴念，纂胄所先，启族成家，鼻于注史。[30]得一以灵，蹈五称圣。弱为道用，柔为至坚。损之又损，以至于益。[31]瓜瓞绵长，庆流悠浸。爰初启祚，致醮灵坛。自然香气，若雾霏空。五色云浮，如张羽盖。[32]

柚不空九服韜戈三邊靜柝西戎革面東夷獻舞朔南洎
聲教漠北盡來王德化遐漸無幽不暢三善克懋非假二
疏一有元良萬邦貞固照均天縱道契生知篤尚元根欽
茲聖躅以武德三年詔錫嘉名改樓觀爲宗聖觀宸扆興
念纂冑所先啟族成家鼻於注史得一以靈蹈五稱聖弱
爲道用柔爲至堅損之又損以至於益瓜瓞緜長慶流悠
寖爰初啟祚致醮靈壇自然香氣若霧霏空五色雲浮如
張羽蓋七年歲惟作噩月在黃鍾六轡齊驤百辟咸從親
幸觀所謁拜尊儀軒后之詣崆峒神農之上石室順法行
欽定全唐文 卷一百四十六 歐陽詢 十七

七年，岁惟作噩，月在黄钟，六辔齐骧，百辟咸从，亲幸观所，谒拜尊仪。[33]轩后之诣崆峒、神农之上石室，顺法行礼，异代同规。[34]观主岐平定，精金格之书，究玉笈之文，知来藏往，尽化穷神，豫鉴天休，赞弘景福；[35]法师吕道济，监斋赵道隆，玉器凝润，鹤情超辽，辩析连环，辞同炙锞，对扬天旨，妙沃帝心。[36]乃谓片言小善，尚题绀碣，矧夫皇舆迂驾，挹酌希微，大道资始，炉锤万物，不有刊勒，其可已乎？[37]侍中江国公陈叔达，朝宗羽仪，词才冠秀，奋兹洪笔，为制嘉铭。[38]

其辞曰：眇矣灵化，元哉妙门，飞形九府，炼气三元。黄庭秘箓，金格微言。玉京留记，金灶还魂。扬尘东海，问道西昆。物色函关，抒容清庙。建标伊始，层坛云峭。绮并虹伸，风窗电笑。元都正律，帝台仙召。

欽定全唐文　卷二百四十六　歐陽詢　十七

禮異代同規觀主岐平定精金格之書究玉笈之文知來藏往盡化窮神豫鑒天休贊宏景福法師呂道濟監齋趙道隆玉器凝潤鶴情超邈辯析連環辭同炙輠對敭天旨妙沃帝心乃謂片言小善尚題紺碣矧夫皇輿迂駕挹酌希微大道資始鑪錘萬物不有刊勒其可已乎侍中江國公陳叔達朝宗羽儀詞才冠秀奮兹洪筆爲製嘉銘

挹髓扪星，飨霞引照。豁虚罔象，无名至要。高厢久县，清泉馀疗。宅心胜侣，游息众妙。绝壁翠微，濛流丹窍。鞠草如结，周原甚奥。圣道将宏，重光显曜。明明我后，积德累功。陶埏宇县，叱咤雷风。庸稽太室，礼盛酆宫。时乘正位，道配元穹。四维载仰，百世斯隆。有截于外，无思自东。祥符浃远，瑞采澄空。百神咸秩，千龄是崇。宗元壮观，诏跸康庄。云行辇道，吹发山梁。飞文协玉，接礼神皇。五旌回首，六辔齐骧。宸仪展敬，享福无疆。巍然高碣，播此遗芳。

按：《大唐宗圣观记》系欧阳询所撰文并以隶书书就，该文载于《全唐文》卷一四六。据碑刻拓片所录，文中有款识云“给事中骑都尉欧阳询撰序并书，侍中柱国江国公陈叔达撰铭”等语。《全唐文》却未曾照此收录，而是将上述题款删去。另外，文中最后这段铭词，系陈叔达所撰，也从此处删除，分载于《全唐文》卷一三三陈叔达作品中。本编将其全文辑录，使之完整，对于文后陈叔达的铭词不作注释，谨此以飨读者。

【注释】

①“夫至理”四句：最根本最原始之道即为虚寂，这种自然之道并非恒常之道，神妙精微之理凝聚于虚无邈远，不可名状。

虚寂：空虚寂静。《庄子·天道》云：“夫虚静恬淡寂寞无为者，天地之本而道德之至，故帝王圣人休焉。”

道非常道：指自然之道并不是常道。老子《道德经》云：“道可道，非恒道。”恒，“常”之义。

无名爰名：没有名可以用来说明，不可名状。老子《道德经》云：“名可名，非恒名。”

②“爰自太始”四句：从世界的原始混沌状态，到开天辟地，才有了天、地、人、形成了万物。

太始：即“大始”，指远古时期世界的原始状态。《周易·系辞上》载：“乾知大始，坤作成物。”

混元：指天地形成之初的本来面貌。《后汉书·班彪传》载：“外运混元，内浸豪芒。”

三才：指天、地、人为三才。北朝庾信《宫调曲》云：“三才初辨，六位始成。”

奠：这里指定，奠定。《尚书·夏书·禹贡》云：“随山刊木，奠高山大川。”

万品流形：世间万物呈现出它的形态。

③“莫知”四句：不知道主宰星象之帝君居在何处，也没有见过空谷之神在哪里。那时寂静得无声无色，都被茫茫的元气封住。

象帝：天帝，主宰天体星象之神圣，老子《道德经》云：“吾不知其谁之子也，象帝之先。”

谷神：山川空谷虚寂之神，或虚怀深藏之神思。老子《道德经》云：“谷神不死，是谓玄牝。”

希夷：指空虚寂静，无声曰希，无色曰夷。老子《道德经》云：“视之不见名曰夷，听之不闻名曰希。”

琐闭：封闭，锁闭。琐通“锁”。《广弘明集》云：“于是琐闭高阁，明旦开视”。

溟涬：指茫茫无际的自然之气。汉代张衡《灵宪》云：“太素之前，幽清玄静，寂寞冥然，不可为象。厥中惟虚，厥外惟无，如是者永久焉，斯谓溟涬。”

④“及夫鸟迹”四句：待到人们看到鸟的爪印而受启发，便兴起创造文字，随之开始著书立说，诠释人生之奥秘。这种根本性的变化自此像风一样吹遍万物，玄教于是开道学之先河。

鸟迹：鸟的爪印，这里指古人观鸟迹而创造的文字。《淮南子·说山训》云:“见飞蓬转而知为车,见鸟迹而知著书。”

隐书:书名,古有十八篇,属于杂说之类。汉代刘向《别录》云:“隐书者,疑其言以相问,对者以虑思之,可以无不谕。”

诠奥:解释或探究深奥之义。诠,指诠释,解说。

至化:极端为至,改变为化。《晋书·阮种传》载:“旁求俊义,以辅至化。”

吹万:风到之处,遍及万物。《庄子·齐物论》云:“夫天籁者,吹万不同而使其自已也,咸其自取。”

元教:玄教,至高无上的教化,后多指道教。《晋书·乐志·大豫舞歌》云:“慎徽五典,玄教遐通。”

⑤“圣圣袭明”五句:圣贤之辈一代又一代因袭相承,传授自然之道与返朴归真之德。于是道家学说像风一样广传天下,像水一样浸润地中。

圣圣:圣贤者之后又有圣贤者,指圣明之道的传承。《天乐集·一七四》云:“谓妙契一心,圣圣相传,唯此道也。”

袭明:因袭或继承弘扬圣明的学说。老子《道德经》云:“是以圣人恒善救人而无弃人,物无弃财,是谓袭明。”

授受:交接,给予,教导与接受。《后汉书·朱祐传》载:“若乃王道既衰,降及霸德,犹能授受惟庸。”

⑥“宗圣观者”五句:这座宗圣观,原名为“楼观”,系西周时期周康王手下大夫被称作“文始先生”的尹喜之故居。他曾经在这里盖起这座草楼,以此而得名。

宗圣观:唐高祖李渊信奉道教,太上老君即老子,姓李名耳。李渊尊称李耳为宗族之圣,故云。观,道教之宫曰观。

周康王:西周时期周成王之子,名钊。《史记·周本纪》载:“太子钊遂立,是为康王。”

文始先生:即尹喜,字公度,甘肃天水人,周康王时为大夫。因著有《文始真经》,故而人称文始先生。《列仙传》载:“关令尹喜者，周大夫也，善内学，常服精华，隐修德行，时人莫知。”

⑦“先生”八句：尹喜禀承自然之恩赐，应运元始之精气而生，天性守神宁静，能韬光养晦，观星象云气，仰慕寻求存养本性而得道的高人。适逢老子乘牛车而来，便拜见请教。

元运：天运，自然之气数，后为算命人称之为“三元九运”。

抱神：守神宁静，《庄子·在宥》云：“无视无听，抱神以静，形将自正。”

物色：寻找，寻访。《新唐书·李林甫传》载：“林甫梦人皙而髯，将逼己，寤而物色，得裴宽类所梦。”

真人：道家指存养本性而得道的高人。《庄子·大宗师》云：“何谓真人？古之真人，不逆寡，不雄成，不谟士。”

仙辀：仙人乘车。辀，普通的车，以曲木牵引。屈原《楚辞·九歌·东君》云：“驾龙辀兮乘雷，载云旗兮委蛇。”这里指太上老君李耳乘牛车入函谷关。《列仙传》载：“老子西游，（尹）喜先见其炁，知有真人当过，物色而遮之，果得老子。老子亦知其奇，为著书授之。”

北面：面向北边。古时拜见尊长者，依礼节要让尊长者面南而坐，则卑者向北面拜见。《韩非子·有度》云：“贤者之为人臣，北面委质，无有二心。”

⑧“二经”四句：老子向尹喜传授《道经》与《德经》，四面八方的人都虔诚追随，道家的学说兴起，就肇端于此时。

二经：指老子所著《道德经》，上篇为《道经》，下篇为《德经》，故以二经而称之。

演：推衍，传授，传播。汉代司马迁《报任少卿书》云：“盖西伯拘而演《周易》，仲尼厄而作《春秋》。”

八表：八方之外，指最边远的地方。三国时魏明帝《苦寒行》诗：“遗化布四海，八表以肃清。”

向化：归向，依附，敬服。《后汉书·班超传》载：“今西域诸国，自日之所入，莫不向化。”

⑨“兹观”六句：此楼观位于三秦之中部，面对终南山，向东望见骊山，迎面飘来的是氤氲云气。回首向西是太白山，山上闪耀着白皑皑的积雪。

中分秦甸：指楼观位于陕西中部。甸，古称天子的郊田。《说文解字·田部》云：“甸，天子五百里地。”

终南：终南山，在陕西南部，属秦岭山脉，又称太乙山。《诗经·秦风·终南》云：“终南何有？有条有梅。”

骊峰：骊山，在陕西省临潼县东南，山高海拔八百多米。上有烽火台，相传为周幽王“烽火戏诸侯”之处。山北即秦始皇陵。

晴岚：天气晴朗时山中蒸腾的雾气。唐代郑谷《华山》诗：“峭仞耸巍巍，晴岚染近畿。”

浥浥：湿润，弥漫。北朝贾思勰《齐民要术》卷八《脯腊》云：“条脯浥浥时，数以手搦，令坚实。”

太白：太白山，在陕西省眉县南面，山高海拔四千多米。因山高积雪，故称之为太白山。当地有“太白积雪六月天”之谚语，古为八景之一。

粲：明亮，闪耀。《荀子·非相》云：“欲观圣王之迹，则于其粲然者矣。”

⑩“授经”六句：老子在此讲授《道德经》的古老殿堂幽深雅洁，他系过牛车的树木充满灵性而卓然挺立。争名夺利的世道不断变更，而这里圣迹长存，旧物故地蕴含灵秀，每每彰显祥瑞。

密清：安静而清洁。密，指幽深，安静。《尔雅·释诂》云：“密，静也。”清，指高洁，高雅。《玉篇·水部》云：“清，澄也，洁也。”汉代张衡《东京赋》云：“京室密清，罔有不韪。”

络牛：栓牛，将牛系住。

特立：卓立，特别出众。《礼记·儒行》云：“其特立独行，有如此者。”

市朝：比喻争名夺利的场所。市，指交易买卖，朝，指宫廷官府。《战国策·秦一》载："臣闻争名者于朝，争利者于市。"

休应：祥瑞，吉兆。《三国志·魏书·方技传·管辂》载："此乃履道休应，非卜筮之所明也。"

⑪"卿云"四句：这里祥云蔽日，仙鹤不时飞来，树上没有宿鸟筑巢，山野却有巡行的走兽。

卿云：即祥云。《史记·天官书》载："若烟非烟，若云非云，郁郁纷纷，萧索轮囷，是谓卿云。卿云，喜气也。"

窠宿：飞禽栖宿于巢。晋代左思《蜀都赋》云："穴宅奇兽，窠宿异禽。"

护持：护守维持。《道法会元》云："皂袍铁甲，青面黄眉，护持道法，神部所临。"

⑫"文始"四句：文始先生尹喜曾经开凿一口药井，上面的栏干与下面的井壁并未堕坏。太上老君所乘过的篷车，依然没有腐朽。

干甃：栏干与井壁。干，指围井的栏干，甃，指井壁。《庄子·秋水》云："出跳梁乎井干之上，入休乎缺甃之崖。"

夆车：有篷盖的车。夆，即车篷。《三国志·魏书·常林传》载："始之官，乘薄夆车。"

⑬"至于"四句：至于那些挖墙凿壁的偷盗者，一到这里就知道进退自律。设若有要逮捕的犯罪嫌疑人，他们则一律自绑来见。

穿窬：穿壁越墙，指盗窃行为。《论语·阳货》曰："譬诸小人，其犹穿窬之盗也与？"

自拘：自我约束。晋代张华《答何劭》诗："吏道何其迫，窘然坐自拘。"

似有：假设有，似乎有，设若有。似，这里作假定之义。《世说新语·品藻》云："论王霸之余策，览倚伏之要害，吾似有一日之长。"

絷维：拴马的绳索，比喻束缚。晋代葛洪《抱朴子·博喻》云："若乃求千里之迹于絷维之骏。"

面缚：两手反绑于身后而面向前，表示屈从。《史记·宋微子世家》载："微子乃持其祭器，造于军门，肉袒面缚。"

⑭"昔周穆"六句：昔日周穆王巡行西陲，秦文公举兵东讨之时，都屈尊驾辕来寻访楼观，并亲自聆听道教之经义。之后有秦始皇修庙于楼观之南，汉武帝造宫台于楼观以北。

周穆：周穆王，字满，周昭王之子，在位五十五年。曾讨伐犬戎，俘获五王，又平定江淮之徐国。《史记·周本纪》载："立昭王子满，是为穆王。"

秦文：即秦文公，秦襄公之子，曾兴兵东征，扩大疆域领地。《史记·秦本纪》载："文公元年，居西垂宫。三年，文公以兵七百人东猎。"

枉驾：屈驾，称委屈而行，对所驾行者的敬迎之词。《古诗十九首·凛凛岁云暮》云："良人惟古欢，枉驾惠前绥。"

始皇建庙：应指"极庙"，系秦始皇二十七年所造。《史记·秦本纪》载："已更命信宫为极庙，象天极。"

汉武立宫：应指寿宫、北宫，为汉武帝所置。《史记·孝武本纪》载："又置寿宫、北宫，张羽旗，设供具，以礼神君。"

⑮"崇台"四句：高台凭虚旷朗，招引行如云水的仙风道骨之士；闲适安逸之馆错落有致，宾迎赤松子、王子乔之类的仙侣。

招徕：招引而来。《汉书·食货志》载："严助、朱买臣等招徕东瓯，事两粤，江淮之间萧然烦费矣。"

松乔：赤松子与王子乔。赤松子系传说中的仙人，炎帝神农时为雨师。《史记·留侯世家》载："愿弃人间事，欲从赤松子游耳。"王子乔，名晋，为周灵王太子，好吹笙，遇道士浮丘公，接引上嵩山，修炼二十年成仙。《古诗十九首·生年不满百》云："仙人王子乔，难可与等期。"松乔并称，见于汉代扬雄《太玄赋》："纳傿禄于江淮兮，揖松乔于华岳。”后用以代称隐士。

⑯“秦汉”六句：自秦皇汉帝钦定守庙的人家以来，这里的照管人从未间断过。两晋、刘宋之际拜见圣主的谒版，至今还保存完好。这里实为神明幽居的腹地，也是很多得道真人的处所。

庙户：守庙的人家，俗称洒扫户。由历代帝王钦点，并免除其税赋徭役，以从事护庙、清扫、祭祀之劳。

谒版：拜求道观神主的木质简版，作为道教叩见诸神履行仪式之用。《受箓次第法信仪》载“上清谒版文”、“真文谒版”等。又《太上洞玄灵宝授度仪》云：“次师引弟子左行，执谒版，西面向东，唱东方天尊。”

奥区：腹地，深处。《后汉书·班固传上》：“防御之阻，则天地之奥区焉。”

列真：众多的修行得道的真人。列，指排列，众多。晋代郭璞《江赋》云：“纳隐沦之列真，挺异人乎精魄。”

⑰“后魏”四句：后魏文帝本为鲜卑人，一心要改变本民族习俗，推行汉人礼仪制度，以仁义为治国纲纪，崇尚道学教化，提倡广置信徒。

后魏文帝：即元宝炬，在位十七年（535—551），崇尚道教。《北史·魏本纪》载：“（大统七年）十二月，御凭云观，引见诸王，叙家人之礼，手诏为宗诫十条以赐之。”

夷风：指少数民族的风俗。后魏文帝迁都长安后，一心改变本鲜卑族的习俗，推崇汉族风尚与礼节。

⑱“有陈先生”八句：有一位道士陈宝炽，颍川人，平素有幽真飘逸之风度，自幼怀有山林深壑之志趣，常临风观赏松云，留连于名山尊岳。已弘扬玉皇大帝的太始之道，又重修高悬匾额的壮丽楼观。

陈先生宝炽：后魏时期道士，自幼好老庄，师从道长王道义，成为楼观道士，有通感之灵，善驯虎。后魏文帝时奉诏入朝，讲授道家学说。卒于大统十年（544），诏谥为贞懿先生。

颍川：郡名，在今河南省许昌。

银榜：指庙宇、宫观门上方悬挂的匾额。《神异经·中荒经》云："东方有宫，青石为墙，高三仞，左右阙高百尺，画以五色，门有银榜。"

云构：形容建筑物高耸入云，巍然壮观。南朝王融《三月三日曲水诗序》云："飞观神行，虚檐云构。"

⑲"续有"九句：又有道士王子元先生，尽言道宗法象，洞悉其中隐微精奥之义，心系玄空秘学。不为身外之物所累，凝神守静，仰慕先圣而为人师表，并有嘉美的声誉，遂为道家之典范。

王先生子元：本名王延，字子元，北周时期陕西始平人。师从华山真人焦旷，居石室中，餐松饮泉。周武帝曾请王子元来都下讲道，之后回到华山，后居云台观。

名象：指法象。《荀子·正论》云："分职名象之所起，王制是也。"杨倞注曰："名谓指名，象为法象。"

累非外物：不以身外之物为累。南朝沈约《游沈道士馆》诗："所累非物外，为念在玄空。"

德音孔昭：美好的声誉为之昭彰。孔，很、甚之义。《诗经·小雅·鹿鸣》云："我有嘉宾，德音孔昭。"

宗范：本宗之典范，这里指道家的楷模。

⑳"周太祖"二句：周太祖开创帝王基业于函谷关至陇西之内，曾访楼观，拜受"灵宝五符"。

周太祖：名宇文泰，后魏孝武帝时，以功勋进位为丞相。孝武帝崩，拥立元宝炬为帝，宇文泰被授为大行台，安定郡王，都督中外诸军事，年五十而卒。其后，宇文泰之子宇文觉夺取魏室政权，改国号为周，系孝闵帝，追赠宇文泰为文王，庙号曰太祖。

五符：道家称五种应用的符箓。《太上灵宝五符》云："有物细者用备，岂非《灵宝五符》，其由是乎。"五符指东、南、西、北、中五道“灵宝符命”。

㉑“隋文帝”二句：隋文帝杨坚曾沐浴更衣，以道家之礼来访楼观，获得吉祥的谶兆。

沐芳：以香汤沐浴，系道家修养之备。《无量度人上品妙经》云：“行道之日，皆当香汤沐浴。”

休征：吉利的征兆。休，美好、吉祥之义。征，指征兆，应证。《汉书·平帝纪》载：“休征嘉应，颂声并作。”

㉒“追隋将季”八句：待到隋朝末年，国家的政纲宣教衰落，皇上驾驭国政大局失控，礼义廉耻颓废。神物瑞兽流落在外，吸血的飞虫遍布四野。大族之家习武藏兵器，老百姓坠入水深火热之中。

迨：待到，等到。晋代陆云《牛责季友》云：“迨良期于风柔，竞悲飚于叶落。”

季：末季。这里指隋朝末年。

陵迟：本指缓冲的斜坡，引申为衰落。《诗经·王风·大车·序》云：“礼义陵迟，男女淫奔。”

六飞：古代帝王乘坐六匹马的车驾。飞，指奔驰神速。《汉书·爰盎传》载：“今陛下骋六飞，驰不测山。”后以六飞代指帝王政权。

四维：四道治国之纲领，古称礼、义、廉、耻为四维。《管子·牧民》云：“四维不张，国乃灭亡。”

圮绝：毁坏，颓废。汉代班固《幽通赋》云：“咨孤蒙之眇眇兮，将圮绝而罔阶。”

夷羊：传说中的祥瑞神兽。《国语·周语上》云：“商之兴也，梼杌次于丕山，其亡也，夷羊在牧。”后多用作比喻贤德的人。

蜚鸿：虫名，一种细小的飞虫，古称“蠛蠓”。《史记·周本纪》载：“麋鹿在牧，蜚鸿满野。”

涂炭：泥泞与炭火，比喻灾难困苦。《尚书·商书·仲虺之诰》

云："有夏昏德，民坠涂炭。"

㉓"皇帝"六句：皇帝显著于当今，奉天承运，荣恩之光照耀天地四方，平定国中乱局，广兴化育。博大之功业可与天地相匹配，光采闪烁可比之于日月。

皇帝：这里指当今皇上，即唐高祖李渊。

命世：指名望、才能显著于当世。《汉书·楚元王传》载："圣人不出，其间必有命世者焉。"

荣镜：荣恩之光照耀，荣耀之光照临。《后汉书·班彪传下》载："荣镜宇宙，尊无与抗。"

戡难静乱：拯救难民，平定乱局，收拾山河。戡，征服，攻克。静，安定，平息。

亭毒：养育、化育。《老子》："长之育之，亭之毒之，养之覆之。"一本作"成之熟之"。高亨正诂："'亭'当读为'成'，'毒'当读为'熟'，皆音同通用。"

配：匹对，媲美。《尚书·周书·君奭》云："故殷礼陟配天，多历年所。"

方诸：本指月下承露之器具。汉代王充《论衡·乱龙》云："铸阳燧取飞火于日，作方诸取水于月。"后以方诸比作"镜鉴"。这里"方诸"应为"方之如"，即比之如。

㉔"数阶庭"四句：这里几处阶边庭院长出瑞草，能听到鸾凤在此飞鸣，天上的德星映照着青云，还见到麒麟瑞兽出现在郊外的芳泽之地。

蓂荚：古时的一种瑞草。《汉书·王莽传上》载："甘露降，神芝生，蓂荚、朱草、嘉禾，休征同时并至。"

景星：指天上的瑞星、德星。《史记·天官书》载："天精而见景星。景星者，德星也。"

元云：玄云，天青色的云。三国时嵇康《琴赋》云："玄云荫其上，翔鸾集其巅。"

郊薮：城区之外的水泽之地。郊，古称离城百里谓之郊，泛指野外。薮，指水泽，万物聚集之处。汉代桓宽《盐铁论》云：“凤凰在列树，麒麟在郊薮，群生庶物，莫不被泽。”

㉕“缉礼”六句：而今重新制定礼乐，旧俗陋习为之改变。乡民努力耕种不违农时，田陇间还剩下一些谷穗，留给孤儿寡母去拾起；织女勤于养蚕绩线，织机从未空梭与停歇。

缉礼：制作、编次礼数。缉，本指拧纱成绳，引申为编定。礼，指礼俗，礼法，礼数。《隋书·礼仪志一》载：“于是缉礼兴乐，欲救时弊。”

裁乐：选定乐章。裁，裁取，精选。

劝：勉励，努力之义。《说文解字·力部》云：“劝，勉也。”《管子·轻重乙》云：“若是则田野大辟，而农夫劝其事矣。”

滞穗：遗留下的谷穗，让贫寡者去拾掇。《诗经·小雅·大田》云：“彼有遗秉，此有滞穗，伊寡妇之利。”这里指乡间民情淳朴、善良。

工女：古称从事纺纱织布的女工。《春秋穀梁传》桓公十四年载：“王后亲蚕，以共祭服，国非无良农、工女也。”

杼柚：织布机上的两个部件。杼，指梭子。柚，即“轴”，织机上的滚筒。《诗经·小雅·大东》云：“小东大东，杼柚其空。”

㉖“九服”六句：九州之内兵戈偃息，边陲击柝示警之声已静，西部的胡人洗心革面不再挑衅，东边的夷狄之邦都来进献歌舞。自朔方以南皆沉浸在声威教化之中，从广漠以北的诸番王首领都来朝见君主。

九服：古称天子所居京都以外的地方为九服，按距离远近划分成九等。京畿外，方五百里称侯服，再其外方五百里称甸服，又其外方五百里称男服，以此类推为采服、卫服、蛮服、夷服、镇服、藩服等共九服，泛指全国。

韬戈：将兵器收入匣套中，指天下太平。韬，指剑套。《说文解字·韦部》云："韬，剑衣也。"《晋书·载记第二十七·慕容德》载："此志未遂，且韬戈耳。"

三边：汉代定幽州、并州、凉州为三边，后泛指边疆。《后汉书·鲜卑传》载："灵帝立，幽、并、凉三州缘边，诸郡无岁不被鲜卑寇抄。"

静柝：静止了巡夜所敲击的木梆声，指太平无事。《全唐文》卷十六《拜南郊制》云："故得三边静柝，五兵销刃。"

西戎：古称西方少数民族。《诗经·小雅·出车》云："赫赫南仲，薄伐西戎。"

革面：本指改变其容颜，后指改过自新。《三国志·魏书·武帝纪》载："爰发四方，远人革面，华夏充实。"

东夷：古称东方的少数民族。《孟子·离娄下》云："舜生于诸冯，迁于负夏，卒于鸣条，东夷之人也。"

朔南：自朔方以南，即指从北到南。《尚书·夏书·禹贡》云："朔南暨，声教讫于四海。"

声教：声威与教化。《世说新语·品藻》云："通雅博畅，能以天下声教为己任者，不如也。"

来王：指外邦诸王都来朝见圣上。《尚书·虞书·大禹谟》云："无怠无荒，四夷来王。"

㉗"德化"六句：以厚德感化，渗透到远方，没有哪处隐蔽的地方不为之畅行。以"亲亲、尊君、长长"三善修身，就能培育美德，并不一定要凭借像汉代疏广、疏受之类的贤人开导。一有最善良的世子，普天之下都能固守正道。

遐渐：向远方渗透，渐进。南朝任昉《封梁公诏》曰："一朝载廓，声教遐渐。"

三善：古时提倡的亲亲、尊君、长长三种道德规范。《礼记·文王世子》云："行一物而三善皆得者，唯世子而已。"

克懋：能够使之美好。克，能够，胜任。《尚书·虞书·尧典》

云："克明俊德。"懋，美好，美德。《广韵·候韵》云："懋，美也。"《宋书·沈演之传》载："能克懋厥猷，树绩所莅。"

非假：并非凭借。假，凭借，依恃之义。《魏书·田益宗传》载："天之所弃，非假手无以歼其人。"

二疏：指汉代疏广、疏受二人，东海兰陵人，以贤良博学著称。应汉宣帝征召，疏广曾官至太子太傅，疏受曾官至太子少傅，两人名重一时，时称"二疏"。晋代张协《咏史》诗："蔼蔼东都门，群公祖二疏。"

元良：大善人，大贤德。《礼记·文王世子》云："一有元良，万国以贞，世子之谓也。"后以"元良"称皇太子或世子。

贞固：固守正道。《周易·乾·文言》云："利物足以和义，贞固足以干事。"

㉘"照均天纵"四句：如同阳光从天上均匀地给予万物，天道与生灵契合便出现生而知之的人。最敦厚最虔诚地追寻道家根本，是皇上涉足这里。

照均：照度均匀，指日光。《篇海类编·天文类》云："照，'日'曰照。"

天纵：天之使然、纵使，指上苍的授与。《论语·子罕》曰："固天纵之将圣，又多能也。"

道契：天道与万物的契合，以此默契生成。《玄秘塔碑铭》云："道契弥固，亦以为请。"

生知：未受学而知之。《论语·季氏》曰："生而知之者，上也。学而知之者，次也。"

笃：专一，厚道，忠诚。《后汉书·史弼传》载："弼少笃学，聚徒数百。"

元根：玄根，道家所称的道的根本。老子《道德经》云："玄牝之门，是谓天地之根。"晋代卢谌《赠刘琨诗》云："处其玄根，廓焉靡结。"

圣躅：皇上的足迹。躅，指踩踏。《集韵·觉韵》云：“躅，迹也。”

㉙“以武德”三句：唐高祖李渊于武德三年，颁诏新赐嘉名，改楼观为宗圣观。

锡：通“赐”。《春秋公羊传·庄公元年》载：“王使荣叔来锡桓公命。锡者何？赐也。”

㉚“宸扆”四句：皇上登基之后顿兴圣念，要上系本宗室的先祖，开启望族之世家，以老子为鼻祖注入史册。

宸扆：原指帝王背着斧扆面南而立，后以皇座背后的屏风上画有斧形，象征帝位，故称。扆，指画有斧形的屏风。《北齐书·祖珽传》载：“子居宸扆，于己及子，俱保休祚。”

纂胄：关联皇室后代。纂，本指红色的系物丝带，引申为维系。《尔雅·释诂》云：“纂，继也。”胄，指古代帝王或贵族的后代。《玉篇·肉部》云：“胄，裔也。”

鼻：创始、开端之义，这里指鼻祖。《方言》卷十三云：“鼻，始也……梁、益之间，谓鼻为初，或谓之祖。”

㉛“得一”六句：得到“万事归一”的纯正本始之灵性，蹈履阴阳五行而成为圣人，以弱势为道学之用，以柔者为至坚之刚。一损再损，达到“无为”的境界，最终能获益。

得一：得到本始。一为数之初始，又称物之极，引申为得到纯正。老子《道德经》云：“昔之得一者，天得一以清，地得一以宁，神得一以灵，谷得一以盈，侯王得一以为天下正。”

蹈五：遵循金、木、水、火、土五行之旨。蹈，遵循，实行。《一切经音义》卷八十五云：“蹈，行也。”五，五行。《说文解字·五部》云：“五，五行也，从二阴阳在天地间交午也。”

弱为道用：道家的观点，先虽至弱，末后必能至强。老子《道德经》云：“弱也者，道之用也。”

柔为至坚：道家学说认为柔弱的东西轻易不会折断，可以成为某种至坚。老子《道德经》云：“天下之至柔，驰骋天下之至坚。”《道德经》又云：“天下莫柔弱于水，而攻坚；强莫之能先。其无以易之。故弱胜强，柔胜刚，天下莫能知，莫能行。”

损之又损：减省再减省，或损失再损失，指达到“无为”的理想境界。《庄子·知北游》云：“损之又损之，以至于无为，无为而无不为也。”

以至于益：经过“损”而达到“益”，最终获益。老子《道德经》云：“不言之教，无为之益，天下希能及之。”

㉜“瓜瓞”八句：后辈像瓜结籽一样一代代绵长地生长繁育，善道之流长久地浸润。爰自初定帝业，致以醮祀圣坛，至此天然的香气充盈，恍若雾气纷飞。五色祥云飘浮而至，如同撑起羽毛装饰的翠盖。

瓜瓞：瓜结籽来年又生，一代接一代，比喻子孙繁衍。《诗经·大雅·绵》云：“绵绵瓜瓞，民之初生。”

庆流悠浸：善行、善道之流长久地浸润。庆，指善美。《广雅·释诂》云：“庆，善也。”悠，长久，悠远。《广韵·尤韵》云：“悠，远也。”浸，浸渍。《广韵·沁韵》云：“浸，渍也。”

祚：皇位。《史记·秦楚之际月表》载：“平定海内，卒践帝祚。”

醮：祭祀，这里指道教设坛祈祷。战国宋玉《高唐赋》云：“醮诸神，礼太一。”

灵坛：圣灵之坛，这里指供奉太上老君之坛。唐代王勃《乾元殿颂》云：“圆丘上辟，奉苍璧于灵坛。”

羽盖：本指羽毛装饰的车盖，这里用作比喻云彩掩蔽如盖。汉代司马相如《子虚赋》云：“下摩兰蕙，上拂羽盖。”

㉝“七年”七句：唐武德七年，岁纪在酉，名曰“作噩”；月令在古历十一月，律名“黄钟”。皇上的车驾六马齐奔，各路诸侯、王公重臣一齐追随，皇舆亲临宗圣观，拜谒太上老君的神座尊容。

作噩：古代历书称，太岁在酉年叫做“作噩”。《尔雅·释天》云：“太岁在寅曰‘摄提格’，在卯曰‘单阏’……在酉曰‘作噩’。”

黄钟：本为古乐十二律之一，又以十二律配月令，黄钟指仲冬之月，即古历十一月。《礼记·月令》云：“仲冬之月，日在斗……其音羽，律中黄钟。”

六辔：亦称“六飞”、“六龙”。指天子所乘车驾用马六匹。《诗经·秦风·小戎》云：“四牡孔阜，六辔在手。”

齐骧：齐奔。三国时曹植《七启》云：“骏騄齐骧，扬銮飞沫。”

百辟：本指各路诸侯，后泛指公卿士大夫。《诗经·大雅·假乐》云：“百辟卿士，媚于天子。”

咸从：皆从，都来作随从。

幸：皇帝亲临之处曰“幸”。《史记·孝文纪》载：“于是天子始幸雍，郊见五帝。”

㉞“轩后”四句：皇上的轩车离开道观之后，先后来到崆峒山和神农祠，观看石洞，依次效法道家的礼节参拜，虽然时代不同，规矩还是一样。

诣：前往，到达之义。《玉篇·言部》云：“诣，往也，到也。”

崆峒：山名，在甘肃省。相传黄帝登此山，问道于广成子。广成子居石室中修炼，活了一千二百岁而形颜不衰。山上共有寺、观四十二处。晋代葛洪《神仙传》载：“广成子者，古之仙人也，居崆峒之山石室之中。”

神农：神农祠。在陕西宝鸡市。相传炎帝神农氏生于蠓峪，其母姜氏抱至九龙泉沐浴，又在瓦峪抚养长大。后人在此修祠纪念。

㉟“观主”七句：道观之主岐晖，精于道家金缕之书，深究道真玉笈藏本，知道从前和未来之事，竭力化通神妙之道，预先能鉴知将要受天命的贵人，便赞襄真命君主福临天下。

岐平定：岐晖，陕西有扈人。北朝周武帝天和五年（570）出家为道士，隋开皇三年（583）入楼观，师从道长苏道标，隋朝末年接任道长。李渊起兵时，岐晖曾预言“真君来也”，天下将大定，便改名为岐平定，并派八十名道士赞迎李渊，设醮祈福。

金格之书：即道家所称“玉牒金书”。《云笈七籤》卷七云：“三元布经，皆刻金丹之书……以紫玉为简，生金为文，编以金缕，缠以青丝。”

玉笈：用玉装饰的书箱，指珍贵的道家经典书籍。《汉武帝内传》载：“捧五色玉笈凤文之蕴，以出六甲之文。”

穷神：深究事物的精微之道，穷究道经深奥的学问。《周易·系辞下》云：“穷神知化，德之盛也。”孔颖达疏曰：“穷极微妙之神。”

豫：预先，事先。《玉篇·象部》云：“豫，逆备也，或作预。”

天休：天赐福祐。休，美好，吉祥之义。《尚书·商书·汤诰》云：“各守尔典，以承天休。”

赞弘：辅助，称颂弘扬。《北史·齐孝昭帝纪》载：“既不能赞弘道德，和睦亲懿，又不能远虑防身。”

景福：大福。《诗经·小雅·楚茨》云：“以妥以侑，以介景福。”《毛传》曰：“景，大也。”

㊱“法师”八句：道观法师吕道济，醮坛监斋赵道隆，品行如玉一般润泽，情怀超脱旷远。剖析玄理环环紧扣，能言善辩滔滔不绝，回复圣上对答称旨，恰到好处以慰帝心。

吕道济：道士，生平不详。《混元圣纪》卷八载：“帝召平定及法师吕道济、监斋赵道隆等，并赐坐，遂令百官悉就坐饮食。”据此仅知，吕道济在唐武德七年为宗圣观法师，唐高祖李渊曾召见并赐坐，其他详情失考。

监斋：道家醮坛职司。《天皇至道太清玉册》载：“监斋，一名左辅教，其职也，总握宪章，典领科禁，纠正坛职，振肃威仪，周密察非，从容受简。”

赵道隆：道士，曾在宗圣观作醮坛监斋，生平不详。

玉器：这里美称人的品行。玉，比喻美洁。《说文解字·玉部》云：“玉石之美有五德，润泽以温仁之方也。”器，指器量、器度。《礼记·礼运》云：“礼义以为器，故事行有考也。”

鹤情超辽：修道的情怀如仙鹤般超脱、旷远。

辩析：分析辩解。《后汉书·桓谭传》载：“能文章，尤好古学，数从刘歆、扬雄辩析疑异。”

炙輠：本指用火炙烤装载油膏的车子，能使油膏溶化而流出殆尽，比喻能言善辩，话语滔滔不绝。《晋书·儒林传》载：“炙輠流誉，解颐飞辩。”

对扬：对答称旨，面对帝王而言。《尚书·商书·说命下》云：“（傅）说拜稽首曰：‘敢对扬天子之休命。’”

妙沃：妙语灌输。沃，灌、浇之义。《尚书·商书·说命上》云：“启乃心，沃朕心。”后指臣子对皇上所言能称心如意为沃心。

㊲“乃谓”八句：对于某些片言只语的善事，尚且有人题刻于青石。何况皇上御驾屈尊而至，斟酌道家“希”与“微”的深奥之义，开始大兴道学，纯化万物之际，没有文字刊勒碑石，怎么可以就此完毕呢？

绀碣：青色淡红的石碑。

矧：况且。《尔雅·释言》云：“矧，况也。”《尚书·虞书·大禹谟》云：“至诚感神，矧兹有苗。”

皇舆：皇帝所乘坐的车，代指君王。屈原《楚辞·离骚》云：“岂余身之惮殃兮，恐皇舆之败绩。”

迂驾：枉驾，屈尊相访。

挹酌：舀取，酌取，指斟酌。《广韵·缉韵》云：“挹，酌也。”《玉篇·酉部》云：“酌，挹也。”挹与酌同义。

希微：罕见，少有，这里指道家两种幽深精微的认识观。老子

《道德经》云："视之而弗见，名之曰微，听之而弗闻，名之曰希。"

炉锤：本指炉火冶炼，锻造，这里比喻改变、纯化、造就。

刊勒：雕凿刊刻于石上。南朝谢灵运《山居赋》云："指岁暮而归休，咏宏徽于刊勒。"

㊳"侍中"五句：官至侍中位登江国公的陈叔达，步入朝廷仪表非凡，文辞才学冠众秀之首。他奋起大手笔，为本文撰写隽美的铭词。

侍中：官名。唐代以中书省、门下省、尚书省之长同为宰相之列，其中门下省置侍中，秉国之政要。《新唐书·百官志二》载："门下省，侍中二人，正二品，掌出纳帝命，相礼仪。"

陈叔达：字子聪，陈朝宣帝陈顼之子，陈后主陈叔宝之弟，少年时封为义阳王。入隋为内史舍人，归唐后，武德初年授黄门侍郎，判纳言，封江国公。

朝宗：这里指朝见皇上。《周礼·春官宗伯·大宗伯》云："春见曰朝，夏见曰宗。"

羽仪：本指以羽毛装饰旌旗的仪仗，后比喻高官中为人尊重的楷模或表率。《新唐书·张荐传》载："真卿逮事四朝，为国元老，忠直孝友，羽仪王室。"

嘉铭：对以下陈叔达所撰铭词的美称。

临川帖

年二十余，至鄱阳，地沃土平，饮食丰贱。[①]众士往往凑聚，每日赏华，恣口所须。[②]其二张才华议论，一时俊杰；[③]殷、薛二侯，故不可言；[④]戴君国士，出言便是月旦；[⑤]萧中郎颇纵放诞，亦有雅致；[⑥]彭君摛藻，特有自然。[⑦]至如《阁山神诗》，先辈亦不能加。此数子遂无一在，殊使痛心。[⑧]

按：《临川帖》其文载于《全唐文》卷一四六欧阳询作品中，又见于宋代洪迈《容斋随笔》卷一，名为《欧率更帖》。洪迈在抄录该帖之时，先称："临川石刻杂法帖一卷，载欧阳率更一帖云。"结尾处又缀语："兹盖吾乡故实也。"《四库全书·宝刻类编》录其篇目称《鄱阳铭》，刻于饶州。饶州即江西鄱阳，故该文有此别称，不过是同文异名而已。欧阳询自谓"年二十余"，其时正是南朝陈高宗主政之际。文中涉及数人姓氏，当为陈朝太建九年（577）之际欧阳询所交诸友。而欧阳询书此帖时，"数子遂无一在"，显然几十年过去了，有物是人非之感。

【注释】

①"年二十余"四句：年纪二十多岁时，来到江西鄱阳县，这里土地平展肥沃，物产丰富，食物很便宜。

鄱阳：即隋朝称饶州。《元和郡县图志·江南道四·饶州》载："隋开皇九年，平陈，改鄱阳为饶州。"

②“众士”三句：几位士子常常凑在一起，每日赏花观景，在这里尽兴满足口福。

恣口：听凭个人的吃喝爱好。唐代孙思邈《千金要方》云：“是以尊卑长幼，恣口食啖，夜长醉饱。”

③“二张”两句：其中有两位张姓名士才华出众，谈论精辟，为当时俊杰。

二张：应为张孝则、张正见。考《陈书》、《南史》，仅此二人较为接近。

张孝则：陈朝国子博士张讥之子。《南史·张讥传》载：“子孝则，官至始安王记室参军。”始安王系陈后主第四子陈深，史称“至德元年，封始安王”。至德元年（583），张孝则刚入仕途，在此之前未入仕，与欧阳询年纪相仿。

张正见：字见赜，陈朝初年曾避乱隐居庐山，后为鄱阳王幕僚。《陈书·张正见传》载：“诏正见还都，除镇东鄱阳王府墨曹行参军。”之后，张正见又官寻阳郡丞，他在江西鄱阳一带就职的时间长。不过，张正见较之欧阳询，要大十九岁，如此一同出游，尚无不可。

④“殷、薛”二句：殷君、薛君两位很杰出，故而不必多说。

殷：应为殷梵童，陈郡长平人，陈朝通事舍人殷不佞之子。殷不佞曾与尚书仆射到仲举、中书舍人刘师知等合谋，为巩固太子陈伯宗的皇位，而矫诏想遣出专权的皇叔陈顼。事情败露之后，陈顼夺得侄儿的皇位，杀到仲举、刘师知，殷不佞坐免。殷梵童与欧阳询命运相同，欧阳询之父欧阳纥也是因为陈顼见疑，被逼起兵反陈顼，一心匡扶太子，结果兵败被诛。欧阳询和殷梵童走到一起，也就顺理成章了。事见《陈书》本传。

薛：《陈书》没有薛氏人传记。

二侯：对二人的尊称。侯，相当于“君”。

⑤“戴君”二句：戴君人称之为国士，开口便颇似汉代许劭评

论人物。

戴君：疑似戴僧朔之子，惜未载其名。戴僧朔曾任巴州刺史，属于华皎部下。华皎反陈顼，戴僧朔随同，被擒伏诛。《南史·华皎传》载：“巴州刺史戴僧朔……吴郡钱塘人也。有膂力，勇健善战……至是同（华）皎为逆，伏诛于江陵。”

国士：勇力和才能冠于一国的人，《史记·淮阴侯列传》载：“至如信者，国士无双。”

月旦：即“月旦评”，指议论评品人物。《后汉书·许劭传》载：“劭与靖俱有高名，好共核论乡党人物，每月辄更其品题，故汝南俗有‘月旦评’焉。”

⑥“萧中郎”二句：萧中郎颇为放荡不羁，却有风雅趣致。

萧中郎：应为萧密，字士幾，萧游之子，萧琛之孙。《南史·萧琛传》载：“（萧）游子密，字士幾，幼聪敏，博学有文词，位黄门郎，太子中庶子，散骑常侍。”

中郎：官名，任宫中护卫、侍从。《通典·职官十一》载：“汉中郎将分掌三署郎，有议郎、中郎、侍郎、郎中，凡四等。”

⑦“彭君”二句：彭君为文铺陈辞藻，特别流畅自然。

彭君：无考。《南史》、《陈书》、《隋书》均无彭姓人氏传记。

摛藻：铺陈辞藻，指才华横溢。汉代班固《答宾戏》云：“虽驰辩如涛波，摛藻如春华，犹无益于殿最也。”

⑧“至如”四句：至于《阁山神诗》，前辈诗人也不能超过。这几位至今都不在了，想起这些就特别使人痛心。

阁山神诗：已失传。《隋书·经籍志》不载其作，亦不知何人所作。阁山：指江西樟树市东南十五里处之丘陵中，有山名阁山。名曰“神诗”，似为修道人所作。

不能加：不能超过。加，指超越。《史记·李斯列传》载：“虽申、韩复生，不能加也。”

去留帖

去留深情，故当取尔。[1]余散辈，停岁积，故切思归。[2]三月下旬还非赊，冀叙不遥。[3]南路行，乃寂绝伤心。[4]

去留帖 淳化 大觀
去留深情故當取爾餘散輩停歲積
故切思歸三月下旬還非賒冀叙不
遥南路行乃寂絶傷心

按：《去留帖》载于《淳化阁帖》卷五，原编为何氏所书。今考《四库全书·法帖刊误》卷上所云："何氏书若云何人耳，或以为何姓，非也，米以二帖为欧阳率更书，良是。"《懋勤殿法帖》中也将其定为欧阳询书。纵观帖文中的内容，很难说能与何氏相关联，却颇似隋炀帝被宇文化及所杀，天下已乱，欧阳询身处江西庐山撰写《西林寺碑》时，或在江都之际思归时的心绪。这仅仅是对于书写时间上作某些揣测与推论，以供甄别。

【注释】

①“去留”二句：离去与留下都有难舍之深情，此刻是该作出决定的时候了。

取：取舍，选择，决定。《梁书·陶弘景传》载：“朝仪故事，多取决焉。”

②“余散辈”三句：剩下我们这些有其名、无其职的散官，官俸早已停领，故而特别想回家去。

散辈：散官之辈，指有官名而无固定职事的闲官。《南史·王敬则传》载：“初为散辈使魏，于北馆种杨柳。”晋代陆机《谢平原内史表》云：“怀金拖紫，退就散辈。”

岁积：年积，一年的谷类收入。积，谷类之积蓄。《诗经·大雅·公刘》云：“乃积乃仓，乃裹糇粮。”郑玄笺曰：“乃有积委及仓也。”

③“三月”二句：三月下旬回去并不太久，寄希望与家人叙谈也不遥远。

非赊：不久，不远。赊，久远、长久之义。唐代李峤《瓜》诗：“终朝奉绨绤，谒帝伫非赊。”

冀：希望，希图。《桂苑珠丛》曰：“冀，谓心有所希求也。”

④“南路”二句：行走南路，便倍感寂寥，令人伤心。

寂绝：空旷寂寥，萧条落寞。南朝何逊《为衡山侯与妇书》云：“路迩人遐，音尘寂绝。”

大唐故特进[①]尚书右仆射[②]上柱国温公墓志

公讳彦博，字大临，□□（缺二字，疑是“河东”）(一)太原祁(二)人也。[④]其先分土于晋，勤王□□□□（缺四字，疑是“与之四田”或“赏封四邑”）(三)，书社于温，乃□□（缺二字，疑是“衍徙”）(四)于韩魏。[⑤]□（缺一字，应为“以”）其鸿□（缺一字，疑是“名”或“序”）载德(五)，流其茂社。[⑥]是以魏鄙，伊□（缺一字，应为“昔”）曼基(六)驰龚黄之□（缺一字，应为“化”）(七)；□□（缺二字，

大唐故特進尚書右僕射上柱國温公墓誌
公諱彥博字大臨□□太原祈人也其先分土于晉
勤王□□□□書社於温廼□□於韓魏□其鴻□載德
流其茂社是以魏啚伊□曼基馳龔黄之□□□多
故太眞□□□之績示言盛烈可勝言哉祖裕魏太
中大夫澄波萬頃竦巖千仞屈迹中缺十六字皇朝贈魏
州諸軍事魏州刺史文爲德表範爲士則榮被幽泉
芳流惜史公陶皇靈之正氣體生民之上姿因心而
齊曾閔抗迹而偶揚墨行之所踐比一鄉而庳眞言
之所應踰千年其如響下帷縱志舍□擅奇採學肆

《卷十四》

疑是“宇内”或“晋室”）多故（八），太真□□□（缺三字，疑是“著卓鲁”或“显羊杜”）之绩（九）。永言盛烈，可胜言哉！⑦祖裕，魏太中大夫，澄波万顷，竦岩千仞，屈迹中□（缺一字，应为“州”）（十）。⑧□□□□□□□□□□□□□□□（缺十五字应为“父君攸，文林馆学士，入隋为泗州司马”）（十一）。皇朝赠魏州诸军事、魏州刺史。文为德表，范为士则，荣被幽泉，芳流惇史。⑨

卷十四　手

之珠玉價倍梁楚伐翰林之杞梓材高廊廟。臨川永歎。望古遐想。譏沮溺之長勤陋晏管之庄績是以屈已成務之規。肇於傅巖之下。經國應變之術。得於圯橋之上。豈唯馬況清□陽之器小桓彝□叔通鑒稱季野之名高而已哉。隋開皇中。有詔舉士。公首應嘉招以對策高第。□□□省尋除通事舍人。數納青蒲。雍容丹陛。冕旒悅其□言。搢紳美其風標。以艱憂去官俄奪情起復舊職。屬煬帝巡歷六合。征伐八荒。鷹揚之將。載馳鳳舉之使。結□。公伏軾遼左。則夷貊革心。張□薊北。則姦宄改過。亦如傅介之斬樓蘭。果勝之

公陶皇灵之正气，体生民之上姿，因心而齐曾闵，抗迹而偶杨墨。⑩行之所践，比一乡而靡贵；言之所应，逾千年其如响。⑪下帷纵志，含□（缺一字，疑似“章”或“毫”）擅奇（十二）。采学肆之珠玉，价倍梁楚；伐翰林之杞梓，材高廊庙。⑫临川永叹，望古遐想，讥沮溺之长勤，陋晏

管之底绩。是以屈己成务之规，肇于傅岩之下；经国应变之术，得于圯桥之上。⑬岂唯马况清□（缺一字，应为“叔”）阳之器小（十三），桓彝□（缺一字，疑是“谓”或“以”）叔通鉴称（十四）季野之名高而已哉？⑭

隋开皇中，有诏举士。公首应嘉招，以对策高第，□□□（缺三字，应为“直内史”）省（十五），寻除通事舍人。⑮敷纳青蒲，雍容丹陛，冕旒悦其音（十六）旨，搢绅美其风标。⑯以艰忧去官，俄夺情起复旧职，属炀帝巡历六合，征伐八荒。鹰扬之将载驰，凤举之使结□（缺一字，应为“辙”）（十七）。⑰公伏轼辽左，则夷貊革心；张□（缺一字，疑是“目”或“帜”、“盖”）蓟北（十八），则奸宄改过。亦如傅介之斩楼兰，暴（果）胜之（十九）静勃海也。⑱

静勃海也既而火運告謝天歷有歸下車而弘大道
當扆而隆至治兆發螭龍軼有周之得士賞窮帶礪
邁炎漢之疇庸乃授公上柱國幽州總管府長史封
西河郡開國公食邑二千戶徵為中書舍人遷侍郎
昔士季智謀無間德行之美孟陽辭藻非有政事之
術兼之者公也久之出為行軍長史屬胡騎蟻集穹
廬蝟起合圍過於百重在危佯於七日類回溪之垂
翅若殽陵之喪師張拳大澤恥擭少卿之志茹毛窮
海終全子卿之節聖上丕承景業惟新寶命求衣切
於中夜思治勞於日昃徵隨會於秦國將寄鹽梅召

卷十四 三

既而火运告谢，天历有归，下车而弘大道，当扆而隆至治。[19]兆发螭龙，轶有周之得士，赏穷带砺，迈炎汉之畴庸。乃授公上柱国幽州总管府长史，封西河郡开国公，食邑二千户，征为中书舍人，迁侍郎。[20]昔士季智谋，无闻德行之美；孟阳辞藻，非有政事之才。兼之者，公也。[21]

卷十四

張裔於吳朝方資啓沃□乘獲厄馳燕越之高衢相
璧既歸增秦趙之重假除雍州治中檢校尙書吏部
侍郎未幾復爲中書侍郞遷御史大夫□□□□
□上庶寮哀慟於下雖魏惜荀與晉悲子若不是過
爲勑遣民部尙書莒國□唐儉尙書工部侍郞盧義恭
監護喪事又遣銀青光祿大夫行中書侍郎杜正倫
持節弔祭又賜以祕器及塋地一區并立碑記德行
前後賻贈二千喪葬所須並令官給詔遣尙書禮部
侍郎令狐德棻水部郎中□文紀持節冊贈特進謚曰
恭公禮也粤以其年十月廿二日陪葬於昭陵側之

久之，出为行军长史。属胡骑蚁集，穹庐猬起，合围过于百重。[22]在危侔于七日，类回溪之垂翅，若殽陵之丧师。张眷[二十]大泽，耻怀少卿之志；茹毛穷海，终全子卿之节。[23]

圣上丕承景业，惟新宝命，求衣切于中夜，思治劳于日昃。[24]征随会于秦国，将寄盐梅；召张裔于吴朝，方资启沃。㉕□（缺一字，疑似“齐”）乘获反（二十一），驰燕越之高衢；和璧既归，增秦赵之重价。㉖除雍州治中、检校尚书吏部侍郎。未几，复为中书侍郎，迁御史大夫，㉗□□□□□□□□□□□□□□□□□□□□□□□□□□□（此处缺字甚多，遵史绩与文义至少应补“检校中书侍郎事，擢中书令，封虞国公。十年，迁尚书右仆射，明年卒，春秋六十有三”。）（二十二）

□□□□□（此处缺五字，应为“紫宸伤悼于”）上（二十三），庶寮哀恸于下，虽魏惜景兴，晋悲子若，不是过焉。㉘敕遣民部尚书莒国□（缺一字，应是“公”）唐俭（二十四），尚书工部侍郎卢义恭监护丧事，又遣银青光禄大夫行中书侍郎杜正伦持节吊祭。㉙又赐以秘器及茔地一区，并立碑纪德

東所悲哉逝水□奔夜壑懼岸谷之或遷懐金石之
可久式昭盛德永播遺音其詞曰
江之永矣發自長源族之茂矣肇自高門擬金帝宅
拾芥禮闈世祿不朽德音若存猗歟令範鑑鏘□韻
貴孝爲忠移友於信如彼琬琰照廡流潤如彼驥騄
爵表驗爰初仕進莫展□力若濤斯磐如鸞集棘
雖居下位逶迤退食雖在亂朝好是正直河圖表瑞
捧日高驤提衡庶績執法銘常近追蕭第遠慕循墻
頹墻伊何鳴謙是則辭第伊何克己表德彝章有序
嚴音允塞方齊召南遽伴魯北泰頹奄息百身靡期
卷十四　三
晉用士會九京是思美矣遺烈眇若其時哀居靈悼
庶□漣洏轘轅超忽太華迢遞□背洛濤□臨渭涘
望盡□川悲生容衞空餘□□騰芳億載銀青光祿
大夫歐陽詢並書刻石（按御史大夫下有缺）

行（二十五）。前后赙赠二千段（二十六），丧葬所须，并令官给。[30]诏遣尚书礼部侍郎令狐德棻、水部郎中□（缺一字，即姓氏，失考）文纪（二十七）持节册赠特进，谥曰恭公，礼也。粤以其年十月廿二日，陪葬于昭陵侧之东所。[31]

悲哉逝水，□（缺一字，疑似"永"或"哀"）矣夜台（二十八），惧岸谷之或迁，怀金石之可久。式昭盛德（二十九），永播遗音。[32]其词曰：

江之永矣，发自长源。族之茂矣，肇自高门。拟金帝宅，拾芥礼园。世禄不朽，德音若存。[33]猗欤令范，铿锵□（缺字疑似"嘉"或"清"）韵（三十）。资孝为忠，移友于信。如彼琬琰，照庑流润。如彼骥騄，筞云表骏。[34]爰初仕进，莫展风力。若鸿斯磐，如鸾集棘。虽居下位，逶迤退食。虽在乱朝，好是正直。[35]河图表瑞，捧日高骧。提衡底绩，执法铭常。[36]近追辞第，远慕循墙。循墙伊何，鸣谦是则。辞第伊何，克己表德。[37]彝章有序，徽音允塞。方齐《召南》，遽侔鲁北。[38]秦殒奄息，百身靡期。晋徂士会，九京是思。美矣遗烈，眇若共时。[39]宸居震悼，庶□（缺字应为"士"或"僚"）涟洏（三十一）。镮辕超忽，太华迢遰。□（缺字应为"北"）背洛浦（三十二），□（缺字应为"南"）临渭汭（三十三）。望尽□（缺字应为"秦"）川（三十四），悲生容卫。空余□（缺字疑是"硕"或"九"）德（三十五），腾芳亿载。[40]

银青光禄大夫欧阳询撰并书。[41]

按：该《墓志》篇目见于宋代《宝刻类编》卷一，名为《温彦博墓志》。题下有引注云："残缺，贞观十一年立，洛。"此处"洛"字系指河南洛阳，这显然与《墓志》中所称温彦博"陪葬于昭陵"相违背。昭陵在陕西，石刻怎么到了洛阳，今人不得而知。考宋代赵明诚《金石录》，只载有岑文本撰文和欧阳询所书《温彦博碑》，却不曾记录该志。窃以为此《墓志》是宋代后期仿刻之作，而如今所见到的该拓片印本，且又大多源于洛阳石刻。本编以清代陆心源《唐文拾遗》卷十四所载该文为底本。文中缺字甚多，亦权且借流行的拓印本两相参校，再以《左传》、《史记》、《新唐书》、《通典》、《元和郡县图志》等史料斟酌其出典，尽可能让残缺处展现原意，使之通读，乃补夹注于缺字之间。是非对错，以期方家求证，以俟读者取舍。

【注释】

①特进：官爵名。汉代所制定，凡功德隆盛，为朝廷所敬重者，赐位特进。位在三公之下，唐代以特进为散官。《通典·职官十六》载："诸侯功德优盛，朝廷所敬异者，赐位特进。"

②尚书右仆射：官名，唐代以尚书省左、右仆射与中书令、侍中同为宰相之职。《通典·职官四》载："大唐左、右二仆射因前代，本副尚书令。自尚书令废阙，二仆射则为宰相。"

③上柱国：官爵名，始于战国，凡破敌斩将者，官至上柱国，位极尊宠。唐代以之作为勋号，视为二品。《通典·职官十六》载："隋置上柱国、柱国，以酬勋劳，并为散官，实不理事，大唐改为上柱国及柱国。"

④"公讳"三句：温公名彦博，字大临，系河东道太原祈县人氏。

温彦博：本为隋朝文林郎，归唐后，初官中书舍人。《新唐书·温彦博传》载："贞观四年，迁中书令，封虞国公。"

祁：祁县，属太原府所辖。《元和郡县图志·河东道二》载："祁县，本汉旧县，即春秋时晋大夫祁奚之邑也。"

⑤"其先"四句：其祖先分封于晋国，又因为晋侯出兵救护周

襄王有功，增封了土地，才有了温邑，于是在温县注册土地人口。之后，家族繁衍散布于韩国、魏国各地。

勤王：出兵救护君王，这里指春秋时期周襄王为北狄所攻，周襄王败走，出奔郑国，晋国大夫狐偃劝晋文公出兵相救，晋文公随之挥师护驾周襄王。《左传·僖公二十五年》载："狐偃言于晋侯曰：'求诸侯莫如勤王。'"

书社：古制以二十五家立一社，将社内人口登记造册，谓之书社。《史记·孔子世家》载："昭王将以书社地七百里封孔子。"

温：温邑，汉代置温县，即今河南省温县。

韩魏：战国时期，晋国由赵、魏、韩三家分割，韩国拥有山西中部等处，魏国辖河南南部等地。

⑥"□其鸿"二句：温姓氏族以洪大的声誉与德行流传于乡社。

鸿：大，洪大之义。《史记·夏本纪》载："当帝尧之时，鸿水滔天。"《史记索隐》曰："鸿，一作洪，大也。"

茂社：草木繁盛，风景美好的乡村。茂，指繁茂，旺盛，秀美。社，指巫祠，土地神，主管村庄之地，后泛指乡村。

⑦"是以"六句：这里属于魏国的边远之地，从前三国时期有温曼基为官一任，以汉代龚遂、黄霸那样的惠政感化百姓；当宇内发生太多的变故，到了晋代又有温太真官居要职，并展现出羊祜、杜预有过的辅弼之功绩。可以永远称颂其显赫之勋业，却用尽语言也难以表达。

鄙：边邑，偏僻边远之地。《国语·齐语》云："圣王之治天下也，参其国而伍其鄙。"韦昭《国语注》云："鄙，郊以外也。"

曼基：温恢，字曼基，温彦博之先祖，三国时祁县人。举孝廉，为廪丘长，擢扬州刺史，魏文帝曹丕召为侍中，出为凉州刺史卒。

龚黄：汉代龚遂、黄霸两位好官。《汉书·龚遂传》载："龚遂，字少卿，山阳南平阳人也，以明经为官……遂为人忠厚刚毅，有大节。"《汉书·黄霸传》载："黄霸，字次公，淮阳阳夏人也……霸为人明察内敏，又习文法，然温良有让，足知，善御众。为丞，处议当于法，合人心，太守甚任之。"后以"龚黄"并称。

太真：温峤，字太真，东晋时期人。入刘琨幕府为参军，后颇受晋元帝器重，迁太子中庶子。晋明帝即位，拜温峤为侍中，转中书令。《晋书·温峤传》载："（温）峤先有齿疾，至是拔之，因中风，至镇未旬而卒，时年四十二。江州士庶闻之，莫不相顾而泣。"

盛烈：盛大的功业，显赫的勋绩。南朝颜延之《赭白马赋》云："惟宋二十有二载，盛烈光乎重叶。"

⑧"祖裕"五句：祖父温裕，曾在西魏王朝官太中大夫，心中澄明如万顷清波，高尚坚定如耸立的千仞岩石，却屈于中州之地。

祖裕：温彦博之祖父名裕。《新唐书·宰相世系表》载："（温）裕，太中大夫，生君攸。"

太中大夫：官名，秦汉时所置，掌议论，属于光禄寺所设官，隋唐以后为散官。

⑨"皇朝"六句：当今皇朝追赠其父为都督魏州诸军事，魏州刺史。颁发公文为表彰其嘉德，树楷模为士人之行为准则，荣耀覆盖到九泉之下，芳名流传于史册。

赠：追封先人，历代皇帝对于有功之臣的前辈赐给名分与荣耀。在生曰封，死后曰赠。

魏州：后魏时期所置，故城在河北大名县。《元和郡县图志·河北道一》载："隋炀帝大业三年，罢州为武阳郡。隋乱陷贼，武德四年讨平窦建德，改置魏州。"

诸军事：即都督诸军事，指军事长官统兵将帅。《通典·职官十四》载："又有都督诸州诸军事者，则为常职，旧曰监某州诸军事。"

刺史：官名，主管一州郡的军事与行政大权。秦朝所设，东汉后期改州牧，隋末改刺史为太守。《通典·职官十四》载："大唐武德元年，罢郡置州，改太守为刺史，而雍州置牧。”

幽泉：九泉，指地下，阴间。晋代左思《魏都赋》云：“潜龙浮景，而幽泉高镜。”

惇史：记载有德行之人的言行。《礼记·内则》云：“养气体而不乞言，有善则记之为惇史。”

⑩“公陶皇灵”四句：温公彦博以三皇五帝与女娲的灵正之气陶冶情操，体察民生之姿状，心仪曾参、闵子骞之孝悌，特立独行又以杨朱、墨子为偶像。

皇灵：三皇五帝与女娲。三皇指伏羲、神农、祝融；五帝指黄帝、颛顼、帝喾、唐尧、虞舜；灵即灵娲，指女娲氏。汉代蔡邕《文范先生陈仲弓铭》云：“君膺皇灵之清和，受明哲之上姿。”

曾闵：孔子弟子曾参与闵子骞。二人均以孝行著称，为奉亲承欢之楷模。《后汉书·明帝纪》载：“昔曾、闵奉亲，竭欢致养。”

抗迹：特立独行。抗指高超，迹指行迹。屈原《楚辞·九章·悲回风》云：“望大河之洲渚兮，悲申徒之抗迹。”

杨墨：战国时期的杨朱、墨翟二人。杨朱，字子居，又称杨子，倡导重在爱己，又以“歧路亡羊”悲人生道路之曲折而闻之于世。墨翟，战国时期的思想家，世称墨子，主张兼爱。《孟子·滕文公下》云：“杨朱、墨翟之言盈天下，天下之言不归杨，则归墨。”

⑪“行之”四句：实行的善举，三年大比于乡而更显尊贵；言语的效应，过了上千年还能产生强烈反响。

比一乡：放在一乡之中考量。比，指考其德行。《庄子·逍遥游》云：“故夫知效一官，行比一乡，德合一君而征一国者。”

靡贵：更加尊贵，美好。靡，美好。《玉篇·非部》云：“靡，好也。”汉代王逸《九思·疾世》云：“访太昊兮道要，云靡贵兮仁义。”

⑫“下帷”六句：放下帷幕闭门读书励志，含毫吮笔能挥洒奇文。探求学海之珠，价值倍于梁园、楚殿之赋；撷取翰林院那些优

质良材，才艺高于朝廷的贤良之臣。

下帷：本指放下房中帷帐，教课授徒，引申为闭门读书。南朝任昉《赠王僧孺诗》云："下帷无倦，升高有属。"

擅奇：独特奇异，擅长出奇。南朝刘峻《辩命论》云："闻孔、墨之挺生，谓英睿擅奇响。"

梁楚：梁园与楚殿。梁园，汉代梁孝王刘武所筑，为文人墨客游赏之所。有名士司马相如、枚乘、邹阳等会聚于此，常吟诗作赋。楚殿，楚国的宫殿，因战国时期有屈原、宋玉、景差等人献赋作辞而闻名。《隋书·炀三子传》载："庸服有纪，分器惟尊。风高楚殿，雅盛梁园。"

杞梓：杞与梓都是优良木材，用来比喻优秀人才。《晋书·陆云传》载："观夫陆机、陆云，实荆衡之杞梓，挺圭璋于秀实。"

廊庙：朝廷，指帝王和大臣议政的地方。廊庙用材指筑造宫室所需之材，比喻国家能臣、重臣。《慎子·知忠》云："故廊庙之材，盖非一木之枝也，粹白之裘，盖非一狐之皮也。"

⑬"临川"八句：临江水而长叹，念远古而遐思。哂笑长沮、桀溺勤于耕稼而碌碌无为；鄙薄晏婴的吝俭与管仲的好货利之底细。以此告诫自己应致力于成规，步殷商时期筑版人傅说之后尘；那些经世济国变通之术，又如谦虚好学的张良那样从圯桥上获得。

沮溺：春秋时期的两位隐士长沮、桀溺。二人曾遇上孔子，说过一番"滔滔者天下皆是也，而谁以易之"的话。《论语·微子》云："长沮、桀溺耦而耕，孔子过之，使子路问津焉。"三国时王粲《从军诗》云："不能效沮溺，相随把锄犁。"

长勤：长年勤劳自食其力，勤于耕种。晋代陶渊明《闲情赋》云："悲晨曦之易夕，感人生之长勤。"

陋：这里指鄙薄。汉代张衡《东京赋》云："不能节之以礼，宜其陋今而荣古矣。"

晏管：春秋时期的晏婴与管仲。管仲为齐桓公丞相，主张通货积财；晏婴为齐景公丞相，倡导力行节俭。二人皆为名臣，后以“管晏”并称。《淮南子·主术训》云：“执术而御之，则管晏之智尽矣。”

底绩：最终的效果，底细，最后的成绩。《尚书·夏书·禹贡》云：“覃怀底绩，至于衡漳。”

成务之规：使之致力于成规。务，致力，从事之义。

肇：造就，发端，开始。《尚书·商书·仲虺之诰》云：“肇我邦于有夏，若苗之有莠。”

傅岩：古地名，以商朝武丁启用傅说于筑版之处而得名。傅说贤能，出身卑微，官至武丁的丞相。《尚书·商书·说命上》云：“（傅）说筑傅岩之野。”《孔佳》曰：“傅氏之岩，在虞、虢界。”

圯桥：指汉代张良经下邳圯桥，遇上一老者，张良谦虚求学，不惜到桥下为老人拾起鞋子，并给他穿上。老人名叫黄石公，授给张良《太公兵法》，张良此后成为经国治世的军师。北朝庾信《周大将军怀德公吴明彻墓志铭》云：“圯桥取履，早见兵书。”

⑭“岂唯马况”二句：这难道是东汉马况所谓清楚朱叔阳之“小器速成”，以及晋代桓彝谓叔通评价诸裒，只不过是名高而已么？

马况，字长平，东汉时期扶风茂陵人，马援之兄长。《后汉书·马援传》载：“援三兄，况、余、员，并有才能。”

□阳：即朱勃，字叔阳。《东观汉记》卷十二载：“朱勃，字叔阳，年十二能诵诗书，常候（马）援兄（马）况。（朱）勃衣方领，能矩步，辞言娴雅。（马）援裁知书，见之自失。（马）况知其意，酌酒慰（马）援曰：朱勃小器速成，智尽此耳。”

桓彝：字茂伦，晋代谯国（今安徽亳州市）人，晋元帝时为吏部郎中。《晋书·桓彝传》载：“（桓）彝少孤贫，虽箪瓢，处之晏如，性通朗，早获盛名，有人伦识鉴。”

季野：褚裒，字季野，晋代阳翟（今河南禹州市）人，康献皇后之父。少有简贵之风，官吴王文学，迁司徒从事中郎，出为豫章太守，拜侍中，擢尚书。《晋书·褚裒传》载：“谯国桓彝见而目之曰：‘季野有皮里阳秋。’言其外无臧否，而内有所褒贬也。”

⑮“隋开皇”六句：隋朝开皇年间，隋文帝颁诏选拔人才。温公彦博首先应召入选，以策对荣登高第，初在内史省就职，官系中书省通事舍人。

开皇：隋文帝杨坚的年号，即公元581年至604年间。

对策高第：指温彦博启用于隋文帝开皇年末，曾授官文林郎，入内史省。《新唐书·温彦博传》载：“开皇末，对策高第，授文林郎，直内史省。”

通事舍人：官名，属中书省。三国时期曹魏政权所立，南朝改为中书舍人。《隋书·百官志下》载：“（内史省）置令二人，侍郎四人，舍人八人，通事舍人十六人。”

⑯“敷纳”四句：皇帝赐坐青蒲，普遍采纳奏议，温公仪态端雅常常出入于宫廷丹陛。圣上乐意听他的奏对，朝廷士大夫赞美其君子风度。

敷纳青蒲：指皇上亲近臣子，于榻前设青蒲赐坐，接纳上奏。敷是铺叙，陈述。纳，指采纳、接纳。《尚书·虞书·益稷》云：“敷纳以言，明庶以功。”青蒲：青色的蒲团。《汉书·史丹传》载：“丹以亲密臣得侍视疾，候上间独寝时，丹直入卧内，顿首伏青蒲上。”

雍容丹陛：容仪文雅，出入丹阶皇殿。雍容指容仪举止温文尔雅。《汉书·薛宣传》载：“进止雍容，甚可观也。”丹陛指皇宫红色的台阶。《北史·樊子盖传》载：“子盖曰：‘愿奉丹陛。’”

冕旒：古代帝王的头冠。冠顶有版，称作延，延的前端垂有缨线，穿上玉珠，叫作旒。后以冕旒代称天子。南朝沈约《劝农访民所疾苦诏》云：“冕旒属念，无忘夙兴。”

音旨：言谈旨意。《世说新语·赏誉》云：“讽味遗言，不如亲承音旨。”

搢绅：本指士大夫上朝时插笏版于绅带间，后用作代指士大夫。《晋书·舆服志》载：“所谓搢绅之士者，搢笏而垂绅带也。”

风标：风度，仪态。《魏书·彭城王勰传》载：“风标才器，实足师范。”

⑰“以艰忧”六句：以父丧之期辞官守孝，没多久，应朝廷之召上任复职，跟随隋炀帝巡行各方，征讨八极。于是雄鹰般的将才忍着失亲之痛奋起飞驰，奉使远行的臣子车辙交错。

艰忧：古称父母之丧为丁忧，又称丁艰，故合言艰忧。《魏书·世宗宣武帝纪》载：“朕幼承宝历，艰忧在疚，庶事不亲，风化未洽。”

俄：俄顷，不久。《周书·庾信传》载：“俄拜洛州刺史。”

夺情：古时官员遭父母丧，须去职在家守制。而朝廷要员，经皇帝特准不必去职，以素服办公，不参加吉礼；或守制尚未满期而应朝廷之召出而任职，称“夺情”。《周书·王谦传》载：“以情礼未终，固辞不拜，高祖手诏夺情，袭爵庸公。”

六合：本指东南西北与天地，后泛称国内。《庄子·齐物论》云：“六合之外，圣人存而不论。”

八荒：八极，四面八方最为荒远的地方。汉代贾谊《过秦论》云：“囊括四海之意，并吞八荒之心。”

鹰扬：雄鹰展翅奋扬，比喻人中豪杰，大展雄才。《诗经·大雅·大明》云：“维师尚父，时维鹰扬。”

载驰：车载马驰以奔赴。又为《诗经》中的篇名，系春秋时期许穆夫人为悼念兄长卫国戴公逝世，打算回去奔丧，却遭到国内士族的反对，许穆夫人以《载驰》抒发忧伤。这里借此用以喻指温彦博“夺情”后含悲驰逐。《诗经·鄘风·载驰》云：“载驰载驱，归唁卫侯，驱马悠悠，言至于漕，大夫跋涉，我心则忧。”

凤举：比喻使臣奉命远行。晋代陆机《演连珠》云：“金碧之岩，必辱凤举之使。”

⑱“公伏轼”六句：温公彦博乘车招抚辽东，这里的少数民族部落便洗心革面；张帜来到河北，则为非作歹的人能够改过自新。颇似汉代傅介子斩楼兰王，也如暴胜之安定渤海。

伏轼：伏在车座前的横木上，指乘车，表示恭敬。《史记·淮阴侯列传》载：“伏轼掉三寸之舌，下齐七十余城。”

辽左：辽东。古称东为左，西为右。温彦博曾官幽州总管府长史时，威加高丽等国。《新唐书·温彦博传》载：“辽东本周箕子国，汉玄菟郡，不使北面，则四夷何所瞻仰？”

夷貊：夷岛蛮貊。古代中原人对东部、北部等少数民族之称。《史记·日者列传》载：“盗贼发不能禁，夷貊不服不能摄。”

蓟北：蓟州以北，泛指河北省北部。唐代张说《幽州新岁作》诗云：“去岁荆南梅似雪，今年蓟北雪如梅。”

奸宄：奸邪，为非作歹的人。《尚书·虞书·舜典》云：“蛮夷猾夏，寇贼奸宄。”

傅介：傅介子，西汉时北地人。汉昭帝元凤年间，傅介子至西域，闻道朝廷使节经楼兰常常被杀，傅介子遂斩楼兰王而还。《汉书·傅介子传》载：“平乐监傅介子持节使诛斩楼兰王安归首，县之北阙。”

暴胜之：字公子，汉代人，曾平定郡国之盗贼，恩威并施，使渤海一带平静安泰。《汉书·隽不疑传》载：“武帝末，郡国盗贼群起。暴胜之为直指使者，衣绣衣，持斧，逐捕盗贼，督课郡国，东至海，以军兴诛不从命者，威振州郡。胜之素闻（隽）不疑贤，至勃海，遣吏请与相见。”

⑲“既而”四句：接下来隋朝所谓火德之运宣告衰落，天运已归大唐，皇上即位而弘扬正道，当朝着手隆兴国家。

火运：隋朝取代北周，曾称之为火运立国。《隋书·高祖纪》载：“况木行已谢，火运既兴，河洛出革命之符，星辰表代终之象。”

天历：天运，纪元。《史记·太史公自序》载：“五年而当太初元年，十一月甲子朔旦冬至，天历始改。”

下车：这里指初次到任或即位。《后汉书·儒林传上》载：“及光武中兴，爱好经术，未及下车而先访儒雅。”

当扆：当临，当依画有斧形的屏风，引申为皇位之座（参见《大唐宗圣观记》中“宸扆”注）。

至治：最为完善的治理。《尚书·周书·君陈》云：“至治馨香，感于神明。”

⑳“兆发”九句：征兆现出螭龙之瑞象，今朝胜过周朝时期而得到更多的有识之士，分封颁赐极其隆重，超过了汉代的酬赏。授予温公彦博上柱国，幽州总管府长史，加封为西河郡开国公，拥有采食之邑二千户。征召回朝为中书舍人，再迁为侍郎。

兆：兆象，征候，预示事情发生之前的征兆。《国语·吴语》载：“天占既兆，人事又见。”

螭龙：无角的龙，古称“螭”。《后汉书·张衡传》载：“伏灵龟以负坻兮，亘螭龙之飞梁。”

轶：超车，引申义为超越。汉代扬雄《河东赋》云：“轶五帝之遐迹兮，蹑三皇之高踪。”

有周：指公元前11世纪，周朝取代商朝，一统天下。“有”字为助词，无实义。

赏穷：赏赐之极至。穷，尽或极之义。《说文解字·穴部》云：“穷，极也。”

带砺：本为汉代功臣封爵之誓言，谓黄河如带，泰山如砺石，合称“带砺”。后以赏赐功臣，借喻为进爵封邑。《晋书·汝南王亮等传序》载：“列建功臣，锡之山川，誓以带砺。”

迈：这里指超越。《三国志·魏书·高堂隆传》载：“三王可迈，五帝可越。”

炎汉：指汉朝，刘邦自称为火德王，又曰赤帝子，故称“炎汉”。《三国志·魏书·陈思王传》载：“受禅炎汉，临君万邦。”

畴庸：酬赏功臣。畴通“酬”。庸指功勋。《梁书·孔休源传》载：“褒德畴庸，先王令典。”

食邑：士大夫的封地，又名采邑，收取租赋而食，故称食邑。《汉书·高帝纪》载：“其有功者，上致之王，次为列侯，下乃食邑。”

中书舍人：官名，中书省属官，掌管起草诏令、文书等。《新唐书·百官志二》载：“（中书省）舍人六人，正五品上，掌侍进奏，参议表章，凡诏旨制敕、玺书册命，皆起草进画。”

侍郎：官名，本指宫廷近侍，唐代以尚书省六部以及中书省、门下省均设侍郎。《新唐书·百官志二》载：“门下侍郎二人，正三品，掌贰侍中之职。”

㉑“昔士季”六句：从前三国时期钟会虽有智谋，却没听说过他有美的品质与德行；晋代张载长于辞赋，而无行政才干。这两位的优点兼而有之者，是温公彦博。

士季：钟会，字士季，三国时魏国颍川（今河南）人，书法家钟繇之幼子。仕魏为中书侍郎，迁镇西将军，都督关中诸军事。当蜀汉将亡，钟会与姜维密约欲反，后为魏将所杀，年仅四十。

孟阳：张载，字孟阳，晋代安平（今河北）人。博学擅长文辞，官著作郎，转太子中舍人，拜中书侍郎，复为著作郎，后辞官归乡。《晋书·张载传》载：“拜中书侍郎，复领著作。载见世方乱，无复进仕意，遂称疾笃告归。”

㉒“久之”五句：过了好几年，调任温彦博为并州行军长史。正当胡狄骑兵如蚂蚁一般聚集，敌方毡帐如同刺猬一样竖起针毛，组成百重合围之势进犯。

属：正当，恰逢。《左传·成公二年》载：“下臣不幸，属当戎行，无所逃隐。”

穹庐：北方少数民族的圆顶毡帐住房。《史记·匈奴列传》载："汉使曰：'匈奴父子乃同穹庐而卧。'"

猬起：刺猬将针毛竖起，比喻纷然而起。《汉书·贾谊传》载："高皇帝瓜分天下以王功臣，反者如猬毛而起。"

㉓"在危"七句：在这危急关头对抗相持了七天，类似于东汉将领冯异在回溪阪兵败受挫；恍若春秋时期殽陵之战秦兵损失惨重。当箭矢射尽拉响空弮而困于荒泽之中被俘时，却以李陵屈膝投降为耻；宁可吃旃毛咽冰雪囚拘瀚海，最终成全了苏武那种气节。

侔：相当，相等，相持，相匹敌。《三国志·吴书·陆逊传》载："德均则众者胜寡，力侔则安者制危。"

类：如同，相似。《后汉书·马援传》载："所谓画虎不成反类狗者也。"

回溪之垂翅：在回溪阪这个地方兵败受挫。原指东汉之初，刘秀起兵征讨赤眉军时，手下将领冯异败于回溪阪。《后汉书·冯异传》载："始虽垂翅回溪，终能奋翼黾池。"回溪：地名，在河南洛州东北，史称回溪阪。垂翅：指鸟的翅膀下垂，不能高飞，比喻受伤或受挫折。

殽陵之丧师：指春秋时期，秦国举兵攻打郑国，郑国与晋国同盟，晋兵给予还击，战于殽陵，秦军大败而归，晋军俘获秦国三位主将。《左传·僖公三十三年》载："夏四月辛巳，败秦师于殽，获百里孟明视、西乞术、白乙丙以归。"殽陵：地名，又名殽函，在陕西潼关与河南新安一带。

张弮大泽：指汉代李陵以五千兵讨匈奴，被八万匈奴兵所围，箭矢用尽，粮草已断，最终兵败被俘而投降。汉代司马迁《报任安书》云："且李陵提步卒不满五千，深践戎马之地……更张空弮，冒白刃，北向争死敌者。"张弮：没有箭可射，拉响空弓弦，虚张声势。大泽：广漠的瀚海冰川。《山海经·海外北经》载："河渭不足，北饮大泽，未至，道渴而死。"

耻怀少卿之志：少卿即李陵，字少卿，这里指温彦博对于李陵投降匈奴感到可耻。温彦博曾征讨突厥，不幸兵败被浮，却誓死不降，故言之以少卿为耻。《新唐书·温彦博传》载："突厥入寇，彦博以并州道行军长史战太谷，王师败绩，被执。突厥知近臣，数问唐兵多少及国虚实，彦博不肯对。"

茹毛：指汉代苏武在匈奴北国过着吃旃毛、饮冰雪的日子。《汉书·苏武传》载："单于愈益欲降之，乃幽（苏）武置大窖中，绝不饮食。天雨雪，（苏）武卧啮雪与旃毛并咽之，数日不死。匈奴以为神，乃徙（苏）武北海上无人处，使牧羝。"

子卿之节：苏武的节操。苏武，字子卿，陕西杜陵人。汉武帝天汉年间出使匈奴，被匈奴单于扣留十九年而坚贞不屈。《后汉书·伏湛传》载："（伏）隆可谓有苏武之节，恨不且许而遽求还也。"

㉔"圣上"四句：皇上遵承大业，以奉行革新之国策为天命，半夜穿衣起床理政，操心治理国家直到太阳偏西。

丕承：遵承，大承，奉受之义。《尚书·周书·君奭》云："惟文王德，丕承无疆之恤。"

景业：大业，帝王之基业。《隋书·炀帝纪上》载："朕嗣膺景业，傍求雅训，有 弘益，钦若令典。"

惟新：指推行新政。即维新，惟通"维"。《诗经·大雅·文王》云："周虽旧邦，其命维新。"

宝命：尊称神道之命，上天之命。《尚书·周书·金縢》云："无坠天之降宝命，我先王亦永有依归。"

求衣：求取衣服，引申为起床。《汉书·邹阳传》载："始孝文皇帝据关入立，寒心销志，不明求衣。"

中夜：半夜。《尚书·周书·冏命》云："怵惕惟厉，中夜以兴。"

日昃：太阳偏西。《荀子·哀公》云："君平明而听朝，日昃而退，诸侯之子孙必有在君之末庭者。”

㉕“征随会”四句：圣上想到要像春秋时期晋国从秦国征召随会一样召回温彦博，对他调理国政寄予厚望；又像三国时期蜀国向吴国要回张裔一般，想让他为治国献计献策。

征：征召，求取，征聘之义。《战国策·楚四》载：“于是使人发驺卒，征庄辛于赵。”

随会：春秋时期晋国人，出生于士大夫之家。《左传》中称“士会”，因受封于随邑，《史记》中又称之为“随会”。大约公元前621年，晋襄公卒后，大臣赵盾派随会等人去秦国迎回晋公子雍继位。不料赵盾中途变卦，接受晋襄公另一位夫人穆嬴的请求，拥立公子夷皋为国主，是为晋灵公。随会不满赵盾出尔反尔，于是滞留在秦国不归。秦晋之间发生战争，晋国臣僚担心随会为秦国所用，设计将其召回晋国，并委以重任。《史记·晋世家》载：“晋六卿患随会之在秦，常为晋乱，乃详令魏寿馀反晋降秦，秦使随会之魏，因执会以归晋。”

盐梅：盐与酸梅，本为调味品，比喻调理国政。《尚书·说命下》云：“若作和羹，尔惟盐梅。”范宁注云：“羹非盐梅不和，人君虽有美质，必得贤人辅导，乃能成德。”后以盐梅比喻刚柔相济的能臣调理国政。

张裔：字君嗣，三国时蜀郡成都人。原为益州刘璋手下幕僚，刘备入川后，授张裔为益州太守，后为蜀中叛将雍闿所挟持，送与东吴孙权。张裔在吴国流落数年之后，诸葛亮遣使者至江东，召回张裔。《三国志·蜀书·张裔传》载：“诸葛亮遣邓芝使吴，（诸葛）亮令（邓）芝言次可从（孙）权请（张）裔，（张）裔自至吴数年，流徙伏匿，（孙）权未之知也，故许（邓）芝遣（张）裔。”

启沃：竭诚忠告，用治国的道理开导君主。《尚书·说命上》云：“若岁大旱，用汝作霖雨，启乃心，沃朕心。”

㉖“□乘获反”四句：齐国的车载着孙膑返回，驱驰于燕国、

赵国的大道上；蔺相如使和氏璧回归，增加了赵国与秦国较量的筹码。

获反：即获返，指获释返回。反通“返”。《列子·汤问》云：“寒暑易节，始一反焉。”

高衢：通向都市的大道。三国时王粲《登楼赋》云：“冀王道之一平兮，假高衢而骋力。”李善注曰：“高衢，谓大道也。”

和璧既归：即蔺相如完璧归赵。这里借璧玉美称温彦博平安归回。《新唐书·温彦博传》载：“太宗立，突厥归款，得还。”

㉗“除雍州”六句：温公彦博归来之后，先后授为雍州治中，检校尚书吏部侍郎。没过多久，再调任中书侍郎，升迁为御史大夫。

除：本指台阶，阶除，引申为登阶拜官授职。《陈书·江总传》载：“后主即位，除祠部尚书。”

治中：官名，州郡刺史的助理，掌文书案卷。《通典·职官十四》载：“治中从事史一人，居中治事，主众曹文书。”

检校：官衔名。唐代设检校官，有检校司空，检校礼部尚书，属于非正名的加衔。

吏部侍郎：官名，吏部尚书之副手。《新唐书·百官志一》载：“吏部尚书一人，正三品，侍郎二人，正四品上。”

中书侍郎：官名，中书省之副职。《新唐书·百官志二》载：中书省“侍郎二人，正三品，掌贰令之职，朝廷大政参议焉。”

御史大夫：官名，监察机构之主职，掌以刑法典章，纠查百官之罪过。《新唐书·百官志三》载：“御史台，大夫一人，正三品。”

㉘“□□□□□上”五句：皇帝在宫中哀叹于上，众多的臣僚哀悼于下。就是三国时期魏国的君臣惋惜王朗逝世，晋代的君臣悲伤卢钦的亡故，也不过如此。

庶寮：众多的官员。寮即“僚”。南朝沈约《齐太尉文宪王公墓志铭》云：“微言永谢，庶寮谁仰。”

景兴：王朗，字景兴，三国时魏国山东郯城县人。曾官至会稽太守，御史大夫，司徒，封乐平乡侯。

子若：卢钦，字子若，晋代河北涿县人。官至都督沔北诸军事，平南将军，尚书仆射，加侍中。晋咸宁四年（278）卒，谥曰元。

㉙“敕遣”三句：圣上敕令民部尚书莒国公唐俭，工部侍郎卢义恭前来监护丧事，又派遣银青光禄大夫行使中书侍郎之职的杜正伦持节前往吊唁祭祀。

敕：君主或上级的指令。《三国志·吴书·陆逊传》载：“敕军营更筑严围。”

唐俭：字茂约，山西并州晋阳人。唐初官内史舍人、中书侍郎、散骑常侍，《新唐书·唐俭传》载：“岁余，为民部尚书……永徽初致仕，加特进。显庆初，卒，年七十八。”

卢义恭：河北涿郡范阳人。父卢恺，仕隋朝为礼部尚书，行吏部尚书之职，晚年贬官，卒于家。卢义恭以前朝官绅之子入唐，官工部侍郎。

杜正伦：河南相州洹水（今安阳）人，举秀才仕隋，官武骑尉。入唐为中书侍郎，太子左庶子，拜中书令。《新唐书·杜正伦传》载：“进同中书门下三品，又兼度支尚书，仍知政事，迁中书令，封襄阳县公。”

㉚“又赐”五句：皇上又赐给温彦博一副棺材和一块坟地，安排立碑刻记其生前的功德与嘉行。先后资助办丧事的财物价值两千匹绢缎，丧葬所有费用，一并由官府给与。

秘器：棺材。朝臣死后，皇上赐给寿木。《汉书·董贤传》载“及至东园秘器，珠襦玉柙，豫以赐贤。”

茔地：墓地。《说文解字·土部》云：“茔，墓也。”

赙赠：以财物资助丧事。《汉书·何并传》载：“死虽当得法赙。”颜师古《汉书注》曰：“赠终者布帛，曰赙。”

段：绸缎。段通“缎”。汉代张衡《四愁诗》云：“美人赠我锦绣段，何以报之青玉案。”

㉛“诏遣”六句：皇上再下诏，派遣礼部侍郎令狐德棻、水部郎中某文纪，持节册封追赠温公彦博特进，谥号恭公。待以特殊之礼，定于这一年十月二十二日，陪葬于昭陵之东侧。

令狐德棻：宜州华原人，博通文史。唐高祖武德初年，官起居舍人，迁秘书丞。擢礼部侍郎，兼修国史。《新唐书·令狐德棻传》载：“迁国子祭酒，崇贤馆学士，爵为公。以金紫光禄大夫致仕，卒，年八十四。”

水部郎中：官名。隋代设水部侍郎，属工部。唐代改为郎中，为五品以上官。《新唐书·百官志一》载：“水部郎中、员外郎，各一人，掌津济、船舻、渠梁、堤堰、沟洫、渔捕、运漕、碾硙之事。”

粤：这里用于句首，又作“于是”之义。《尔雅·释诂》云：“粤，于也。”

昭陵：唐太宗李世民之陵墓，在陕西礼泉东北，于贞观十年开始修造，至贞观二十三年完毕，历时十三年。

㉜“悲哉”六句：悲哀呀岁月如流水，忧伤啊地下成永夜。担心的是高岸幽谷沧桑变迁，释怀的是镂金刻石的文字可得长久。以此铭记其盛德，永远传播其遗音。

夜台：坟墓。以幽暗无明，故称。汉魏阮瑀《七哀诗》云：“冥冥九泉室，漫漫长夜台。”

岸谷：高岸与深谷，互为改换。《诗经·小雅·十月之交》云：“百川沸腾，山冢崒崩，高岸为谷，深谷为陵。”

金石：指钟鼎器与碑碣上所刻的文字。《吕氏春秋·求人》云：“五人佐禹，故功绩铭乎金石。”

式：榜样，这样。《尚书·微子之命》云：“世世享德，万邦作式。”

㉝“江之永矣”八句：江水永世不断，发自源远流长。家族繁

衍之盛，始于富贵高门。金音振响帝京，都因习礼修身。世代禄位永在，道德声誉长存。

肇：开始，开端。《尚书·虞书·舜典》云："肇十有二州，封十有二山。"

高门：本指门户高大，比喻富贵世宦之家。《庄子·达生》云："有张毅者，高门悬薄，无不趋也。"

摐金：撞击金钟，这里比喻家声有如金鼓之声振响。汉代司马相如《子虚赋》云："摐金鼓，吹鸣籁。"

帝宅：帝都，帝王所居之处。唐太宗李世民《帝京篇》诗："秦川雄帝宅，函谷壮皇居。"

拾芥：俯拾地上的芥草，比喻为之容易。《汉书·夏侯胜传》载："经术苟明，其取青紫，如俯拾地芥耳。"

礼园：修身学习礼法之处。汉代司马相如《上林赋》云："修容乎礼园，翱翔乎书圃。"

㉞"猗欤令范"八句：感叹美好榜样，如闻铿锵之韵。资以孝悌忠恕，对友能讲诚信。品德如同美玉，光润照彻廊房。奔走如同良马，驰逐彰显骏风。

猗欤：同"猗与"，感叹美好之用语。《诗经·商颂·那》云："猗与那与，置我鞉鼓。"

令范：美好的榜样。令，美好，善美。《诗经·大雅·卷阿》云："如圭如璋，令闻令望。"范，式样，榜样。南朝沈约《齐故安陆昭王碑文》云："立行可模，置言成范。"

移：给予，对待，施与。《史记·田叔列传》载："鞅鞅如有移德于我者。"

琬琰：光泽流润的美玉，比喻君子的美德。《南史·刘遵传》载："言行相符，终始如一，文史该富，琬琰为心。"

庑：堂下四周的走廊、廊房。《史记·魏其武安侯列传》载："所赐金，陈之廊庑下。"

骥騄：良马，即赤骥与騄耳，属于周穆王八骏之名。汉代王充《论衡·逢遇》云："夫能御骥騄者，必王良也。"

筡：踏行。筡通"蹑"。《汉书·礼乐志》载："志俶傥，精权奇，筡浮云，晻上驰。"苏林《汉书注》曰："筡，音蹑，言天马上蹑浮云也。"

㉟"爰初仕进"八句：初入隋朝仕途，难以施展才力。如同飞鸿离岸，又似鸾栖荆棘。虽然居官下位，却能委曲减食。虽然处在乱朝，好在为人正直。

风力：风骨，气节，品格。《晋书·庾亮传》载："虽多骄豪，实有风力之益。"

斯磐：离开水滨的崖岸。斯，这里作离开之义。《尔雅·释言》云："斯，离也。"《列子·黄帝》云："不知斯齐国几千万里，盖非舟车、足力之所及。"磐，指水边的石崖高地。《周易·渐》云："鸿渐于磐。"孟康注曰："磐，水涯堆也。"

鸾：凤凰之类的神鸟，常用作比喻美善贤良的人。汉代贾谊《吊屈原赋》云："鸾凤伏窜兮，鸱枭翱翔。"

集棘：栖止于荆棘之中。集，指鸟栖息于木上。棘，荆刺灌木。这里将鸾凤处于荆棘，比喻贤人处境艰难。《后汉书·循吏·仇览传》载："枳棘非鸾凤所栖，百里岂大贤之路？"

退食：减少膳食，指生活俭朴。《诗经·召南·羔羊》云："退食自公，委蛇委蛇。"郑玄笺曰："退食，谓减膳也。"

㊱"河图表瑞"四句：河洛出图呈祥，拥戴新主登坛。均衡功臣业绩，执法铭记纲常。

河图：本指附会《周易》起源的一种图象，这里用作比喻世事变迁，出现帝王、圣者受命的祥瑞之兆。《周易·系辞上》云："河出图，洛出书，圣人则之。"

捧日：辅佐和拥戴帝王。古时以日比喻皇帝，故称。《三国志·魏书·程昱传》载："乃表昱为东平相，屯范。"裴松之注引

《魏书》曰："昱少时常梦上泰山，两手捧日。"

高骧：高举，昂首，飞黄腾达。晋代潘岳《西征赋》云："忽蛇变而龙摅，雄霸上而高骧。"

提衡：手持之物平衡，引申为相等，相对。《管子·轻重乙》云："以是与天子提衡，争秩于诸侯。"《通典·食货十二》曰："提，持也，合众弱以事一强者，谓之衡。"

底绩：最终的功绩，指所获得的成绩。《尚书·夏书·禹贡》云："覃怀底绩，至于衡漳。"

铭常：铭记法典，纲常。铭，指牢记，铭记。常，指法典，伦常。《国语·越语下》载："肆与大夫觞饮，无忘国常。"韦昭《国语注》曰："常，旧法。"

㊲"近追辞第"六句：近辞恩赐宅第，远学行走伴墙。伴墙为的什么，恭谨谦让守则；辞去赐宅为何，克己奉公树德。

辞第：本指汉代骠骑将军霍去病辞去皇上赐修的宅第，后以此典故引申为忠君爱国而忘家。《史记·卫将军骠骑列传》载："天子为治第，令骠骑视之。对曰：'匈奴未灭，无以家为也。'"

循墙：避开道路中央，靠墙行走，表示恭谨。《左传·昭公七年》载："故其鼎铭云：一命而偻，再命而伛，三命而俯，循墙而走。"

伊何：因为什么，疑问词。伊，因之。《广韵·脂韵》云："伊，因也。"三国时阮籍《咏怀诗》云："我心伊何，其芳若兰。"

鸣谦：以谦逊恭谨著称。鸣，闻名，著称之义。《广雅·释诂》云："鸣，名也。"谦，恭谨，谦逊。《周易·谦》云："鸣谦，贞吉。"

克己：自我克制言行，使之符合一定的规范。《汉书·王嘉传》载："孝文皇帝，欲起露台，重百金之费，克己不作。"

㊳"彝章有序"四句：典章法度有序，美德之声笃实。刚知《召南》之情，遂求鲁北儒学。

彝章：常法与典章。彝，指常法，常道；章，即典章，规章。南朝任昉《为范尚书让吏部封侯第一表》云："矜臣所乞，特回宠命，则彝章载穆，微物知免。"

徽音：德音，嘉声。《诗经·大雅·思齐》云："大姒嗣徽音，则百斯男。"郑玄笺曰："嗣大任之美音，谓续行其善教令。"

允塞：诚信而充实。允，指诚信。《尔雅·释诂》云："允，信也。"塞，指充实，充满。《尚书·虞书·舜典》云："浚哲文明，温恭允塞。"

召南：属于《诗经》十五国风之一，共有诗篇《鹊巢》、《草虫》、《采蘋》、《甘棠》、《羔羊》等十四篇，多写男女之恋情。

遽侔：遂牟，接着求取。遽，这里用作"遂"或"就"之义。《助字辨略》卷四云："遽，遂也。"侔，同"牟"，指求得，求取。《韩非子·五蠹》云："蓄积待时，而侔农夫之利。"

鲁北：鲁国之北，指曲阜城东北泗水，孔子故里。代称孔门儒学。

㊴"秦殒奄息"六句：秦亡贤人子车，百身无以赎回；晋丧大夫随会，人到九原缅怀。美呀这些遗烈，仿佛会集一时。

殒：死亡。《集韵·隐韵》云："殒，殂也。"

奄息：人名，姓子车氏，即子车奄息。春秋时秦国三位贤良人之一，为秦穆公殉葬而死，国人为之怜惜。《左传·文公六年》载："秦伯任好卒，以子车氏之三子奄息、仲行、针虎为殉，皆秦之良也。国人哀之，为之赋《黄鸟》。"秦国人为哀悼奄息而作诗《黄鸟》篇。按《诗经·秦风·黄鸟》云："交交黄鸟，止于棘。谁从穆公，子车奄息。"

百身：即百身为赎，指用一百个人的生命来赎回一个人的生命。《诗经·秦风·黄鸟》云："如可赎兮，人百其身。"

靡期：没有希望，无期，没有机会。靡，没有之义。

徂：死去，徂通"殂"。《史记·伯夷列传》载："于嗟徂兮，命之衰矣。"《史记索隐》曰："徂者，死也。"

九京：又称九原，指晋国士大夫之墓地。《国语·晋语八》载："赵文子与叔向游于九京，曰：'死者若可作也，吾谁与归。'……其随武子乎！"按随武子即随会、士会。这里系借晋国对士会这位功臣的怀念而言温彦博。

眇：眇远，深邃。《荀子·王制》云："仁眇天下，义眇天下，威眇天下。"

㊵"宸居震悼"十句：皇上震惊伤悼，庶士众僚流泪。送葬路险旷远，华山横亘高杳。陵地北背洛水，前方南临渭河。尽览秦川之地，不由悲生表里。留下生前硕德，芳名永腾亿年。

宸居：帝王的宫室，后代指帝王。南朝颜延年《三月三日曲水诗序》云："皇上以睿文承历，景属宸居。"

震悼：震惊伤悼。屈原《九章·抽思》云："愿承间而自察兮，心震悼而不敢。"

涟洏：泪水下垂之状。三国时王粲《赠蔡子笃》诗："中心孔悼，涕泪涟洏。"

轘辕：车驾行走于险要道路。《管子·地图》云："凡兵主者，必先审知地图轘辕之险。"

超忽：旷远。南朝王中《头陁寺碑文》云："东望平皋，千里超忽。"

迢遰：高远，高深广远。《水经注·洛水》载："左上迢遰层峻，流烟半垂，缨带山阜。"

洛浦：洛水之滨。这里指陕西省北洛水，源出于定边县，东南流经甘泉至洛川。汉代张衡《思玄赋》云："载太华之玉女兮，召洛浦之宓妃。"

渭汭：渭水向北弯曲流经之处，谓之渭汭。《尚书·夏书·禹贡》云："弱水既西，泾属渭汭。"郑玄注曰："汭之言内也，盖以人皆南面望水，则北为汭也，且泾水南入渭，而名为渭汭，知'水北曰汭。”

容卫：表里，面容与五脏六腑之气。容，指容貌，相貌。卫，指内脏气息。《灵枢·营卫生会》云：“五脏六腑皆以受气，其清者为营，浊者为卫。”

㊶“银青光禄大夫”：谓为银青光禄大夫欧阳询撰文并书写。

【校】

（一）□□（缺二字，疑是“河东”）：此处按《通典·州郡二》载：唐初将国内山河形便，分为十道，太原属河东道，当为“河东”二字。

（二）祁：即太原郡所辖之祁县，得名于春秋晋国大夫祁奚。《唐文拾遗》作“祈”。祈者，祷神也，与“祁”何干？应为《唐文拾遗》误，今按通行拓片印本录为“祁”。

（三）□□□□（缺四字，疑是“与之四田”或“赏封四邑”）：因为晋文公出兵相助周襄王有功，周襄王增封四邑给晋国，从此，晋国有了温邑，才有温姓氏族。《左传·僖公二十五年》载：“（周襄王）与之阳樊、温、原、欑茅之田。”据此，其缺字当依《左传》所言而定。

（四）□□（缺二字，疑是“衍徙”）：衍，言子孙繁衍；徙，指流转迁徙。温氏得姓于温邑，即今天河南洛阳北面之温县。该地战国时期地处韩国与魏国之交，温姓人口发展自然播迁于这两个诸侯国。

（五）□（缺一字，应为“以”）其鸿□（缺一字疑是“名”或“序”）载德：全句联在一起即“以其鸿名载德”或“以其鸿序载德”。鸿名：指崇高的名誉，大的声名。《史记·司马相如列传》载：“前圣之所以永保鸿名而常为称首者用此。”鸿序：指朝廷官员列次。“鸿名”，“鸿序”古人多言之，此处权供参考。

（六）伊□（缺一字，应为“昔”）曼基：即“伊昔曼基。”伊昔，指从前；曼基，三国时期温恢，字曼基。脱字当为“昔”。

（七）驰龚黄之□（缺一字，应为“化”）：按《宋书·良吏传》载“龚黄之化，易以有成”，脱字应为“化”。

（八）□□（缺二字，疑是“宇内”或“晋室”）多故：所谓多故，此处当指江山社稷与政局时事。下文有“太真”二字，即指晋代温峤，字太真。脱字臆测为“晋室”较为妥当。此说仅供参考。

（九）太真□□□（缺三字，疑是“著卓鲁”或“显羊杜”）之绩：该句与上文“驰龚黄之化”为骈体结构，即应与龚遂、黄霸二人相匹对。今试以东汉卓茂、鲁恭为补对，此二人均为载入史册的循吏，诗文中多以“卓鲁”并称。南朝孔稚珪《北山移文》云：“架卓、鲁于前箓。”此外，还可以将羊祜、杜预与之对应，此二位曾作镇守主帅，都督诸军事之职，后以“羊杜”并称。《新唐书·姚南仲传》载：“虽使羊杜复生，抚百姓，御三军，必不能成恺悌之化而正师律也。”按温太真为官之生平事迹，更贴近于羊、杜，补脱字当取后者。此二说仅供参考。

（十）屈迹中□（缺一字，应为“州”）：中州指古豫州，辖河南之地，居九州之中间，故称。汉代王充《论衡·对作》云：“中州颇歉，颍川、汝南民流四散。”中州之谓早在汉代已有。文中“屈迹中州”指的是温彦博的祖父温裕，居河南，当言“中州”为是。

（十一）□□□□□□□□□□□□□□□（缺十五字，应为“父君攸，文林馆学士，入隋为泗州司马”）：承上文提到“祖裕，魏太中大夫”，则下文必应写其父。按《新唐书·温大雅传》载“父君攸，北齐文林馆学士，入隋为泗州司马”，窃以为所脱十五字，当以上述史料为据，故录补以期鉴证。

（十二）含□（缺一字，疑似“章”或“毫”）擅奇：含章，指的是含美于内。《周易·坤》云：“含章可贞。”含毫，指的是以嘴吮笔而撰文。《晋书·束皙传》载：“含毫散藻，考撰同异。”此处

“含章”、“含毫”均能遵文义而通读，但以上句“下帷纵志”，指的是读书，下文以“含毫擅奇”似乎稍妥。此说仅供参考。

（十三）马况清□（缺一字，应为“叔”）阳之器小：按《东观汉记》卷十二载：朱勃，字叔阳。马况曾预言朱叔阳为“小器速成”。这里脱字当为“叔”字。

（十四）桓彝□（缺一字，疑是“谓”或“以”）叔通鉴称：按上文“马况清叔阳”句，下文则对以“桓彝谓叔通”或“桓彝以叔通”相偶。持此一说，知庶几可乎？

（十五）□□□（缺三字，应为“直内史”）省：《新唐书·温彦博传》载：“开皇末，对策高第，授文林郎，直内史省。”此处脱三字，确系“直内史”明矣。

（十六）音：《唐文拾遗》缺此字，考碑帖拓片印行本，尚可辨认其为“音”字，故而补上，全句即“冕旒悦其音旨”。音旨：言谈意旨。唐代崔颢《结定襄郡狱效陶体》诗：“此乡多杂俗，戎夏殊音旨。”

（十七）凤举之使结□（缺一字，应为“辙”）：结辙，指的是车辙交错，奔行不止。《汉书·文帝纪》载：“故遣使者冠盖相望，结辙于道。”

（十八）张□（缺一字，疑是“目”或“帜”、“盖”）蓟北：即“张目蓟北”或“张帜蓟北”、“张盖蓟北”，与上文“伏轼辽左”对仗，则不失原义，指温彦博官幽州总管府长史之政事。

（十九）暴（果）胜之：暴胜之在《汉书·隽不疑传》中有记载，确有靖渤海之绩，与此处文义甚合。而《唐文拾遗》记为“果胜之”，却无史料可考。按该碑帖拓片印行本，该字决非“果”字，亦不似今时之“暴”字，当是古暴字的异体书写。

（二十）张拳：拓片印本作“张拳”，源自《汉书·李陵传》，为“张空拳”的校刊之误。“张拳”二字作何解读？手握五指为拳，张开五指焉能言拳耶？这里是指汉代李陵为匈奴所困，矢尽粮断之际犹在抗敌，即司马迁《报任安书》所云“张空拳，冒白刃”，谓无箭可射，只得拉响空弓。拳者，弓弩也。应以“拳”字为误。

（二十一）□（缺一字，疑似“齐”）乘获反：即“齐乘获返”，指的是齐国的车乘，载着一位能人返回国都，最终为齐国建功立业。

（二十二）□□□□□□……（此处缺字甚多，遵史绩与文义至少应补“检校中书侍郎事，擢中书令，封虞国公。十年，迁尚书右仆射。明年，卒，春秋六十有三”。）：按《新唐书·温彦博传》载：“迁御史大夫，检校中书侍郎事。贞观四年，迁中书令，封虞国公……十年，迁尚书右仆射。明年，卒，年六十三。”这些史料记载，当是此处脱落的重要内容。又因为拓片印本早已将这段缺字空行剪除了，故而至今无法准确计算出丢失的字数，只能以温彦博的官爵与享年作推测，权供参考。

（二十三）□□□□□（此处缺五字，应为“紫宸伤悼于”）上：指的是皇帝哀悼在上，即“紫宸伤悼于上”，与后文“庶寮哀恸于下”相对应。此为一己之言，还求鉴正。

（二十四）民部尚书莒国□（缺一字，应是“公”）唐俭：按《新唐书·唐俭传》载“还为礼部尚书、天策府长史、检校黄门侍郎、莒国公”所云，即知缺为“公”字无疑。

（二十五）纪德行：此处碑帖剪接印本作“纪德”，《唐文拾遗》作“纪德行”。今依从后者。

（二十六）赙赠二千段：按《唐文拾遗》作“赙赠二千”，无“段”字，文义不通。段者，织缎也。碑帖印行本作“二千段”，今依碑帖本。

（二十七）水部郎中□（缺一字，即姓氏，失考）文纪：这一时期，做过水部郎中而字文纪者，史书不载其人。

（二十八）□（缺一字，疑是“永”或“哀”）矣夜台：按上句“悲哉逝水”，下句则应对仗为“哀矣夜台”或“永矣夜台”。以此臆测，权供参考。

（二十九）式昭盛德：该句《唐文拾遗》作“式昭盛德”，碑帖印本作“式铭盛德”。按文后即撰铭辞，当以“铭”字为是。

（三十）铿锵□（缺字疑是“嘉”或“清”）韵：按“铿锵”一词古今之义有差异，铿，指瑟声，锵指銮铃声。承上文“猗欤令范”，下文则可为“铿锵嘉韵”或“铿锵清韵”。此说均属臆测，仅供参考。

（三十一）庶□（缺字应为“士”或“僚”）涟洏：以上句“宸居震悼”则下文当是“庶僚涟洏”或“庶士涟洏”。如此补脱字，以供求证。

（三十二）□（缺字应为“北”）背洛浦：按温彦博陪葬于昭陵，则洛水在昭陵以北，此处脱字当是“北”字。

（三十三）□（缺字应为“南”）临渭汭：渭水出自甘肃渭源县西北，东南流经宝鸡、扶风，处于昭陵之南，脱字即“南”。

（三十四）望尽□（缺字应为“秦”）川：陕西、甘肃东部处秦岭以北，幅员辽阔，古称秦川。南朝徐陵《关山月》诗：“关山三五月，客子忆秦川。”此处脱字即“秦”字。

（三十五）空余□（缺字疑是“硕”或“九”）德：即“空余硕德”或“空余九德”。按下句“腾芳亿载”与之对应，则“空余九德”更贴切，因为“九”与“亿”均为数字对仗。此说仅供参考。

投老帖

投老残年，西崦已逼。恒虑倏忽归骸玄壤，溘尔冥灭竟不一言。[1]以此在怀，预为其备于兹路，唯有凭心，他余不能有益。[2]

年将八十，可以意求，欲望长存，何可得也？[3]道大

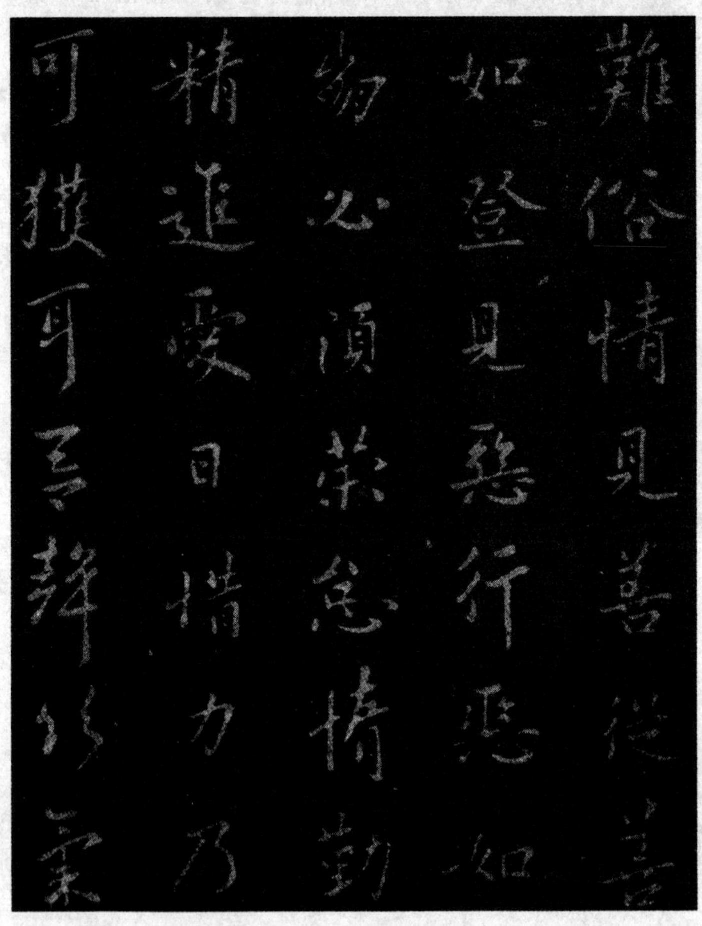

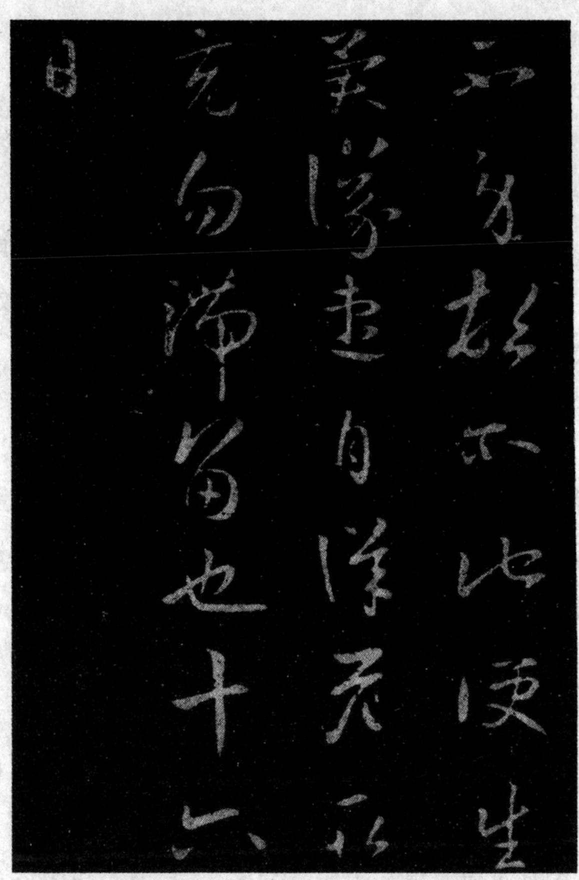

难俗情，见善从善如登，见恶行恶如崩。[4]必须策怠惰、勤精进，爱日惜力，乃可获耳。[5]

吞声饮气，不劳顿，尔谌便。生异议，速自详，老所竟，勿滞留也。十六日。[6]

按：《投老帖》原载于《淳化阁帖》卷五，编为何氏所书。宋代姜夔《绛帖平》引米芾之言曰："是为欧率更令书。"米氏还云："此帖有'年将八十'之语，询书明矣。询墨迹今世尚多，笔势皆如此。"后世人均依米元章之论，定该帖为欧阳询作品。本编以肃府本《淳化阁帖》为底本参校。该帖文系行草体书就，历代由于辨字释文之误，屡屡被人断成破句。如："尔谌便"的"谌"字被释为“他”字，文句便读成“不劳顿尔，他便生异议”。如此定夺，贻笑大方。按：上文有“乃可获耳”，而下文又“不劳顿尔”，文中“耳”与“尔”相继，何其陋也，有此句式乎？又如“老所竟”中的“老”字译为“答”字，“所”字误成“取”字，文句误读为“速自详答，取竟勿滞留也”。如此一来，文句弄得莫名其妙，岂能卒读乎？本编采用历代草书法帖，对照辨字，重新点校，纠正误导，使之文从字顺，以供赏奇析疑。

【注释】

①“投老”四句：人到老已是残年，如同日薄西山。常常要考虑的是或许某一天会要突然归葬于黑暗的地下，却因为倏然寂灭而没有来得及留下一句话。

投老：到老，临老。《后汉书·循吏传·仇览》载：“母守寡养孤，苦身投老，奈何肆忿于一朝。”

西崦：西山，比喻人至暮年。崦，指崦嵫山，相传日落之处。南朝王僧孺《忏悔礼佛文》云：“东榑才吐，西崦已仄。”

恒虑：经常考虑。恒，长久，经常。《晋书·顾荣传》载：“吾为齐王主簿，恒虑祸及。”

玄壤：黑土，比喻阴曹地府。《梁书·谢几卿传》载：“宁不萦悲玄壤，怅隔芳尘。”

溘尔：忽然。《续高僧传·释道基》载：“将修论疏，溘尔而终。”

②“以此”四句：将这些放在心上，要预先考虑给自己留一条后路。只有凭着自己的善心来处世，其他都没有什么益处。

兹路：此路，这样的途径。《三国志·魏书·高贵乡公传》载：“朕虽不德，昧于大道，思与宇内共臻兹路。”

他余：其他的方面，另外的部分。

③“年将八十”四句：年纪已接近八十岁了，可以随心选择，

如果欲望长期无止尽，怎么能够得到呢？

意求：随心所求。

④“道大难”三句：有道是面临大难之际，通常情理是：见好就跟着做好事便如同登行，见恶就跟着行恶便如同崩塌。

大难：大的灾难，这里指死亡之患。《庄子·秋水》云：“临大难而不惧者，圣人之勇也。”

从善如登：做了善事，如同升登。《国语·周语下》载：“谚曰，从善如登，从恶如崩。”比喻做善事难，做恶事容易。

⑤“必须”四句：必须要鞭策自己，戒除怠慢懒散，应锐意进取，努力向上。爱惜剩下的日子，珍惜有限的精力，才可以获得更多。

怠惰：怠懈，懒散。汉代司马相如《谕巴蜀父老檄》云：“常效贡职，不敢怠惰。”

精进：努力进取，锐意精纯。《汉书·叙传上》载：“选精进掾史，分部收捕。”

⑥“吞声饮气”八句：以咽饮津液与调养声气，不要劳累过度，做什么都付之于适宜。要是出现异常情况，自己赶快作一番详细交待，毕竟到了老年，不可以停滞而无动于衷。十六日记。

吞声饮气：这里指道家的养身之法。吞即吞咽口中津液，气即调匀气息。汉代郭宪《洞冥记》云：“吾却食吞气，已九千余岁。”

劳顿：劳累，辛苦劳倦。唐代陆贽《赐吐蕃宰相尚结赞书》云：“卿涉远而来，当甚劳顿。”

尔谌便：就这样相信随便一点。谌，指的确，诚然，相信之义。便：指适宜，方便。《战国策·秦策二》载：“或谓救之便。”

异议：本指不同的见解与议论，这里指出现异常情况，难以确定的时候。《颜氏家训·慕贤》云：“各得其所，物无异议。”

自详：自我详细说明或写明。详，指说明，细说。《尚书·周书·蔡仲之命》云：“详乃视听，罔以侧言改厥度。”

滞留：本指滞积不畅，这里指停留，延误。

书　启

数日不拜帖

数日不拜风姿，岂任思咏之至。偶制少肉松脯，味似不恶，辄送上，闲且访及也。[①]《太素经》等二十一卷先纳，别希更借示，幸甚幸甚。谨状，十六日。[②]

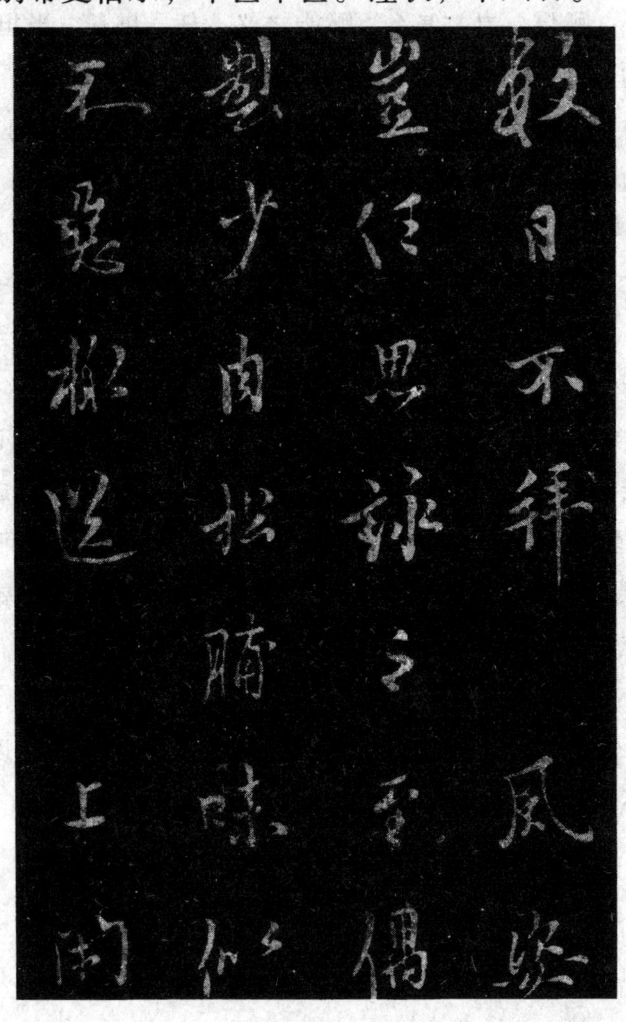

按：《数日不拜帖》又名《风姿帖》，今人印本诸多，流传甚广。品其文句，系一封书信，所言赠送食物与借阅书籍之事。因帖中不见称谓，故不知写给谁。疑是欧阳询奉命编纂《艺文类聚》时，征集各类书籍之际所书，亦未敢定论。

【注释】

①“数日不拜”六句：几天没有来拜见您的丰姿，哪能不思念之至。偶尔做了少量松软的干肉，味道似乎还不错，特此送上。若有闲暇，就来造访。

岂任：哪堪。岂，怎么，哪能之义。任，堪任，当担。《广韵·侵韵》云：“任，堪也。”

松脯：松软的干肉。脯，指干肉。《说文解字·肉部》云：“脯，干肉也。”

辄：特此，专此。《玉篇·车部》云：“辄，专辄也。”

②“太素经”五句：关于《太素经》这些书籍共二十一卷，我先收下，如果另外还需要，再来借阅。欣幸之至，欣幸之至。恭谨呈状，十六日。

太素经：医道之书，其理论源于古人对本初世界的认识。《白虎通·天地》云：“始起先有太初，然后有太始，形兆既成，名曰太素。”晋代皇甫谧《针灸甲乙经·序》云：“今取《素问》、《九墟》、《灵枢》、《太素经》、《千金方》及《翼》、《外台秘要》诸家善书，校对玉成。”

别希：另外所需。

状：情状、描述。《庄子·德充符》云：“自状其过，以不当亡者众，不状其过，以不当存者寡。”

车驾帖

车驾取四日回京，东宫以吾从秋来重困，气体疲顿，甚垂恻隐。[①]蒙遣劳问，别给餐酒，奉笺通谢，手令优答。惶恐欣劳，岂任诚素。[②]弟恨此身已老，尽忠所事，特有平生之心耳。惠子知我，兹故云云。[③]

贤淑并安佳。询再拜。[④]

按：《车驾帖》原载于宋代大观年间所辑《汝帖》，后录入《唐文拾遗》卷十四。究其文义，应为欧阳询外出返回京都之后答谢之书启。欧阳询自言“弟恨此身已老”，应当说他本人的年纪已经不小了，对于所拜谢的人，其意诚恳，恭谦之心跃然纸上。

【注释】

①“车驾”四句：车驾趋行四天回到京都，皇太子以我入秋以来特别困乏，气虚体弱，很是疲惫，特别关照和同情。

取：同趣，即趋，趋向，快走。《释名·释言语》云：“取，趣也。”《韩非子·难势》云：“王良御之而日取千里。”

东宫：皇太子居于东面宫室，引申为太子。《诗经·卫风·硕人》云：“东宫之妹，邢侯之姨。”毛传曰：“东宫，齐太子也。”

重困：特别困乏。《汉书·武帝纪》载：“谕告所抵，无令重困。”这里用作精力不济。

恻隐：同情。《孟子·公孙丑上》云：“今人乍见孺子将入于井，皆有怵惕恻隐之心。”

②“蒙遣劳问”六句：承蒙您致以慰问，另外给我安排酒食，今捧起书札致谢。拿着您的亲笔指令称答，使我诚惶诚恐，既欣慰又不安，不知怎样才能表达我的诚谢。

劳问：慰劳、慰问。《广韵·号韵》云：“劳，劳慰也。”《新唐书·百官志二》载：“四夷朝见，则承诏劳问。”

别给餐酒：另外给予餐食酒肉。别，指额外，不同。《广韵·薛韵》云：“别，异也。”

奉笺：捧起书札。《三国志·魏书·韩崔高孙王传》载：“仗节统事，州郡莫不奉笺致敬。”

手令：亲手所下的指令。

欣劳：欣喜与不安。劳，即劳心，指忧惧不安。《诗经·邶风·燕燕》云：“瞻望弗及，实劳我心。”

诚素：纯真的情意。三国时曹植《洛神赋》云：“愿诚素之先达兮，解玉佩以要之。”

③“弟恨此身”五句：我愧恨如今身子已老，尽忠侍奉主上之事，独有一颗平生所具备的心。比如战国时期的惠子倘若在今朝，他一定了解我，故以此来说明我的为人，如此云云。

惠子：惠施，战国时人。出身贫寒，学识甚广。曾作魏国的丞相，提倡官僚之间应该友好，不要生嫌隙。《战国策·魏二》载：“田需贵于魏王，惠子曰：子必善左右。今夫杨，横树之则生，倒树之则生，折而树之又生。然使十人树杨，一人拔之，则无生杨矣。”

④“贤淑”全文：愿您贤惠淑慎的夫人一并平安佳好，欧阳询再拜。

贤淑：贤德淑慎，多指女性。唐代孙棨《北里志·俞洛真》云：“广德公主，宣宗女也，颇有贤淑之誉。”

安佳：平安美好。

比　年　帖

比年守疾病，无事绝心气，至于书处焉。并昔时既言必求，然显数字，岂能备矣，须将示之。书于十五日，欧阳询。①

按：该帖载于《淳化阁帖》卷四，原名《唐率更令欧阳询书比年帖》，又见于《唐文拾遗》卷十四简称《比年帖》。文中所言，纯属倾谈个人感受。说到养病期间，仍不离开书法，如此持之以恒的精神，确实令人敬仰。

【注释】

①“比年”全文：连年待在家里养病，安闲无事可以戒除心中郁气，致力于书法艺术。回想昔日，总是能够言之必行，然而现在只能写出精彩的几个字，这怎么能说得上完备呢，也必须出示。书于十五日，欧阳询。

比年：每年，连年。《礼记·王制》云：“诸侯之于天子也，比年一小聘。”郑玄注云：“比年，每岁也。”

求：这里指做到，求取。

显：显示，显扬，引申为光彩。《尔雅·释诂》云：“显，光也”。《左传·僖公二十四年》载：“身将隐，焉用文之？是求显也。”

足下帖

足下何当定返，还人望示心曲，永嘉书处，定难以为其心也。①

按：《足下帖》收录在《唐文拾遗》卷十四，书法墨迹见于《淳化阁帖》卷四。帖文系写给友人的信札，不见信首称谓，故无从知道写给何人。仅此几字，也可以洞见欧阳询与其人的交往。文中“永嘉书处”，或是指王羲之官永嘉太守时所留下的书法作品。也许这位友人想请欧阳询临摹一张，故而欧阳询谦称：“定难以为其心也。”这仅仅是揣测而已，帖中文字太少，信息量不够，难以定论，姑妄言之。

【注释】

①“足下”全文：朋友你何时确定返回之日，先回来的我在盼望与你交谈知心话。至于永嘉那里的书法，肯定心有余而力不足，难以为之。

心曲：内心深处，知心的话。晋代张协《杂诗·秋叶凉风起》云：“感物多所怀，沉忧结心曲。”

永嘉：地名，在浙江温州地区。《通典·州郡十二》载：“晋为临海郡地，明帝分属永嘉郡，宋以后因之。隋平陈，废永嘉郡，炀帝初又属永嘉郡。”

脚 气 帖

吾自脚气数发，动竟未听许，此情何堪，寄药犹可得也。[①]

按：《脚气帖》见于《淳化阁帖》卷四，又载于《唐文拾遗》卷十四。寥寥数语，当为率意而记，或系书信中的一段。

【注释】

①“吾自脚气”全文：我自从脚气病常发，行动总是不听使唤。这种情况如何忍受，寄希望于药剂使其得到好转。

脚气：古人所谓脚气病，据《素问》所称，是指两脚浮肿，足趾间有水疱浸液。因肾虚挟风邪、热湿而发。南朝释宝唱《名僧传·序略》云：“初以脚气连发，人东治疗。”

竟：自始至终，总是，终究。《玉篇·音部》云：“竟，终也。”

许：如此，这个样子。《玉台新咏》载王献之爱妾桃叶《答王团扇歌》诗：“团扇复团扇，持许自障面。”

何堪：怎么办，如何忍受。堪，指承当或忍受。北朝庾信《枯树赋》云：“树犹如此，人何以堪。”

平　安　帖

五月中得足下书，知道体平安。吾气力尚未能平复，极欲知君等（信）[一]息，比忧散散，不可具言。不复。欧阳询顿首、顿首。[①]

五月中得足下書知道體平
安吾氣力尚未能平復極欲
知君等闕息比憂散散不可
具言不復歐陽詢頓首頓首

按：《平安帖》又被人称之为《五月帖》，以取帖首二字而名。该帖载于《淳化阁帖》卷四，又见于《全唐文》卷一四六，归入欧阳询《题诸家书帖》之中。原为回复友人的书札，其“足下”为何人，因未见其姓氏与字号，不可妄测，故今人不得而知，应是欧阳询交谊甚笃者。

【注释】

①“五月”全文：五月中旬收到您的来信，欣知您的贵体平安。不过我气力还是没有恢复，特别想知道您和友人的信息。忧心困扰杂乱无绪，不可言状，恕不多言。欧阳询拜上、拜上。

足下：古时同辈之间的互相敬称。《史记·季布栾布列传》载：“足下亦楚人也，仆游扬足下之名于天下。”

道体：贵体、玉体，对别人的尊称。《隋书·隐逸传·徐则》载：“偃息茂林，道体休悆。”

比忧散散：接连的忧郁困惑，纷乱无绪。比，接连，屡次。《史记·吕太后本纪》载：“擅废帝更立，又比杀三赵王。”散，纷乱，零碎。《淮南子·原道训》云：“不与物散，粹之至也。”

顿首：叩首，头点地而拜。《周礼·春官宗伯·大祝》云：“一曰稽首，二曰顿首，三曰空首，四曰振动。”

【校】

（一）信：此处《全唐文》卷一四六该文中缺一“信”字。按《淳化阁帖》卷四所载确为“信”字，故补。

静思帖

静而思之，胜事莫复过此。气力弱，犹未愈，吾君何当至，速附书，必向饶、定、须寄信，立具[(一)]。欧阳询呈。[①]

靜而思之勝事莫復過此氣
力弱猶未愈吾君何當至速
附書必向饒定須寄信意歐
陽詢呈

按：《静思帖》刊载于《淳化阁帖》卷四，其文又载于《全唐文》卷一四六，与《兰惹帖》、《平安帖》等合称为《题诸家书帖》。该帖文为书信，欧阳询其时在江西甚明。

【注释】

①“静而思之”全文：能够安静闲适地独自思考，再好的事情不过如此。近来自己气力尚弱，病体还没痊愈。我的朋友你何时至此，请尽快来信，务必寄到江西饶州定州县须口这里，特此备说。欧阳询呈上。

胜事：美好的事情，胜过一切的好事。《南史·齐书·竟陵文宣王子良传》载：“善立胜事，夏月客至，为设瓜饮及甘果。”

饶：饶州，即江西省鄱阳。《元和郡县图志·江南道四·饶州》载：“饶州，本秦鄱阳县也，属九江郡。”

定：定州县，故址在江西临川县北。《地名大辞典》云：“定州县，南朝梁置，隋并入临川，故城在今江西临川县北雷坊。”

须：江西信江须溪，水源出于福建省光泽县界之大源官山，北流经江西贵溪县南，注入信江，名须溪。

立具：古人写信的结束语，指即刻草拟完毕。立，即刻，立时。具，具备，陈述已毕。

【校】

（一）立具：此二字《全唐文》卷一四六误作一“意”字，即联上文为“必向饶定须寄信意”，于文义不通。按《淳化阁帖》卷四墨迹则为“立具”，今从之。

薄冷帖

薄冷。足下沉痼已经岁月，岂宜触此寒耶？人生禀气，各有攸处，想示消息。①

按：《薄冷帖》载于《淳化阁帖》卷九，原归为王献之名下。其后，经宋代有识之士比对笔画，反复论证，定为欧阳询书，并记入《宣和书谱》卷八欧阳询书法编目中。该帖文系信札，由于年代久隔，依然无从考究本书信写给何人，仅存只言片语，依稀古风。今以明代肃府本《淳化阁帖》为底本参校。

【注释】

①“薄冷”全文：寒冷迫近，朋友的沉疴旧疾已经有些年月了，怎么能够适应这种酷寒的气候呢？人生的禀赋与承受自然之气不同，各有其长处，很想得到你的消息。

薄冷：寒冷逼近。宋玉《楚辞·九辩》云：“惨凄增欷兮，薄寒之中人。”

沉痼：沉积已久而难治愈的疾病。三国时刘桢《赠五官中郎将》诗：“余婴沉痼疾，窜身清漳滨。”

禀气：禀赋与接纳的自然之气。《宋书·谢灵运传》载：“禀气怀灵，理无或异。”

攸处：长处。攸，指长。秦代李斯《峄山刻石》云：“群臣从者，咸思攸长。”

笔　录

梦奠帖

仲尼梦奠，七十有二[①]周王九龄，俱不满百。彭祖资以导养，樊重任性，裁过盈数，终归冥灭。[②]无有得停住者，未有生而不老，老而不死。[③]形归丘墓，神还所受，痛毒辛酸，何可熟念。善恶报应，如影随形，必不差二。[④]

按：《梦奠帖》又称《仲尼梦奠帖》，曾为南宋朝廷内府收藏，并钤有“御府法书”印记。其文载于《全唐文》卷一四六欧阳询作品中。该帖所书内容出自《礼记·檀弓上》，原文即：“‘（孔子言）而丘也，殷人也，予畴昔之夜，梦坐奠于两楹之间，夫明王不兴，而天下其孰能宗予，予殆将死也。’盖寝疾七日而没。”欧阳询以此为题，引发议论，阐述个人的生死观，以规劝世人，善恶有报，乃见欧阳询处世行善之诚。

【注释】

①“仲尼”二句：孔子梦见自己坐在厅堂之上，接受祭奠，不久就死了，只有七十二岁。

仲尼：孔子，名丘，字仲尼，生于鲁襄公二十二年（公元前551），卒于鲁哀公十六年（公元前479）。

梦奠：梦见被人祭祀，预指死亡。唐代刘禹锡《唐故中书侍郎平章事韦公集纪》云：“无何，习之梦奠于襄州。”

②“周王”六句：周文王活了九十多岁，也未能满一百岁。彭祖运用养生之术修身，樊重由着个人意志为人处世，才过八百和八十足数，终究归于寂灭。

周王：指开创周室之王，即周文王，姓姬，名昌。《史记·周本纪》载："子昌立，是为西伯，西伯曰文王。"

九龄：九十余岁。《诗经·大雅·文王》序云："文王受命作周也。"《毛诗》疏曰："文王九十七而终，终时受命九年，则受命之元年，年八十九也。"

彭祖：相传为颛顼帝之玄孙陆终氏的第三子，封于彭城，活了八百余岁，故称彭祖。晋代干宝《搜神记》载："彭祖者，殷时大夫也。姓篯，名铿，帝颛项之孙，陆终氏之中子。"

导养：引导自然之法养身。晋代嵇康《养生论》云："至于导养得理，以尽性命，上获千余岁。"

樊重：字君云，汉代南阳人。善于经营家业，一心节俭，广积财富。《后汉书·樊宏传》载其父樊重云："父重，字君云，世善农稼，好货殖。"北魏贾思勰《齐民要术·序》云："樊重欲作器物，先种梓、漆，时人嗤之。"

盈数：满整数，足够数。这里分别指彭祖活了八百岁，樊重活了八十岁。《后汉书·樊宏传》载："（樊重）县中称美，推为三老，年八十余终。"

③"无有"三句：没有哪个人可以长久停留在世界上，也没有生下来永远不老，老了也不死的人。

停：停止，保留。《说文解字·人部》云："停，止也。"《世说新语·宠礼》云："许玄度停都一月。"

④"形归"七句：人死之后形骸埋入坟墓，若是灵魂还要经受痛楚苦难的折磨，如何才可以避免，应仔细考虑。善恶有报，就像人的影子一样随同人的形体行动，必然不会有差别。

痛毒：残酷的折磨，难以忍受的痛苦。《后汉书·章帝纪》载："掠者多酷，钻钻之属，惨苦无极，念其痛毒，怵然动心。"

何可：怎样才可以，如何才行。

熟念：细想，深思熟虑。《汉书·谷永传》载："唯陛下省察熟念，厚为宗庙计。"

张翰帖

张翰，字季鹰，吴郡人。有清才，善属文，而纵任不拘，时人号之为“江东步兵”。①后谓同郡顾荣曰：“天下纷纭，祸（一）难未已，夫有四海之名者，求退良难。吾本山林间人，无望于时。子善以明防前，以智虑后。”②

荣执其手（二），怆然。翰因见秋风起，乃思吴中菰菜、鲈鱼，遂命驾而归（三）。③

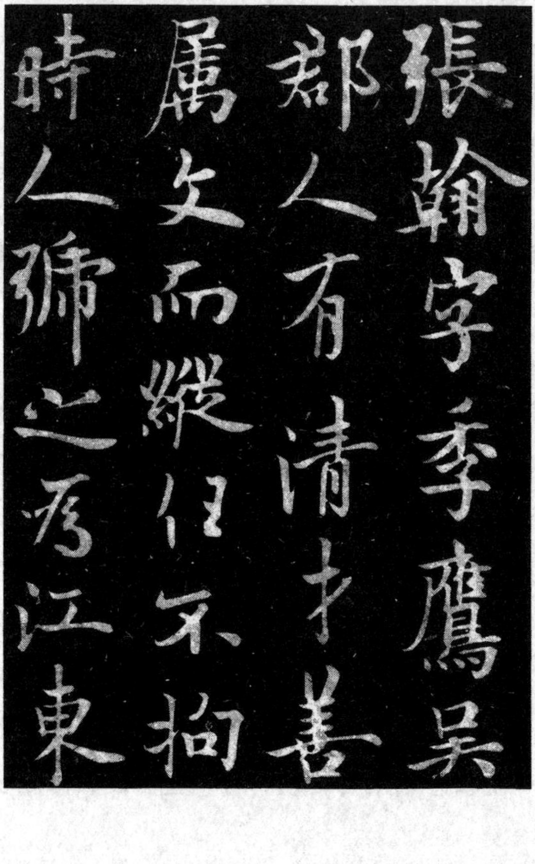

按：《张翰帖》亦名《季鹰帖》，宋代《宣和书谱》卷八记录在欧阳询行书作品目录中。清代高宗乾隆帝对该帖格外青睐，曾论为“妙于取势，绰有余妍”。帖文所言张翰事，取于《晋书·张翰传》，原文为“张翰字季鹰，吴郡吴人也。父俨，吴大鸿胪。翰有清才，善属文而纵任不拘，时人号为‘江东步兵’”云云。此系欧阳询读史随笔所记，亦如刘义庆《世说新语》之类耳。

【注释】

①“张翰”六句：张翰字季鹰，江苏苏州人，清操有才华，善于写文章而放纵不拘小节，当时人们将他比作三国时的阮步兵阮籍，称之为“江东步兵”。

张翰：晋代人，大鸿胪卿张俨之子，出生于江苏苏州，曾人齐王司马冏幕府作东曹掾。《晋书·张翰传》载：“性至孝，遭母忧，哀毁过礼，年五十七卒。”

吴郡：即今江苏苏州。《元和郡县图志·江南道一·苏州》载：“历晋至陈不改，常为吴郡，与吴兴、丹阳号为三吴。隋开皇九年平陈，改为苏州。”

清才：优秀高洁的人才。晋代潘岳《杨仲武诔并序》云：“若乃清才俊茂，盛德日新，吾见其进，未见其已也。”

属文：写文章。属，指连接，连缀字句而成文章。《汉书·贾谊传》载：“年十八，以能诵诗书属文，称于郡中。”

纵任不拘：放纵而无拘束。《后汉书·马融传》载：“达生任性，不拘儒者之节。”

江东步兵：江东指长江以东，这里称张翰的出生地；步兵则是指三国时阮籍官至步兵校尉，人称“阮步兵”。因张翰率性处世之风，与阮籍有很多相似之处，故有此比拟之称谓。

②“后谓”九句：后来，张翰见到同乡人顾荣就对他说：“天下纷扰杂乱，祸根患难没有终结。有一些名震四海之士，想寻求退

避归隐都很难做到。我本来就是一个山野林间的普通人，没有寄奢望于时局。你必须善于明察防范于前，以智识考虑以后。”

顾荣：字彦先，晋代吴县人，历任尚书郎、太子中舍人、廷尉正等。《晋书·顾荣传》载：“元帝镇江东，以荣为军司，加散骑常侍。”

良难：很难，确实难。良，指甚，很是，确实。三国时曹丕《与吴质书》云：“古人思秉烛夜游，良有以也。”

③“荣执其手”全段：顾荣握住张翰的手，很是感伤的样子。不久张翰见秋风吹来，便想起家乡吴县的菰菜鲜嫩和鲈鱼鲜美，随后就叫车夫赶着马车驶向故乡。

怆然：感伤、失意。《后汉书·独行传·范式》载：“时（范）式出行适还，省书见瘗，怆然感之。”

菰菜：植物名，生于浅水泽地，俗称茭白。《广雅·释草》云：“菰，蒋也，其米谓之雕胡。”

命驾：命令车夫驾驭马车，指出行。《左传·哀公十一年》载：“甲兵之事，未之闻也，退，命驾而行。”

【校】

（一）祸：帖本残缺而无“祸”字，按文中原义，据《晋书·张翰传》载“祸难未已”一语，拟定补上。

（二）荣执其手：帖印本缺一“手”字，于文义不通，依《晋书·张翰传》所载“荣执其手，怆然曰”补上。

（三）命驾而归：帖印本“归”字下有“一”字，查张翰本传，该处不应有“一”字，应为刊印者分开另一帖文时所残留。

卜商帖

卜商读书毕，见孔子。孔子问曰[一]：“何为于书？”①

商曰：“书之论事，昭昭如日月之代明，离离如参辰之错行。商所受于夫子者，志之于心弗敢忘也。”②

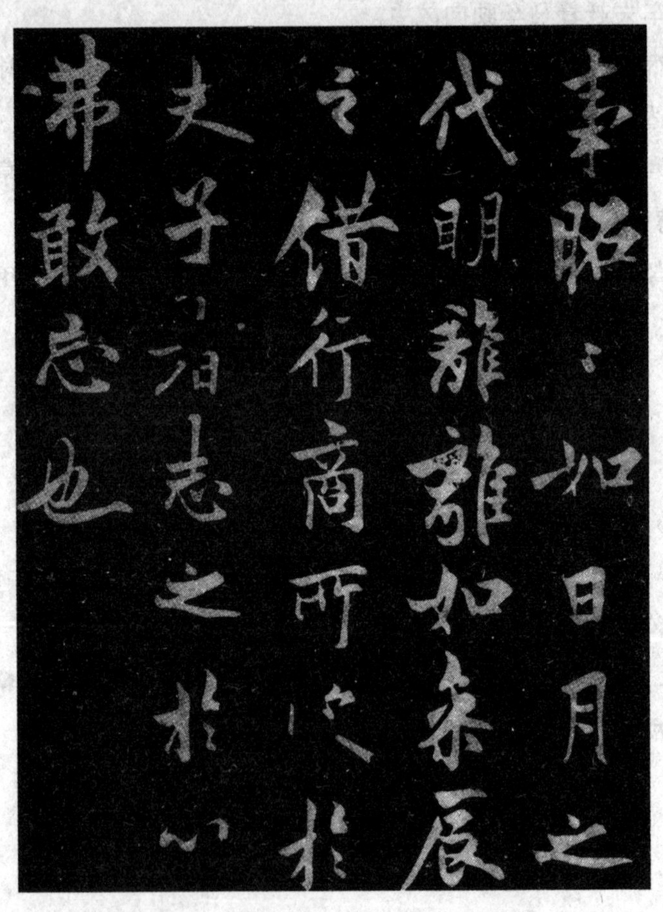

按：《卜商帖》又名《卜商读书帖》，最早记录在《宣和书谱》卷

八欧阳询行书作品目录中。后为清代乾隆皇帝赞誉为“风力振采，藻耀高翔”。帖中卜商之言，出自《韩诗外传》卷二，原文为：“子夏读书已毕，夫子问曰：‘尔亦可言于书矣。’子夏对曰：‘书之于事也，昭昭乎若日月之光明，燎燎乎如星辰之错行，上有尧舜之道，下有三王之义，弟子所受于夫子者，志之于心不敢忘。’”帖文与《韩诗外传》相类似，亦是欧阳询读书所录，以变通而言之。

【注释】

①“卜商”四句：子夏这天读书完毕，来见孔子，孔夫子问道：“什么才是书的作用与启示呢?”

卜商：字子夏，春秋时期卫国人，孔子的弟子。《史记·仲尼弟子列传》载：“卜商，字子夏，少孔子四十四岁。”

毕：完毕，结束。《孟子·滕文公上》云：“公事毕，然后敢治私事。”

②“商曰”全文：子夏回答说：“书中所论说的事物，清朗如同日月之放出的光明，繁多明丽又如同天上的参星与辰星相互交错绕行，我所接受老师的教诲，牢记于心，不敢忘记。”

昭昭：闪亮，清朗。《孟子·尽心下》云：“贤者以其昭昭，使人昭昭。”

离离：明丽，历历分明。《周易·离·彖》云：“离，丽也，日月丽乎天。”《尚书大传·略说》云：“离离若参辰之错行。”

参辰：星宿，参星与辰星。参宿在西方，辰星在东方，出没各不相见。汉代桓宽《盐铁论·相刺》云：“坚据古文以应当世，犹辰参之错。”

错行：交错，更迭而行。《礼记·中庸》云：“辟如四时之错行，如日月之代明。”

【校】

（一）问曰：原帖“曰”字残缺难辨，据《韩诗外传》卷二所载，该处确为“曰”字，故补。

由余帖

□劳（一），穆公怪而问：“中国以诗（二）书礼乐、法律为政，然尚时乱。今戎夷无此为治，不亦难乎？”①

由余笑曰：“此乃中国所以乱也，自上圣黄帝作为礼乐、法度，身以先之，仅乃小治。及其后世，日渐骄惰，阻法度之威，上下交争以相篡煞。今戎不然，上含淳德御下，下怀忠信事上，一国之政，犹如一身。”②

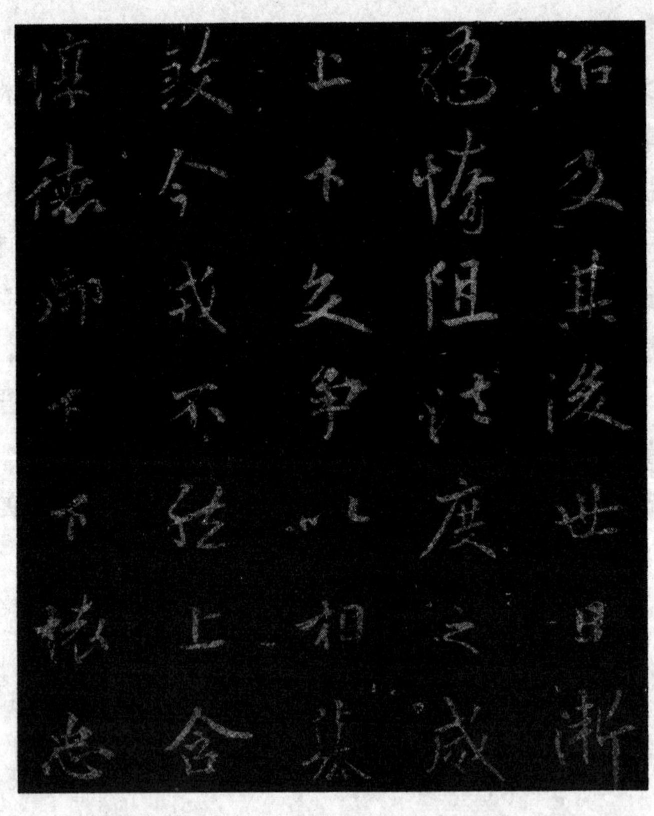

按：《由余帖》又名《穆公帖》。文中穆公与由余之言，引自《史记·秦本纪》："缪公怪之，问曰：'中国以诗书礼乐法度为政，然尚时乱，今戎夷无此，何以为治，不亦难乎?'由余笑曰：'此乃中国所以乱也。夫自上圣黄帝作为礼乐法度，身以先之，仅以小治。及其后世，日以骄淫，阻法度之威，以责督于下，下罢极则以仁义怨望于上。'"帖文与史书两相对照，大同小异。应为欧阳询读史笔记，取其耐人寻味之处而书之。

【注释】

①"穆公"六句：秦穆公很奇怪地问道："中原大地用诗书礼乐与法令来治国，然而尚且时常出现乱象，如今西北、东北的部落民族没有诗书礼乐以及法令这一套，不更加难治理么?"

穆公：即秦穆公，春秋时期秦德公的第三子。本为"缪公"，因谥号为"穆"，又称穆公。《史记·秦本纪》载："德公生三十三岁而立，立二年卒。生子三人，长子宣公，中子成公，少子穆公。"

戎夷：西戎与东夷，泛指西北、东北少数民族。《礼记·王制》云："中国戎夷，五方之民，皆有性也。"

②"由余"全段：由余笑着说："这就是中国所以乱的原因。自古至高无上的圣君黄帝就兴起礼乐与法令治国，都是以身作则率先垂范，仅仅能达到短暂的治理。待到以后的接班人就日渐骄横怠惰，从而阻碍法律的进程与削弱它的威慑力。随之上上下下争名夺利，互相谋篡杀戮。如今戎狄之国可不是这样，主上饱含敦厚淳朴之情管理下属，下属怀着忠良诚信之心对待主上。一国政治纲领的推行，就像人的各个器官，各司其职统一于一身。"

由余：春秋时期晋国人，逃亡到少数民族之中，为部落民族的戎狄王当差到了秦国。秦穆公发现由余是个人才，千方百计使由余留在了秦国，之后为秦国开疆拓地而屡立功绩。《史记·秦本纪》载："戎王使由余于秦，由余，其先晋人也，亡入戎，能晋言。闻缪公贤，故使由余观秦。”

小治：短暂的治理。小，这里指时间短。《后汉书·方术传下·蓟子训》载：“蓟先生小住。”《周礼·天官冢宰·大宰》云：“凡邦之小治，则冢宰听之。”

阻：妨碍，阻止。《正字通·阜部》云：“阻，止也。”

威：威严，震慑力。《尚书·周书·洪范》云：“惟辟作威。”

篡煞：篡夺而杀戮。煞，通“杀”。汉代班固《白虎通义·嫁娶》云：“明嫡无二，防篡煞也。”

淳德：敦厚质朴之德。《南史·梁书·何点传》载：“梦中服之，自此而差，时人以为淳德所感。”

御下：管理下级，治理下层民众。

【校】

（一）□劳：此处“劳”字前的缺字，以秦穆公励精图治而言之，可以将“□”补成“贤”劳、“辛”劳、“勤”劳之类的字。然而，按《史记·秦本纪》所载，文中“劳”字出现在前面几行文字中。即：“由余曰：‘使鬼为之，则劳神矣，使人为之，亦苦民矣。’”由余说完前引这番话，然后才接上“缪公怪之，问曰”。以此推究，《由余帖》前面应该还有“则劳神矣”那段文字。或许是帖本已残，仅存一“劳”字，其他均佚，后世人刊印时，将缺字处省略，保留这“劳”字向后移，故而成了“□劳穆公”之谓，而未正本清源之故。

（二）诗：帖文中“诗”字已残缺，今按《史记·秦本纪》原文“中国以诗书礼乐法度为政”之句校补。

殷纣帖

殷纣为长夜之饮[一]，失日不知甲子，使问于箕子。[1]箕子谓其徒云：“为天下主而一国皆失日，天下危矣。一国失之而我独知，我其危矣。”遂辞以醉。[2]

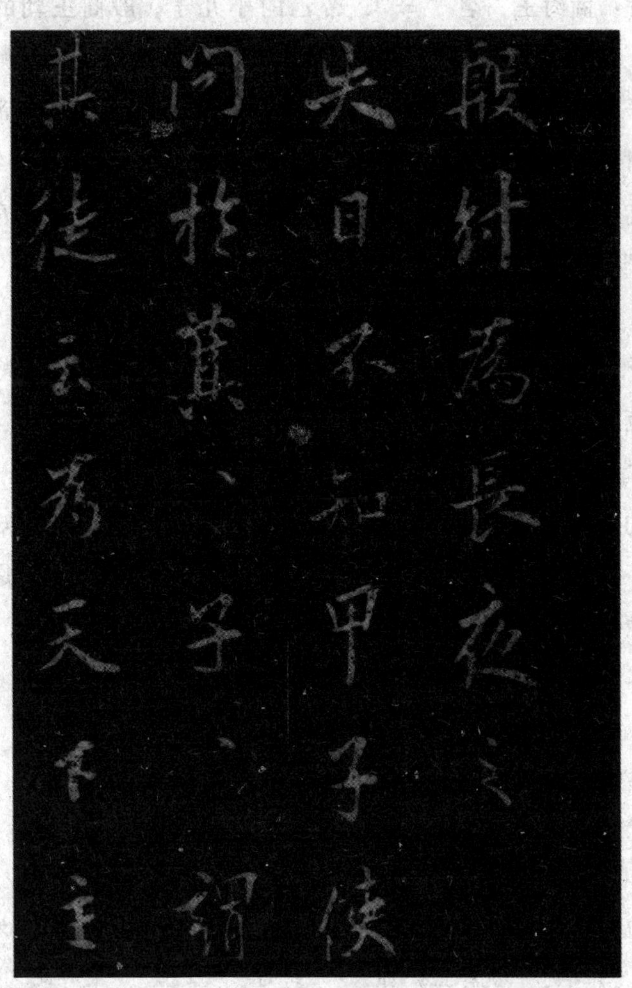

按：《殷纣帖》笔力遒劲，系欧阳询行书代表作之一。所书内容出自《韩非子·说林上》，其文为："纣为长夜之饮，欢以失日，问其左右，尽不知也，乃使人问箕子。箕子谓其徒曰：'为天下主而一国皆失日，天下其危矣；一国皆不知而我独知之，吾其危矣。'辞以醉，而不知。"此处两文，同言一事，欧阳询简要而记之，确为读书笔录。

【注释】

①"殷纣"三句：商纣王彻夜饮酒作乐，居然忘记了日子，记不清纪日的干支，便派人去问叔父箕子。

殷纣：商纣王，名"辛"，帝乙的小儿子，殷商王朝的最后一个君主。《史记·殷本纪》载："帝乙长子曰微子启，启母贱，不得嗣。少子辛，辛母正后，辛为嗣。帝乙崩，子辛立，是为帝辛，天下谓之纣。"《史记集解》云："《谥法》曰：'残义损善曰纣。'"

长夜：指通宵、彻夜。《列子·杨朱》云："肆情于倾宫，纵欲于长夜。"

失日：不知道过了多少天，忘记了日序。

箕子：殷纣王的叔父，分封于箕地，故称箕子。《尚书·周书·洪范》云："惟十有三祀，王访于箕子。"

②"箕子"全文：箕子对弟子说："作为君临天下的一国之主，连纪日的干支都忘记了，天下就危险了。一国的臣僚都不知道今日是何日，而独有我一个人知道，我大概也就危险了。"于是，箕子也以醉酒推脱说不知道。

我其危：我大概就危险了。其，这里指大约、大概。《周易·系辞下》云："易之兴也，其于中古乎？"

遂辞以醉：随后借醉酒的原故而推脱。

【校】

（一）饮：帖本中此字残缺。据《史记·殷本纪》载："为长夜之饮。"又《韩非子·说林上》亦云："纣为长夜之饮。"故补此"饮"字。

申屠嘉帖

汉文时，丞相申屠嘉入朝，见邓通在上傍，有怠慢礼。[①]嘉进曰：“陛下爱幸群臣，则富贵之，至于朝廷之礼，不可以不肃。”[②]上曰：“君勿言，吾私之。”[③]

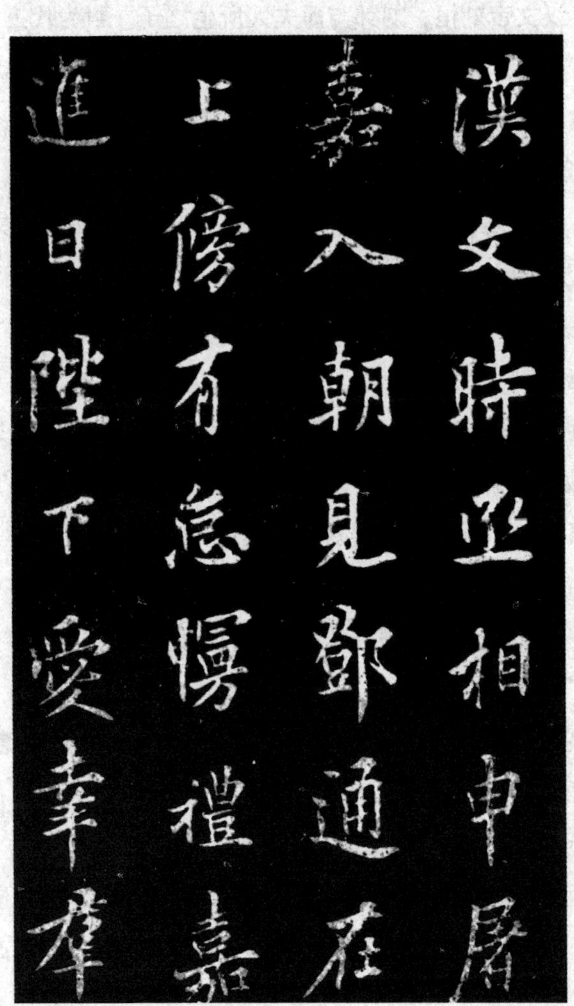
漢文時丞相申屠
嘉入朝見鄧通在
上傍有怠慢禮嘉
進曰陛下愛幸群

按：《申屠嘉帖》又名《汉文帖》。帖中所书之事出自《汉书·申屠嘉传》所载："文帝常燕饮（邓）通家，其宠如是。是时，（申屠）嘉入朝，而通居上旁，有怠慢之礼。嘉奏事毕，因言曰：'陛下幸爱群臣，则富贵之。至于朝廷之礼，不可以不肃。'上曰：'君勿言，吾私之。'"欧阳询将其事简要而言之，亦为读史笔记。

【注释】

①"汉文"四句：汉文帝时期，丞相申屠嘉这天来上朝，看见邓通依伴在皇上的御座旁，颇有些怠慢轻薄无礼的样子。

汉文：汉文帝刘恒，刘邦与薄夫人所生之子，封为代王。平定吕氏乱政之后，刘恒于公元前179年登基，在位二十三年，史称孝文皇帝。

申屠嘉：西汉大梁今河南商丘人。曾追随刘邦起义，以军功官都尉，后迁淮阳太守，擢御史大夫，汉文帝时为丞相。

邓通：奸佞之臣，蜀郡南安人，船夫出身。因为汉文帝做了一个梦，梦见自己想登天，就有一个头戴黄帽的船夫推他上了天。醒来之后，一心要寻访这个船夫，见到邓通貌似梦中的"黄头郎"，汉文帝非常高兴，重赏邓通，让他官至大夫。《史记·佞幸列传》载："邓通，蜀郡南安人也，以濯船为黄头郎……于是文帝赏赐通巨万以十数，官至上大夫。"

②"嘉进曰"五句：申屠嘉向皇上进言说："陛下您喜爱而宠爱群臣，即可使他们富贵，至于朝廷的礼数法度，决不可以不整肃。"

爱幸：喜爱信任。《韩非子·内储说下》云："共立少见爱幸，长为贵卿。"

肃：整顿、整肃。《国语·周语中》云："宽肃宣惠，君也。"韦昭《国语注》曰："肃，整也。"

③"上曰"三句：皇上说："你不必讲了，我私下去与他讲。"

上：皇上。《管子·君臣下》云："民之制于上，犹草木之制于时也。"

私：私下的生活言行。《论语·为政》云："退而省其私，亦足以发。"

度 尚 帖

度尚，字博平，山阳湖陆人。少早丧父，事母至孝，尽心供养。清洁有文武，为上虞，治政严峻。[①]

孝女曹娥人莫之表，尚出俸粟，使吏焦夫改葬，树碑以彰显之。后遭母丧，哀瘠动人。辽东太守，卒。[②]

按：该帖在《宣和书谱》卷八仅载其目录，列为欧阳询行书类作品。文中所记系东汉年间事，为欧阳询读史笔录。《后汉书·度尚传》载："度尚字博平，山阳湖陆人也。家贫，不修学行，不为乡里所推举。积困穷，乃为宦者同郡侯览视田，得为郡上计吏。"又《后汉书·列女传·曹娥》载："县长度尚改葬娥于江南道傍，为立碑焉。"欧阳询所录，取史料两处记载之梗概而书之，不失融汇贯通之记。

【注释】

①"度尚"句全段：度尚字博平，山东山阳郡湖陆县人。少年丧父，事奉母亲特别孝顺，尽心尽力赡养。声名清纯高洁，兼有文才武略，后作浙江上虞县令，施政颇严明冷峻。

度尚：东汉时兖州人，初官上虞令，后升荆州刺史，迁辽东太守。卒于官，年仅五十。《后汉书·度尚传》载："（度）尚后为辽东太守，数月，鲜卑率兵攻尚。与战，破之，戎狄惮畏。年五十，延熹九年，卒于官。"

山阳：山阳郡。汉代设置，晋代为高平。《元和郡县图志·河南道六·兖州》载："后汉于今兖州任城县西南七十五里置金乡县……属山阳郡。"

湖陆：县名，在山东鱼台县东南。原为湖陵县，系东汉时东平宪王之领地，改为湖陆。

清洁：这里指清纯高洁。宋玉《楚辞·招魂》云："朕幼清以廉洁兮，身服义而未沬。"

为上虞：任上虞县令。上虞，在浙江省。《元和郡县图志·江南道二·越州》载："（上虞县）故城西枕上虞江，隋平陈废，贞元元年刺史王密复奏置。"

严峻：严厉峻切。汉代桓宽《盐铁论·非鞅》云："刑既严峻矣，又作为相坐之法。"

②"孝女"句全段：孝女曹娥死后，还没有为之表彰。度尚拿出俸禄，派手下的小吏焦夫去为曹娥改葬，并树碑立传以此彰显。后来，度尚不幸母亲去世，哀伤使他形销骨立，令人感动，迁任辽东太守时，卒于官任。

曹娥：浙江上虞人，父亲曹盱，作巫祝于水上迎神时，不幸被淹死，还找不到尸体。曹娥沿江一路哭十七昼夜，然后投水殉父而死，年仅十四岁。《后汉书·列女传·曹娥》载："孝女曹娥者，会稽上虞人也。父盱，能弦歌，为巫祝。汉安二年五月五日，于县江溯涛婆娑迎神，溺死，不得尸骸。（曹）娥年十四，乃沿江号哭，昼夜不绝声，旬有七日，遂投江而死。"

表：表彰。《尚书·周书·毕命》云："旌别淑慝，表厥宅里。"

俸粟：官吏的俸禄、薪资。《史记·孔子世家》载："卫灵公问孔子：'居鲁得禄几何？'对曰：'俸粟六万。'"

哀瘠：即成语"哀毁瘠立"的省称，指父母之丧而子女悲伤过度，使身体形销骨立。《南史·任昉传》载："闻昉哀瘠过礼，使人忧之。"

庾亮帖

庾亮临江州，闻翟汤之风，束带蹑屐而诣焉。①汤见亮备宾主礼甚恭，而亮怪曰："君高道世表，仆敢忘其恭邪？"②汤曰：使君忽敬其枯木朽株耳。③亮语主簿张玄曰："此君卧龙，不可动也。"④

按：《庾亮帖》记录在《宣和书谱》卷八欧阳询作品编目中，此帖而今转录刊印甚多。文中之句，拟取于南朝山谦之《寻阳记》中所载。该帖系欧阳询的读书笔录，率意而记。

【注释】

①"庾亮"三句：庾亮到任江州刺史，就听说翟汤这个人高风亮节，便穿戴整洁去造访。

庾亮：字元规，晋代人，明穆皇后之兄长。初拜中书郎，迁中书监，加左卫将军，转中书令。后出镇武昌，都督六州诸军事。《晋书·庾亮传》载："迁亮都督江、荆、豫、益、梁、雍六州诸军事，领江、荆、豫三州刺史。"

江州：江西九江，古称江州。《元和郡县图志·江南道四·江州》载："今州西北二十五里，九江是也。"

翟汤：字道深，江西浔阳人。品行高洁，不愿为官，甘居隐士。《晋书·隐逸传·翟汤》载："征西大将军庾亮上疏荐之，成帝征为国子博士，汤不起。"

束带：束紧衣带，指整理衣着，表示恭敬。《论语·公冶长》

云："赤也，束带立于朝，可使与宾客言也。"

蹑屐：穿上屐鞋。蹑，登鞋。《广雅·释诂》云："蹑，履也"。屐，木屐，底有齿，方便行走泥路。《晋书·谢安传》载："不觉屐齿之折。"

诣：造访，到往。

②"汤见亮"四句：翟汤见到庾亮主客之礼节过于恭谨，而庾亮却特地说："翟君品行高尚，为世人之表率，我怎么敢忘记恭敬呢?"

怪：这里指奇异，特地。《增韵·怪韵》云："怪，奇也。"

世表：世人的表率。《北史·卢昌衡传》载："德为世表，行为士则。"

仆：自我谦称，相当于"在下"、"不才"之谓。司马迁《报任安书》云："仆少负不羁之才，长无乡曲之誉。"

邪：语气词，表示疑问或反诘。

③"汤曰"二句：翟汤说："州郡大人忽然恭敬起我这枯木朽株来了。"

使君：对州郡长官太守、刺史的恭称。《玉台新咏·日出东南隅行》诗："使君从南来，五马立踟蹰。"

忽：突然，忽地。

④"亮语"三句：庾亮对手下的主簿张玄说："翟汤君归隐如卧龙先生，不可以改变。"

主簿：官名，古代各州郡都设有主簿，掌管印鉴与文书簿籍，为幕府中重要的僚属。《文献通考》卷六十三载："盖古者官府皆有主簿一官，上自三公及御史府，下至九寺五监以至郡县皆有之。"

卧龙：比喻隐居未仕的杰出人才。三国时诸葛亮有"卧龙"之称，晋代嵇康亦被称为"卧龙"。

不可动：不可以改变。动，这里指改变。《左传·闵公元年》载："鲁不弃周礼，未可动也。"

序　论

艺文类聚序

夫九流百氏，为说不同。[1]延阁石渠，架藏繁积，周流极源，颇难寻究。[2]披条索贯，日用宏多。卒欲摘其菁华，采其旨要，事同游海，义等观天。[3]

藝文類聚序

夫九流百氏爲說不同延閣石渠架藏繁積周流極源頗難尋究披條索貫日用宏多卒欲摘其菁華採其旨要事同游海義等觀天皇帝命代膺期撫兹寶運移澆風於季俗反淳化於區中戡亂靖人無思不服偃武修文興開庠序欲使家富隋珠人懷荆玉以爲前輩綴集各抒其意流別文選專取其文皇覽徧畧直書其事文義既殊尋檢難一爰詔撰其事且文棄其浮雜删其冗長金箱玉印比類相從號曰藝文類聚凡一百卷其有事出於文者便不破之爲事故事居其前文列於後俾夫覽者易爲功作者資其用可以折衷今古憲章墳典云爾太子率更令宏文館學士渤海男歐陽詢序

皇帝命代膺期，抚兹宝运，移浇风于季俗，反淳化于区中。[4]戡乱靖人，无思不服。[5]偃武修文，兴开庠序，欲使家富隋珠，人怀荆玉。[6]以为前辈缀集，各抒其意。《流别》、《文选》专取其文；《皇览》、《遍略》直书其事。文义既殊，寻检难一。[7]爰诏撰其事，且文弃其浮杂，删其冗长。金箱玉印，比类相从，号曰：《艺文类聚》，凡一百卷。[8]其有事出于文者，便不破之为事，故事居其前，文列于后。[9]俾夫览者易为功，作者资其用，可以折衷今古，宪章《坟典》云尔。[10]

太子率更令、弘文馆学士、渤海男欧阳询序。[11]

按：《艺文类聚》为一部类编书籍，系欧阳询于唐高祖李渊武德七年领衔编纂而成。全书共四十六部，一百卷。欧阳询所作该序，载于《全唐文》卷一四六。今以《全唐文》所载为底本，参校上海古籍出版社1999年版《艺文类聚》。

【注释】

①“夫九流”二句：大凡多种学术流派，百家之言，所说不同。

九流：即儒家、道家、阴阳家、法家、名家、墨家、纵横家、杂家、农家等，后泛指各种学术流派。

百氏：百家。《汉书·叙传下》载：“纬六经，缀道纲，总百氏，赞篇章。”

②“延阁”四句：自古延阁、石渠阁收藏书籍，塞满书架，聚积繁多。若要寻究书中事物的源流，很难查找。

延阁：原系汉代宫廷藏书处，后称帝王藏书之所。汉代刘歆《七略》云：“外则有太常、太史、博士之藏，内则有延阁、广内、秘室之府。”

石渠：即石渠阁，西汉时宫中藏书之阁。原为萧何所造，以藏所得秦时之图籍。阁中砌石为渠引水，故称石渠阁。

③“披条”六句：区分条目，贯穿索引，平时的用处很多。最终要想摘录精华之句，选用其主要内容，如同泛舟游海，观天寻物。

披条：区分条目。披，分开，区别。《广韵·支韵》云：“披，分也。”条，指条目。

索贯：本指用绳索穿钱，引申为索引贯穿。索，指主线。贯，即贯通。

日用：原指日常生活费用，这里泛称平时的需要。南朝刘勰《文心雕龙·原道》云：“旁通而无滞，日用而不匮。”

卒：尽量，最终。《诗经·豳风·七月》云：“无衣无褐，何以卒岁。”

菁华：精华。南朝颜延年《陶征士诔》云：“至使菁华隐没，芳流歇绝。”

④“皇帝”四句：唐高祖李渊奉天受命践登帝位，值此宝贵的运祚，要着手改变当今末俗中浮薄的社会风气，还淳朴的教化于国内。

皇帝：指唐高祖李渊。

命代：命世，命中注定要取代一种地位。晋代刘琨《劝进表》云：“应命代之期，绍千载之运。”

膺期：承运。膺，是指承当，领受。期，指期运，时期。《隋书·炀帝本纪》载：“命世膺期，蕴兹素王。”

抚兹：治理。《全唐文纪事·名言》云：“抚兹庶事，如履薄临深。”

浇风：浮薄之世风，不良的社会风气。《梁书·谢朏传》载：“自浇风肇扇，用南成俗。”

季俗：末俗，衰败的习俗。唐代刘待价《独孤仁政碑》云：“季俗为之惩革，凉风由是兴行。”

反：还，同“返”。

淳化：淳厚纯朴的教化。汉代张衡《东京赋》云：“清风协于玄德，淳化通于自然。”

区中：人世间，区宇之内，多指国内。汉代张衡《思玄赋》云：“逼区中之隘陋兮，将北度而宣游。”

⑤“戡乱”二句：治平乱局，安定人心，没有谁不心悦诚服。

戡乱：平定叛乱。《隋书·音乐志下》载："成功戡乱，顺时经国。"

靖人：安定人心。靖，安定。《国语·周语下》云："自后稷之始基靖民。"

⑥"偃武"四句：停息军备，治修文德，兴办学校。想要使国人均有隋珠之富，让文人学子怀璞玉之才。

偃武修文：停止军备，修治文教。《尚书·周书·武成》云："王来自商，至于丰，乃偃武修文，归马于华山之阳，放牛于桃林之野。"

庠序：古称地方所办的学校。《孟子·梁惠王上》云："谨庠序之教。"赵岐注曰："庠序者，教化之宫也。殷曰序，周曰庠。"

隋珠：隋侯之珠。传说隋侯见一条大蛇伤断，便以药施救。大蛇伤愈合后，衔来一颗大珍珠报效隋侯，故称隋珠。这里借此宝物言称富庶。《淮南子·览冥训》云："譬如隋侯之珠，和氏之璧，得之者富，失之者贫。"

荆玉：荆山之玉，即和氏璧。指楚国人和氏，得到玉璞，两次献给楚王都被认为是石头而遭受刑罚。和氏抱着玉璞在荆山上痛哭，后称荆山之玉。汉代刘向《新序·杂事五》卷五载："荆人卞和，得玉璞而献之。荆厉王使玉尹相之，曰石也。王以和为谩而断其左足……和乃奉玉璞而哭于荆山中。"后以"荆玉"比喻才学之士。

⑦"以为"八句：已经有前辈汇编成集的书，都是按照各自的意图编纂。如《流别集》、《昭明文选》，专取其诗文辞赋；又有《皇览》、《遍略》，只载其言行事迹。文义用意各有不同，检索很难同一。

以：通"已"，指已经。《正字通·人部》云："以，与已同，毕也，止也。"

缀集：连缀在一起，汇聚成集。这里指编纂书籍。晋代郭璞

《尔雅序》云："是以复缀集异闻，会粹旧说。"

流别：指《文章流别集》，晋代挚虞所编。书名见于《隋书·经籍志四》。

文选：即《昭明文选》。梁武帝长子萧统召集文士共同汇编，收录秦汉、魏晋以来的诗文，共三十卷。萧统两岁时被立为太子，三十一岁卒，谥号昭明，故称《昭明文选》。

皇览：三国时曹魏大臣所编，以五经等书分类为章，供皇帝阅读，故名。《隋书·经籍志三》载："《皇览》一百二十卷，缪袭等撰。梁六百八十卷，梁又有《皇览》一百二十三卷，何承天合。《皇览》五十卷，徐爰合。《皇览目》四卷。又有《皇览抄》二十卷，梁特进萧琛抄。亡。"隋代以后该书失传。

遍略：即《华林遍略》，南朝梁武帝萧衍下诏华林学士徐勉等人编纂，共六百二十卷。《南史·文学传·何思澄》载："天监十五年，敕太子詹事徐勉举学士入华林撰《遍略》，勉举思澄、顾协、刘杳、王子云、钟屿等五人以应选，八年乃书成，合七百卷。"

寻检：搜索，查找，寻章摘句。《南史·儒林传·沈不害》载："每制文，操笔立成，曾无寻检。"

⑧"爰诏撰"七句：于是唐高祖下诏编撰书籍，摒弃虚华不实的浮杂之文，删去多余而无用的辞句。取金箱收装之文，玉版精美之句，按此类推，比照从属。书名定为《艺文类聚》，共一百卷。

冗长：多而无用的文句。晋代陆机《文赋》云："要辞达而理举，故无取乎冗长。"

金箱玉印：以镶金的箱箧装书，用玉版印刷。形容内外俱美的经典著作。又《祖堂集》卷九《宝盖和尚》云："与摩则金箱玉印无分付处。"

比类：比照类推。《汉书·文帝纪》载："它不在令中者，皆以此令比类从事。"

⑨"其有事"四句：汇编中，有事例出自作品之内，便不仅仅

以事例为主而打破其完整记载，故而事物编录在前，文赋列于后。

故事：指“故而将事例”之谓，并非今人之文学体裁“故事”。

破：这里指割裂，打破。《礼记·中庸》云：“故君子语大，天下莫能载焉；语小，天下莫能破焉。”

⑩“俾夫”四句：能使读者观之容易有成效，为著书写作的人提供参考。可以汇通调和古今，效法《三坟》、《五典》之谓呀。

功：指成效，功效。汉代王充《论衡·效力》云：“须人用之，功力乃立。”

折中：本指从中分折，比喻无所偏废，调和两者，取其正中。《史记·孔子世家》载：“言六艺者，折中于夫子。”

宪章：本指典章制度，引申为遵循、效法。南朝钟嵘《诗品》云：“详其文体，察其余论，固知宪章鲍明远也。”

坟典：古老书籍《三坟》、《五典》的合称。《后汉书·文苑传下·赵壹》载：“高可敷玩坟典，起发圣意。”

⑪“太子”三句：太子率更令、弘文馆学士、爵位渤海县男欧阳询谨序。

太子率更令：官名，为东宫官属，从四品上。《新唐书·百官志四上》载：“率更寺，令一人，从四品上。掌宗族次序、礼乐、刑罚及漏刻之政。”

弘文馆学士：官名，五品以上。《新唐书·百官志二》载：“（弘文馆）学士，掌详正图籍，教授生徒，朝廷制度沿革、礼仪轻重，皆参议焉。”

渤海男：爵位名。《旧唐书·欧阳询传》载：“贞观初，官至太子率更令、弘文馆学士，封渤海县男。”

兰惹帖

贞观六年仲夏中旬，初偶诣兰惹。[1]猥辱见示诸家书，遍得看寻，可以顿醒滞思，各甚嘉妙，今昔孰为比肩？[2]至于兴叹耳，珍重珍重。因书此，叙于其后。[3]渤海郡率更令欧阳询记之。[4]

貞觀六年仲夏中旬初偶詣
蘭若猥辱見示諸家書徧得
看尋可以頓醒滯思各甚嘉
妙今昔孰爲比肩至於興歎
耳珍重珍重因書此敘於其
後渤海郡率更令歐陽詢記
之

按：此帖见于明代肃府本《淳化阁帖》卷四，其文又载于《全唐文》卷一四六欧阳询卷中。帖文称“贞观六年”，欧阳询其时已七十有六了，且久负书家盛名。当他偶尔来到这所寺庙，看到多家书帖，羡慕赞叹不已，并为之题记。如此谦虚勤谨，真是令人钦佩。

【注释】

①“贞观”二句：唐太宗贞观六年五月中旬，初次偶然造访这处佛门净地。

贞观六年：即公元632年。贞观为唐太宗李世民的纪年。

仲夏：农历五月。

诣：到达，前往，造访，来到之义。

兰惹：佛门净处，寺院。“惹”即梵语“阿兰惹”的省称，意译为寂静，超出世俗，没有烦恼的境地。

②“猥辱”五句：愧负久辱前人手迹，此刻才有幸见到诸家墨宝，全部细看，可以提神醒脑，各有其精妙之处，而今与以往又有谁能与之相比？

猥辱：自谦之词，负愧领受，枉屈对方之义。《大慈恩寺三藏法师传》载：“猥辱宸词，过蒙褒美。”

比肩：并肩，相匹比。《淮南子·说山训》云：“三人比肩，不能外出户。”引申义为声望、地位的对等关系。《三国志·吴书·吾粲传》载：“与同郡陆逊、卜静等比肩齐声矣。”

③“至于”四句：到此大为感叹，墨宝珍稀贵重，因此而题写短文，记之于后面。

珍重：善加保重，珍稀为重。晋代王献之《思恋帖》云：“惟愿尽珍重理，迟此信反，复知动静。”

叙于其后：指欧阳询以上述感喟书写在这些墨迹后面，作为跋文。

④“渤海”全句：渤海郡县男、太子率更令欧阳询题记。

渤海郡：地名。隋代置棣州，改沧州，又改渤海郡，故址在山东省阳信县。《元和郡县图志·河北道二·棣州》载：“阳信县本汉旧县，属渤海郡。魏属乐陵国，后魏置乐陵郡，隋开皇三年罢郡，属沧州。”唐代欧阳询进爵渤海县男，故称。

传授诀

每秉笔，必在圆正运(一)气力。纵横重轻，凝神静虑，当(二)审字势。①四面停匀，八边俱备，长短合度，粗细折中。心眼准程(三)疏密欹正。②最不可忙，忙则失势。次不可缓，缓则骨痴，又不可瘦，瘦则形枯，复不可肥，肥则质浊。③详细缓临，自然备体，此字学要妙处。④贞观六年七月十二日，询书付善奴。⑤

唐歐陽詢傳授訣
傳授訣曰每秉筆必在圓正運氣力縱横重輕凝神靜
慮審字勢四面停匀八邊具備長短合度麤細折中以
欽定四庫全書
眼準程疎密欹正最不可忙忙則失勢次不可緩緩則
骨痴又不可瘦瘦則形枯復不可肥肥則質濁詳細緩
臨自然備體此字學要妙處貞觀六年七月十二日詢
書付善奴

按：《传授诀》又被人称作《付善奴帖》，因文中结尾处有“付善奴”三字。这恐怕有望文生义之嫌。宋代《宣和书谱》卷八中所录欧阳询书帖编目有《善奴帖三》与《讲书等帖》。由此可见写给善奴的书帖决不止一篇，而是三帖。那么《传授诀》究竟是“善奴三帖”中的哪一帖呢？《传授诀》又是否属于《讲书等帖》之范畴呢？而今谁也说不清楚，最好还是不要混为一谈为妥。又《宝刻类编》卷一所录欧阳询作品篇目中有《傅善奴帖》，标题之下注为“贞观三年七月十三日书”。这与《传授诀》一文中“贞观六年七月十二日”完全不同，更可见《传授诀》不同于《付善奴帖》。本编以《全唐文》卷一四六所载欧阳询作品原名《传授诀》为定，并辅以《四库全书·墨池编》中所载该章参校。

【注释】

①“每秉笔”五句：每握笔，务必要心思圆通，气力凝运于笔端，横竖笔画之轻重，要以自己的神思意念来权衡字的态势。

秉笔：手执笔。南朝刘勰《文心雕龙·史传》云：“秉笔荷担，莫此之劳。”

圆正：心思圆通，姿势端正。南朝王僧虔《笔意赞》云：“剡纸易墨，心圆管直。”

②“四面”六句：写字讲究四面均衡，八边通盘安排；长短要合乎尺度，笔画粗细应适中。以心眼为准绳，意到笔到，字的稀疏布局与斜正要一致。

停匀：妥贴，均匀，这里指书写时的全盘安排。宋代姜夔《续书谱·疏密》云：“必须上笔劲静，疏密停匀为佳。”

合度：合乎尺度，合乎规范。三国时曹植《洛神赋》云：“秾纤得衷，修短合度。”

准程：准则，法式。《晋书·载记五·石勒下》载：“典度堙灭，遂命下礼官为准程定式。”

攲正：倾斜与端正。《荀子·宥坐》云：“虚则攲，中则正，满则覆。”

③“最不可忙”八句：最不应该草率，一旦草率则失去了书写的气势；其次不可松弛延缓，一旦延缓就会使得骨架呆板；更不可以用笔太瘦弱，如果用瘦笔则形容枯槁；还不可以着笔太肥硕，若是肥硕就会使得笔画不清爽。

忙：本指匆忙，仓促，这里指草率。《集韵·唐韵》云：“忙，心迫也。”

缓：松弛，宽松。《古诗十九首·行行重行行》云："相去日已远，衣带日已缓。"

骨痴：骨架呆板。骨，即骨法，指书法作品的气质。痴，本指愚钝，形容为呆。《晋书·载记二十八·慕容超》载"谚云：妍皮不裹痴骨"。

质浊：主体不清亮，过于混浊。质，本体，主体。《广雅·释诂》云："质，主也。"浊，不干净，平庸，低俗。《篇海类编·水部》云："浊，不清也。"

④"详细"三句：应细致、周密、详尽地面对书帖临摹，就会自然得体，这是学习书法最关键与最精妙的方法。

缓临：安然面对书帖临写。缓，这里指安然，柔和。《吕氏春秋·任地》云："使地肥而土缓。"高诱注曰："缓，柔也。"临，指临摹。

⑤"贞观"二句：唐太宗贞观六年七月十二日，欧阳询书写，交与善奴。

付善奴：交付给名叫"善奴"的人。善奴为何许人，据欧阳询小楷《千字文》后面落款处称"附子隐之明奴、通之善奴"，当是指欧阳通或通儿的僮仆。

【校】

（一）运：《全唐文》缺此"运"字，《墨池编》卷一有此"运"字。遵文义，以"必在圆正运气力"为是。

（二）当：《墨池编》卷一缺此"当"字，《全唐文》为"当审字势"，以之为准。

（三）心眼准程：《墨池编》将"心"字误为"以"字，即"以眼准程"，于文义不通。今按《全唐文》"心眼准程"为是。

用笔论

有翰林善书大夫言于寮故无名公子曰：“自书契之兴，篆隶兹起，百家千体，纷杂不同。至于尽妙穷神(一)，作范垂代，腾芳飞誉，冠绝古今，惟右军王逸少一人而已。然去之数百年内，无人拟者，盖与天挺之性，功力尚少，用笔运神，未通其趣，可不然欤？”①

公子从容敛衽(二)而言曰：“仆庸琐愚昧，禀命轻微(三)，无禄代耕，留心笔砚。至如天挺、功力，诚如大夫之说。用笔之趣，请闻其说。”②

大夫欣然而笑曰：“此难能也，子欲闻乎？”③

公子曰：“余自少及长，凝精翰墨(四)，每览异体奇

唐歐陽詢用筆論
有翰林善書大夫言於寮故無名公子曰自書契之興
篆隸茲起百家千體紛雜不同至於盡妙窮神作範垂
代騰芳飛譽冠絕古今惟右軍王逸少一人而已然去
之數百年內無人擬者蓋與天挺之性功力尚少用筆
運神未通其趣可不然歟公子乃從容斂衽而言曰僕
庸瑣愚昧命亦輕微無祿代耕留心筆硯至如天挺功
力誠如大夫之說用筆之趣請聞其說大夫欣然而笑
曰此難能也子欲聞乎公子曰余自少及長凝情翰墨
每覽異體奇跡未嘗不循環吟玩抽其妙思終日臨倣
至老而無倦也大夫曰夫用筆之法急捉短搦迅牽疾
掣懸針垂露蠖屈蛇伸灑落蕭條點綴閒雅行行眩目

迹，未尝不循环吟玩。抽其妙思，终日临仿，至于皓首而无退倦也(五)。④

大夫曰(六)：“夫用笔之法，急捉短搦，迅牵疾掣，悬针垂露，蠖屈蛇伸，洒落萧条，点缀闲雅，行行眩目，字字惊心，若上苑之春花，无处不发，抑亦可观，是余用笔之妙也。”⑤

公子曰：“幸甚！幸甚！仰承余论，善无所加。然仆见闻异于是(七)，辄以闻见便耽玩之。奉对大贤座，未敢抄说。”⑥

大夫曰：“与子同寮，索居日久，既有异同，焉得不叙。”⑦

公子曰：“向之造次，滥有斯言，今切再思，恐不足取。”⑧

大夫曰：“妙善异述，达者共传，请不秘之，粗陈梗概。”⑨

欽定四庫全書　墨池編　卷一

字字驚心若上苑之春花無處不發抑亦可觀是余用
筆之妙也公子曰幸甚幸甚仰承餘論善無所加然僕
見聞異於是輒以聞見便耽翫之奉對大賢座未敢抄
說大夫曰與子同寮索居日久既有異同焉得不敘公
子曰向之造次濫有斯言今切再思恐不足取大夫曰
妙善異述達者共傳請不秘之粗陳梗槩公子安退位
逡巡緩頰而言曰夫用筆之體會須鉤黏擫把緩紲徐
收梯不虛發研必有由徘徊俯仰容與風流剛則鐵畫

公子安退位逡巡，缓颊而言曰：“夫用笔之体会，须钩粘搀把，缓继徐收。梯不虚发，研必有由。徘徊俯仰，容与风流。刚则铁画，媚若银钩。壮则崛岉(八)而嶱嶫，丽则绮靡而清遒。若枯松之卧高岭，类巨石之偃鸿沟。同鸾凤之鼓舞，等鸳鹭之沉浮。仿佛兮若神仙来往，宛转兮似兽伏龙游。⑩其墨或洒或淡，或浸或燥。遂其形势(九)，随其变巧。藏锋靡露，压尾难讨。忽正忽斜，半真半草。唯截纸棱，撇捩窈绍(十)。务在矜实，无令怯少。隐隐轸轸，譬河汉之出众星，昆冈之出珍宝。既错落而灿烂，复趒连而扫撩。方圆上下而相副，终始盘桓而围绕。观寥廓兮似察，始登岸而逾好。用笔之趣，信然可珍，窃谓合乎古道。”⑪

大夫应声而起，行吟而叹曰：“夫游畎浍者，讵测溟海之深；升培塿者，宁知泰山之峻？今属公子吐论，通幽洞微，过钟、张之门，入羲、献之室，重光前哲，垂

媚若銀鉤壯則崛岉而嶱嶫麗則綺靡而清遒若枯松之卧高嶺類巨石之偃鴻溝同鸞鳳之鼓舞等鴛鷺之沉浮彷彿兮若神仙來往宛轉兮似獸伏龍遊其墨或灑或淡或浸或燥隨其形勢隨其變巧藏鋒靡露壓尾難討忽正忽斜半真半草唯截紙稜擎捩窈窕務在矜實無令怯少隱隱軫軫譬河漢之出衆星崑岡之出珍寶既錯落而燦爛復趒連而掃撩方圓上下而相副終始盤桓而圓繞觀寥廓兮似察始登岸而逾好用筆之

欽定四庫全書　墨池編　卷一

趣信然可珍竊謂合乎古道大夫應聲而起行吟而歎曰夫遊畎澮者詎測溟海之深升培塿者寧知泰山之峻今屬公子吐論通幽洞微過鍾張之門入羲獻之室重光前哲垂裕後昆中心藏之蓋棺乃止公子謝曰鄙說踈淺未足可珍忽枉話言不勝慚懼

裕后昆。中心藏之，盖棺乃止。”⑫

公子谢曰：“鄙说疏浅，未足可珍，忽枉话言，不胜惭惧。”⑬

按：《用笔论》见于《全唐文》卷一四六欧阳询作品中，又载于《四库全书·墨池编》卷一，系欧阳询积平生书法艺术实践的经验之谈。该文拟照《孟子》，庄子《人间世》、《秋水》、《至乐》等以及司马相如《子虚赋》诸篇章的手法，采用设问与对答的形式谋篇，读来亲近，真切感人，实为书家论用笔之圭臬。本编取《全唐文》所载为底本，结合《墨池编》中所载该章参校。

【注释】

①“有翰林”全段：翰林院有一位善于书法的大夫，对一位称作无名公子的同僚说：“自从文字兴起以来，大篆、小篆、隶书随后产生，数百家书写，上千种体势，纷繁相杂，各不相同。至于那些穷尽其神妙的笔法，能作为学习书法的范本而传之后辈，芳名腾起，美誉飞播，绝对冠之古今的书家，只有右军将军王羲之一人而已。然而，在相距数百年之间，无人可以与之比肩，都是与个人的天赋禀性加上用功太少有关，以致用笔运神，没有贯通与领会其要旨，你认为不是这样的吗？”

寮故：僚旧，同僚故交，指同朝为官颇有交情的这些人。寮，同僚。《玉篇·宀部》云：“寮，官寮也，与僚同。”

书契：文字。书，指文字及书写；契，指刀刻文字于龟甲、兽骨、竹木板上。《周礼·天官冢宰·小宰》云：“六曰听取予以书契。”

篆隶：书体名，指大篆、小篆、隶书。南朝刘勰《文心雕龙·练字》云：“篆隶相熔，苍雅品训。”

作范：作出范本、榜样。《三国志·蜀书·郤正传》载：“是故创制作范，匪时不立。”

右军王逸少：王羲之，字逸少，东晋时人。初为护军将军，后为右军将军，故而人称“王右军”。《晋书·王羲之传》载：“羲之既拜护军，又苦求宣城郡，不许，乃以为右军将军，会稽内史。”

天挺：天资卓越，指人的天生禀赋。北朝庾信《周上柱国齐王宪神道碑》云：“公含章天挺，命世诞生。”

趣：旨趣，旨意，意趣。《列子·汤问》云：“曲每奏，钟子期辄穷其趣。”

欤：疑问代词，这里用作表示反问。屈原《楚辞·渔父》云：“渔父见而问之曰：‘子非三闾大夫欤?’”

②“公子”全段：无名公子从容地整理衣襟，恭敬地说：“不才平庸，疏浅愚钝，禀赋轻微，没有多少俸禄代替耕种养家，也曾留心笔墨。至于天资与功底，根本谈不上，诚如大夫您所言。对于用笔之道，愿听取指点。”

敛衽：提起衣襟夹于腰带间，以示敬意。晋代陶渊明《劝农》诗：“敢不敛衽，敬赞德美。”

仆：自我谦称。

庸琐：平庸，委琐。晋代葛洪《抱朴子·外篇·博喻》云：“才远而任近，则英俊与庸琐比矣。”

禀命：禀赋，天性，生成的气质。《左传·闵公二年》载：“禀命则不威，专命则不孝。”

无禄代耕：没有丰厚的俸禄代替耕田种地来养家。古称：每月一石以下的小吏与未食官俸的人为“无禄”。《孟子·万章下》云：“下士与庶人在官者同禄，禄足以代其耕也。”又唐代陆龟蒙《田舍赋》云：“禄以代耕，如无禄欤？无禄无耕，为工商欤?”

③“大夫”全段：善书大夫欢欣地笑着说：“这事很难做到，你想知道么?”

难能：难以做到，不容易达到。宋代王安石《贺运使学士转官启》云："恬于所守，人之难能。"

④"公子曰"全段：无名公子说："我自幼长大，常倾注精力于翰墨。每当看到奇异的令人惊叹的墨迹，未尝不反复观赏揣摩，引出神妙之遐思，终日临摹习仿，就是到了头发已白，也不会想到厌倦退缩。"

循环：轮番，反复回旋。《史记·高祖本纪》载："三王之道若循环，终而复始。"

吟玩：吟诵玩赏。《唐才子传·高适》载："每一篇已，好事者辄传播吟玩。"

抽：引出，抒发。

退倦：退缩而厌倦。《景德传灯录·僧伽难提》云："积十九年，未尝退倦。"

⑤"大夫曰"全段：善书大夫说："关于用笔的方法，应紧握笔管短少的部位，动作牵掣要迅速。书写竖划应如同悬针，收笔圆润又如同垂下露珠。屈曲的地方委缩如虫蝼，舒展的地方延长如蛇伸。挥洒飘逸有致，点缀闲适文雅，使之行行都耀眼，字字动人心弦。婉若上林苑里的春花，无处不绽开，禁不住引人观看，这是我所用笔的佳妙之法。"

急：这里指"紧"。《字汇·心部》云："急，紧也。"唐代杜甫《缚鸡行》诗："小奴缚鸡向市卖，鸡被缚急相喧争。"

短搦：握住笔杆的短少部位。搦，握笔。南朝何逊《哭吴兴柳恽诗》云："含毫徒有属，搦管竟无摛。"

迅牵疾掣：走笔牵掣迅速。晋代王羲之《笔势论·健壮章》云："急引急牵，如云中之掣电。"

悬针：书法术语，形容垂直笔画之竖如针悬挂。《隋书·经籍志一》载："有古文、奇字、篆书、隶书、缪篆、虫鸟并稿书、楷书、悬针、垂露、飞白等。"

垂露：书法术语，指书写至收笔处圆润如垂坠露珠。北朝庾信

《谢明皇帝赐丝布等启》云："垂露悬针，书恩不尽。"唐代孙过庭《书谱》云："观乎悬针垂露之异。"

蠖屈蛇伸：屈曲之笔画如虫蠖弯曲，舒展之笔画如蛇一样伸展。蠖，虫名，指尺蠖。《周易·系辞下》云："尺蠖之屈，以求信也。"

萧条：这里指飘逸、洒脱。《世说新语·品藻》云："时复托怀玄胜，远咏老庄，萧条高寄。"

点缀：美化，装点衬托。《世说新语·言语》云："意乃谓不如微云点缀。"

眩目：耀眼。《隋书·经籍志四》载："谓之天书，字方一丈，八角垂芒，光辉照耀，惊心眩目。"

上苑：上林苑，皇家的游园。唐代武则天《腊日宣诏幸上苑》诗："明朝游上苑，火急报春知。"

抑亦：抑或。《三国志·蜀书·诸葛亮传》载："非惟天时，抑亦人谋也。"

⑥"公子曰：幸甚"全段：无名公子说："庆幸之至！庆幸之至！仰慕您内容丰富的论述，完美得无可超越。然而，在下以往的所见所闻不是这样，每每沉浸于见闻之中。敬对您这样的贤明主座，不敢沿袭前说了。"

幸甚：庆幸之极。汉代李陵《答苏武书》云："荣问休畅，幸甚，幸甚。"

余论：富余内容的言论。《南史·谢朓传》载："士子声名未立，应共奖成，无惜齿牙余论。"

辄：则。《汉书·食货志》载："地方百里之增减，辄为粟百八十万石矣。"

耽玩：沉湎于研习、玩赏。《晋书·皇甫谧传》载："耽玩典籍，忘寝与食。"

抄说：照说，沿袭前说。

⑦"大夫曰，与子同寮"全段：善书大夫说："我与你同朝作

臣僚，单独相处已久，既然有不同之见，为何不讲出来呢？”

索居：这里指单独相处。《隋书·经籍志一》载：“学者离群索居，各为异说。”

⑧“公子曰，向之造次”全段：无名公子说：“适才向您所说的过于轻率，系浮滥之言，现在确切地思虑再三，恐怕不足以为取。”

造次：轻率，轻易，仓猝。《论语·里仁》云：“君子无终食之间违仁，造次必于是。”

滥：轻浮，泛滥。晋代陆机《文赋》云：“或清虚以婉约，每除烦而去滥。”

⑨“大夫曰，妙善异述”全段：善书大夫说：“精辟奇妙的不同观点，明智达理的人都会传诵，请不要秘而不宣，粗略地讲一讲梗概就行了。”

异述：异说，不同的话语或观点。

达者：通达事理的人。《庄子·齐物论》云：“凡物无成与毁，复通为一，唯达者知通为一。”

⑩“公子安退位”十九句：无名公子于是离开坐位犹豫踯躅片刻，然后婉言陈说：“我用笔的体会是，必须用中指勾住笔管裁定位置而把握，舒缓地牵引，徐徐收笔。依凭不可空虚，研习必有来由。徘徊于上下而俯仰观照，应当赋与书写风行洒脱。刚劲之处笔画像铁一样坚韧，妩媚之处笔画像银钩一样鲜明。壮观之处笔画崛起如同陡峭的山峰，清丽之处笔画绮美而不失遒劲。宛若苍劲的枯松卧伏在高山之上，犹如巨大的石头停留在深沟溪谷。又如同鸾凤听到音乐而起舞，鸳鸯、鸥鹭沉浮戏水。仿佛有神仙奔来飞去，婉转好似猛兽潜伏或苍龙遨游。”

安：这里用作“于是”。《荀子·仲尼》云：“委然成文，以示之天下，而暴国安自化矣。”

逡巡：犹豫徘徊，欲行又止。《春秋公羊传·宣公六年》载：

"赵盾逡巡北面，再拜稽首。"

缓颊：舒缓面部表情，多指婉言陈述。《周书·刘璠传》载："卿欲缓颊于我耶?"

钩粘：书法术语，指握笔的方法，谓用中指尖勾住笔管。南唐后主李煜《书述》云："钩者，钩中指，着指尖钩笔，令向下。"

搀把：抓住，把握。《字汇·手部》云："搀，扶也。"

缓绁：舒缓牵引。绁，牵制。《释名·释车》云："绁，制也，牵制之也。"

梯：凭借，依仗。《字汇·木部》云："梯，凭也。"《山海经·海内北经》云："西王母梯几而戴胜杖。"郭璞注曰："梯，谓凭也。"

研：研究，探索。《字汇·石部》云："研，究也。"《周易·系辞下》云："能研诸侯之虑。"

有由：有原由，有根据。

容：应当，应该。《后汉书·李固传》载："宫省之内，容有阴谋。"

银钩：形容书法勾划遒劲之美。《晋书·索靖传》载："盖草书之为状也，婉若银钩。"

崛岉：指山石高耸突出，这里用作形容书法笔势劲道。汉代王延寿《鲁灵光殿赋》云："屹山峙以纡郁，隆崛岉乎青云。"

巀嶪：山势高峻。巀，山石高之状。汉代张衡《南都赋》云："其山则崆岘巀嵑。"

绮靡：壮丽，浮艳。晋代陆机《文赋》云："诗缘情而绮靡，赋体物而浏亮。"

偃鸿沟：指巨石停塞在大的沟渠边。偃，指仆倒停留。《广韵·阮韵》云："偃，息也。"鸿沟：本指秦朝末年刘邦、项羽相争时的分界之沟，这里借指大沟。鸿，指大。《孙膑兵法·十阵》云："刃必薄，本必鸿。"

鼓舞：这里指合着鼓琴、鼓瑟之音乐而舞。《墨子·非儒》云："弦歌鼓舞以聚徒。"

⑪"其墨或洒或淡"全段：用墨或者浓洒，或者浅淡，或者浸润，或者干燥，顺其走笔之势，随其变化之巧。要使得藏笔锋于不露，镇住尾部的笔迹难寻。可以不经意字的正与斜，也可以介于半楷书半草体之间写成行书。唯有按照纸的方正掌握分寸，迅速驰笔恰到好处。必须崇尚务实，莫使执笔懦怯软弱缺少力度。字与字之间断断续续可使之隐约相接，譬如银河中的群星闪烁，又如昆仑山的美玉叠出。既错落有致而灿烂，又局促相连而扫笔高挑。方圆之间上下相称，自始至终盘纡围绕。观之旷达又能使人察辨，从头到尾更见美好。用笔的妙趣，诚然可贵，我个人以为这样能符合古人的法则。

遂：跟随，顺从。《字汇补·辵部》云："遂，顺也。"

藏锋：书法术语，指笔锋藏而不露。《太平御览》卷七四八引唐徐浩《论书》云："用笔之势，特须藏锋，锋若不藏，字则有病。"

靡露：不露。靡，指不或无。《尔雅·释言》云："靡，无也。"

压尾：书法用语，指收笔时要镇住尾部。

难讨：难以探究和寻求。讨，指求索。《类篇·言部》云："讨，求也。"

忽：忽略，不经意。《尚书·周书·周官》云："蓄疑败谋，怠忽荒政。"

真：真书，即楷书、正书。宋代欧阳修《学真草书》云："只日学草书，双日学真书。"

纸棱：长方或四方的纸。棱，指四角的木。唐代释玄应《一切经音义》卷十八引《通俗文》云："木四方为棱。"后泛指四边之形。

撇捩：疾速驰行。唐代杜甫《荆南兵马使太常卿赵公大食刀歌》云："铠锷已莹虚秋涛，鬼物撇捩辞坑壕。"

窈绍：窈窕，美好舒缓。晋代陶渊明《归去来兮辞》云："既窈窕以寻壑，亦崎岖而经丘。"

矜实：取实，崇尚务实。东汉荀悦《申鉴·政体》云："若乃肆情于身而绳欲于众，行诈于官而矜实于民。"

怯少：懦怯而少力，这里指书写时胆小而畏手畏脚。

隐隐轸轸：隐约而众多相随。汉代扬雄《蜀都赋》云："方辕齐毂，隐隐轸轸。"

昆冈：昆仑山。南朝周兴嗣《千字文》云："金生丽水，玉出昆冈。"

趗连：局促相连。趗，指局小。《广韵·屋韵》云："趗，趗促，局小。"

扫撩：向上扫而挑起。《字汇·手部》云："撩，挑弄也。"

盘桓：曲折盘纡。晋代陆机《拟青青陵上柏诗》："名都一何绮，城阙郁盘桓。"

寥廓：旷远，广阔。屈原《楚辞·远游》云："下峥嵘而无地兮，上寥廓而无天。"

似察：以察，以此察辨。似，通"以"。老子《道德经》云："而我独顽似鄙。"俞樾注曰："似，当读为以，古以、似通用。"

登岸：本指登上高岸之处，比喻到达目的地，业已完成。

逾好：更加好。《荀子·尧问》云："人人皆以我为越逾好士。"

信然：诚然，确实。《三国志·魏书·曹爽传》载："（李）胜不能觉，谓之信然。"

⑫"大夫应声而起"全段：善书大夫应声而站起身子，漫步沉吟而感叹说："那些游于田沟浅水之滨的人，何以能揣测远海之深；登上小土堆的人，哪里知道泰山之高峻？今日适才听取公子的言谈弘论，如此博通深奥，洞悉精微，如同到了钟繇、张芝的门下，又像步入王羲之、王献之的书室。这是再次发扬光大前贤先哲之精

蕴，留传丰富的书艺学识于后辈。本人必将其珍藏在心中，于有生之年不会忘记。

行吟：漫步吟叹。屈原《楚辞·渔父》云："屈原既放，游于江潭，行吟泽畔。"

畎浍：田边的水沟、溪沟，比喻平庸浅陋。南朝何逊《临行公车》诗："以兹畎浍质，重与沧溟舍。"

讵：疑问代词，如同"岂"与"何"。晋代陶渊明《读〈山海经〉》诗："徒设在昔心，良辰讵可待。"

溟海：神话中的海，广漠的海。晋代葛洪《抱朴子·广譬》云："登玄圃者，悟丘阜之卑；浮溟海者，识池沼之褊。"

培塿：小山，小土丘。晋代左思《魏都赋》云："培塿之与方壶也。"

属：适逢，恰值之义。《左传·成公二年》载："属当戎行，无所逃隐。"

通幽洞微：通晓幽深之理，洞悉精微之学。唐代李百药《化度寺故僧邕禅师舍利塔铭》云："穷理尽性，通幽洞微。"

钟、张：钟繇与张芝。钟繇系三国时书法家，官至尚书仆射；张芝为东汉时书法家，有"草圣"之称。

羲、献：王羲之与其子王献之，被历代称之为书家"二王"。

重光：再次发扬光大。《尚书·顾命》云："昔君文王、武王，宣重光。"

垂裕后昆：遗留富足，造福后辈。垂：遗留，垂顾。裕：丰富，这里指知识渊博。后昆：后代子孙。《梁书·侯景传》载："垂裕后昆，流名竹帛，此实生平之志也。"

⑬"公子谢曰"全段：无名公子致谢而言称："这些是自己鄙陋疏浅之见，不值得珍视。枉屈了您的这番话语，不胜惭愧之至。"

鄙说：鄙陋之言，用作自谦。

枉：枉屈，委屈，对别人而言则含有敬意。《战国策·韩二》

载："不远千里，枉车骑而交臣。"

【校】

（一）尽妙穷神：《全唐文》作"书妙穷神"。《墨池编》作"尽妙穷神"，应以"尽"为是。

（二）公子从容敛衽：《墨池编》多一"乃"字，即"公子乃从容敛衽"，《全唐文》无此字。"乃"者，于文中可有可无，故不取。

（三）禀命轻微：《墨池编》作"命亦轻微"，《全唐文》作"禀命轻微"，依后者。

（四）凝精翰墨：《墨池编》作"凝情翰墨"，《全唐文》以"精"字易"情"字。本编以为均可，抑或"精"优于"情"。

（五）至于皓首而无退倦也：《墨池编》作"至老而无倦也"。与《全唐文》句有异而义同，且以《全唐文》为准。

（六）大夫曰：此三字《全唐文》缺失，《墨池编》则有。按文义一对一答，此处应为善书大夫之言。故以《墨池编》为准。

（七）然仆见闻异于是：《全唐文》无此"然"字，《墨池编》则有。然字者，转折之义，有其字更流畅，故取。

（八）壮则崛岉：《墨池编》则作"崛岉"，指山势峻拔。《全唐文》作"崛吻"，指忧郁噘起嘴唇，于文义不通。故以《墨池编》为是。

（九）遂其形势：《墨池编》作"随其形势"，《全唐文》为"遂其形势"。按下文有"随其变巧"，此处当为"遂"字。

（十）撇捩窈绍：《墨池编》作"窈窕"，《全唐文》作"窈绍"。绍：有接续，舒缓之义。窕：有深邃，艳美之义。然而有"窈"字在前，"窈窕"与"窈绍"词义相近。今以《全唐文》为准。

八　诀

丶　如高峰之坠石。

㇏　似长空之初月。

一　若千里之阵云。

丨　如万岁之枯藤。

㇏　劲松倒折，落挂石崖。

㇆　如万钧之弩发。

丿　利剑截断犀、象之角牙。

㇏　一波常三过笔。①

唐歐陽詢八法

丶如高峰之墜石

㇏似長空之初月

一若千里之陣雲

丨如萬歲之枯藤

㇏勁松倒折落挂石崖

㇆如萬鈞之弩發

丿利劔截斷犀象之角牙

㇏一波常三過筆

澄神靜慮端己正容秉筆思生臨池志逸虛拳直腕指齊掌空意在筆前文向思後分間布白勿令偏側墨淡則傷神彩絕濃必滯鋒豪肥則為鈍瘦則露骨勿使傷於軟弱不須怒降為奇四面停勻八邊俱備短長合度麤細折中心眼準程踈密欹正筋骨精神隨其大小不可頭輕尾重無令左短右長斜正如人上稱下載東映西帶氣宇融和精神灑落省此微言孰為不可也 書苑菁華

澄神静虑，端己正容。秉笔思生，临池志逸。[②]虚拳直腕，指齐掌空。意在笔前，文向思后。分间布白，勿令偏侧。[③]墨淡则伤神彩，绝浓必滞锋毫。肥则为钝，瘦则露骨。勿使伤于软弱，不须怒降为奇。[④]四面停匀[(一)]，八边俱备。短长合度，粗细折中。心眼准程，疏密攲正。[⑤]筋骨精神，随其大小，不可头轻尾重，无令左短右长。斜正如人，上称下载，东映西带，气宇融和，精神洒落。省此微言，孰为不可也？[⑥]

按：《八诀》一文，《全唐文》欧阳询卷不载。今见于《四库全书·御定书画谱》卷三，题为《唐欧阳询八法》。后世人多以《八诀》相称，为的是与《三十六法》相区分，不至于皆以“法”名之。该文就写字的八种笔画分别进行论说，并辅之以生动形象的比拟，随后再从握笔、墨色、布局、长短、左右等进行阐述。《八诀》与晋代卫夫人所撰《笔阵图》中所言笔画“七法”有类似之处，卫夫人关于一横、一点、一撇、一折、一竖、一捺、一横折勾的论述，显然对欧阳询有不少启示。今人有怀疑卫夫人其人者，本编据《淳化阁帖》卷五所载卫夫人一帖称“卫有一弟子王逸少，甚能学卫真书”，认为卫夫人确有其人，王羲之还是她的门生。王羲之又为卫夫人《笔阵图》题跋，即《题卫夫人笔阵图后》，自称：“羲之少学卫夫人书。”此处欧阳询继承了卫夫人的书法理论，并且融会贯通，将“七法”丰富成《八诀》，确为书家经验之谈，对后辈学书影响深远。

【注释】

①“如高峰之坠石”十句：

笔画“点”，犹如同高山坠下石头——言其气势。

笔画“勾”，好似空中初出的弦月——言其曲美。

笔画“横”，恰似千里地平线上之云阵——言其浑厚。

笔画“竖”，如同生长了一万年的垂藤——言其坚直。

笔画“斜勾”，似松枝倒转侧挂于悬崖——言其险劲。

笔画“横折勾”，像以万钧之力引弓发箭——言其强韧。

笔画“撇”，类同利剑可切断犀角象牙——言其锋芒。

笔画“捺”，俨然一波三折从笔下经过——言其起伏。

万钧：比喻重力之大。钧，指古代的重量单位。《说文解字·金部》云：“钧，三十斤也。”汉代贾山《至言》云：“万钧之所压，无不糜灭者。”

弩：机制发箭的弓，强劲之力能将箭射远，又能数箭连发。《六韬·豹韬》云：“弓弩为表，戟盾为里。”

②“澄神静虑”四句：凝神静心，端正姿态。执笔则心生灵感，蘸墨砚池更要情志飞逸。

澄神：澄清神智，安定心思。《资治通鉴》卷二五七载：“乘其入静。”胡三省注曰：“入静者，静处一室，屏去左右，澄神静虑。”

端已正容：端正自己的身姿与容仪。正容，使容仪庄重。《后汉书·翟酺传》载：“目见正容，耳闻正言。”

思生：聚精会神而心生灵犀。

临池：谓练习书法。池，指砚池。《晋书·王羲之传》载：“张芝临池学书，池水尽黑。”

志逸：情志飞逸，奋发。

③“虚拳直腕”六句：执笔呈空拳形，伸直手腕，手指并拢曲握，掌心留空。先想好要写的字，随后酝酿出文字连贯之思，分出字距间隔与留下空白，切莫使书写偏斜。

虚拳直腕：五指空握，呈半握拳形，伸直手臂手腕。

意在笔先：心中先要有对所要书写的字有一种审美追求，做到胸有成竹。

分间布白：分出字的间隔距离，留出空白布局。晋代王羲之

《笔势论·教悟章》云："分间布白，远近宜均。"

勿令偏侧：不能使字左右倾斜。侧，偏向一边。南朝谢灵运《山居赋》云："应璩作书，邙阜洛川，势有偏侧，地阙周员。"

④"墨淡则伤神彩"六句：墨色太淡则有损字的神彩，墨色太浓必然会阻碍笔锋运行。笔画太粗硕则显得呆板钝滞，笔画太细瘦又会特别露骨。切不可书写轻飘而软弱无力，也不能以气势威猛下笔而自认为出奇。

滞锋毫：阻碍笔毫，书写不畅。滞，指受阻，不流畅。

肥：这里指笔画过于粗硕。

伤于软弱：指书写轻飘，缺乏力度，缺少精气神。

怒降为奇：谓气势过于威猛，以为这样可以出奇。怒，形容气势强健猛烈、威武。《广雅·释诂》云："怒，健也。"降，落下，这里指落笔。

⑤"四面停匀"六句：书法讲究四面均衡，八边通盘安排。长短要合乎尺度，笔画粗细要适中。以心到眼到揣摩其准则，疏密与斜正保持一致。

⑥"筋骨精神"十一句：书法讲究筋道与骨力之神韵，随着书写的字大字小而变化，不可以头轻脚重，更不能使左边短而右边长。字的倾斜与端正与人的姿式相关，必须端身正体，书写时还应使之上下匀称。偏旁部首可以互换使之东西衬托，让通篇气势融洽，神韵潇洒大方。能深入体会这些微言，何人为之不可呢？

筋骨：筋道与骨力。晋卫夫人《笔阵图》云："多骨微肉者，谓之筋书；多肉微骨者，谓之墨猪。"

无令：不使，不至于。

上称下载：上下匀称设置。称，指匀称，均适。载，指陈设，放置。《诗经·大雅·旱麓》云："清酒既载。"《韩诗章句》曰："载，设也。"

东映西带：本指左右关联，两边相互衬托。晋代王羲之《兰亭集序》云：“又有清流激湍，映带左右。”这里按欧阳询下章《三十六法》所言，指书写中可以左右互换偏旁部首，或采用异体字、通假字等办法借换，使之规整匀称。《三十六法》云：“亦借换也，所谓东映西带是也。”

融和：融洽，化合。唐代张登《小雪日戏题绝句》云：“融和长养无时歇，却是炎洲雨露偏。”

洒落：潇洒不拘，落落大方。南朝慧皎《高僧传·竺法雅》载：“（竺法）雅风采洒落，善于枢机。”

微言：本指精微深奥之言。晋代葛洪《抱朴子·勖学》云：“故能究览道奥，穷测微言。”这里应为欧阳询自谦之词，指卑微之言。

孰：谁，哪个，何人。疑问代词。《尔雅·释诂》云：“孰，谁也。”

【校】

（一）“四面停匀”下六句，已在《传授诀》中出现，即：“四面停匀，八边俱备，长短合度，粗细折中，以眼准程，疏密欹正。”唯有“心眼准程”与《墨池编》中“以眼准程”有别。

三十六法

排叠

字欲其排叠疏密停匀，不可或阔或狭。如“壽、藁、畫、寶、筆、麗、羸、爨”之字，系旁、言旁之类，《八诀》所谓“分间布白”，又曰调匀点画是也。①高宗书法所谓“堆垛”亦是也。(一)

深酒花分水草枝故刖支丈可愛鄭鄰郭偏宜湛友諶
習觀羲獻迹免使墨池渾 併論
歐陽率更書三十六法 諸本都附歐陽詢後今考篇中有高宗書法東坡先生及學歐書者等語
必非唐人所撰故附於宋代之末
排疊　字欲其排疊疏密停勻不可或闊或狹如壽藁
畫寶筆麗羸爨之字系旁言旁之類八訣所謂分間
布白又曰調勻點畫是也高宗書法所謂堆垜亦是
也
欽定四庫全書　御定書畫譜　卷三
避就　避密就疏避險就易避遠就近欲其彼此映帶
得宜又如廬字上一撆既尖下一撆不當相同府字
一筆向下一筆向左逢字下辵拔出則上必作點亦
避重疊而就簡徑也
頂戴　字之承上者多惟上重下輕者頂戴欲其得勢
如疊壘槩鸞驚鷺鬐聲醫之類八訣所謂正如人上
稱下載又謂不可頭輕尾重是也
穿插　字畫交錯者欲其疏密長短大小勻停如中弗

避就

避密就疏，避险就易，避远就近。欲其彼此映带得宜，又如“廬”字，上一撇既尖，下一撇不当相同；“府”字一笔向下，一笔向左；“逢”字下“辵”拔出，则上必作点，亦避重叠而就简径也。[②]

顶戴

字之承上者多，惟上重下轻者顶戴，欲其得势，如“疊、壘、藥、鸞、驚、鷺、鬐、聲、醫”之类，《八诀》所谓“斜正如人，上称下载”，又谓“不可头轻尾重”是也。[③]

穿插

字画交错者，欲其疏密、长短、大小匀停。如“中、弗、井、曲、册、兼、禹、禺、爽、爾、襄、甬、耳、婁、由、垂、車、無、密”之类，《八诀》所谓“四面停匀，八边具备”是也。[④]

向背

字有相向者，有相背者，各有体势，不可差错。相向如“非、卯、好、知、和”之类是也，相背如“北、兆、肥、根”之类是也。[⑤]

井曲冊兼禹禺爽爾襄甬耳婁由垂車無密之類八
訣所謂四面停匀八邊具備是也
向背　字有相向者有相背者各有體勢不可差錯相
向如非卯好知和之類是也相背如北兆肥根之類
是也
偏側　字之正者固多若有偏側欹斜亦當隨其字勢
結體偏向右者如心戈衣幾之類向左者如夕朋乃
勿少左之類正如偏者如亥女丈乂互不之類字法
所謂偏者正之正者偏之又其妙也八訣又謂勿令

欽定四庫全書　御定書畫譜　卷三

偏側亦是也
挑𢱉　字之形勢有須挑𢱉者如戈弋武九氣之類又
如獻勵散斷之字左邊既多須得右邊𢱉之如省炙
之類上偏者須得下𢱉之使相稱為善
相讓　字之左右或多或少須彼此相讓方為盡善如
馬旁糸旁鳥旁諸字須左邊平直然後右邊可作字
否則妨礙不便如𢇁字以中央言字上畫短讓兩糸

偏侧

字之正者固多，若有偏侧攲斜，亦当随其字势结体。偏向右者如“心、戈、衣、幾”之类；向左者如“夕、朋、乃、勿、少、厷”之类；正如偏者，如“亥、女、丈、乂、互、不”之类。字法所谓偏者正之，正者偏之，又其妙也。《八诀》又谓“勿令偏侧”，亦是也。[⑥]

挑𢲅

字之形势，有须挑𢲅者，如“戈、弋、武、丸、氣”之类；又如“獻、勵、散、斷”之字，左边既多，须得右边𢲅之；如“省、炙”之类，上偏者须得下𢲅之，使相称为善。[⑦]

相让

字之左右，或多或少，须彼此相让，方为尽善。如“馬旁、系旁、鳥旁”诸字，须左边平直，然后右边可作字，否则妨碍不便。如“䜌”字，以中央“言”字上画

出如辯其中近下讓兩辛出如鷗鷗馳字兩旁俱上
狹下闊亦當相讓如鳴呼字口在左者宜近上和扣
字口在右者宜近下使不妨礙然後爲佳此類是也
補空　如我哉字作點須對左邊實處不可與成戟諸
戈字同如襲辟餐鑄之類欲其四滿方正也如醴泉
銘建字是也
覆蓋　如寶容之類點須正畫須員明不宜相著上長
下短
欽定四庫全書　御定書畫譜　卷五
貼零　如令今冬寒之類是也
黏合　字之本相離開者即欲黏合使相著顧揖乃佳
如諸偏旁字臥鑒非門之類是也
捷速　如風鳳之類兩邊速宜員擎用筆時左邊勢宜
疾背筆時意中如電是也
滿不要虛　如園圃圖國回包南隔目四勾之類是也
意連　字有形斷而意連者如之以心必小川州水求
之類是也

短，让两“糸”出；如“辨”，其中近下，让两“辛”出；如“鷗、鷗、馳”字，两旁俱上狭下阔，亦当相让。如“鳴、呼”字，“口”在左者，宜近上；“和、扣”字，“口”在右者，宜近下，使不妨碍，然后为佳，此类是也。[8]

补空

如“我、哉”字，作点须对左边实处，不可与“成、戟”诸“戈”字同。如“襲、辟、餐、贛”之类，欲其四满方正也，如《醴泉铭》“建”字是也。[9]

覆盖

如“寳、容”之类，点须正，画须员明，不宜相著上长下短。[10]

贴零

如“令、今、冬、寒”之类是也。[11]

粘合

字之本相离开者，即欲粘合，使相著顾揖乃佳，如诸偏旁字“卧、鑒、非、門”之类是也[12]。

捷速

如“風、鳳”之类，两边速宜员擎，用笔时左边势宜疾，背笔时意中如电是也。[13]

满不要虚

如“園、圃、圖、國、回、包、南、隔、目、四、勾”之类是也。[14]

意连

字有形断而意连者，如“之、以、心、必、小、川、州、水、求”之类是也。[15]

覆冒

字之上大者，必覆冒其下，如“雲”头，“穴、宀、𡿨”头，“奢、金、食、夆、巷、泰”之类是也。⑯

覆冒 字之上大者必覆冒其下如雲頭穴宀𡿨頭奢
金食夆巷泰之類是也
垂曳 垂如都鄉卿卯夆之類曳如水支欠皮更辶走
民也之類是也
借換 如醴泉銘祕字就示字右點作必字左點此借
換也黄庭經庭字䠝字亦借換也又如靈字法帖中
或作𤴓或作小亦借換也又如蘇之爲蘓秋之爲秌
鵝之爲鵞爲䳘之類爲其字難結體故互換如此亦
借換也所謂東映西帶是也
欽定四庫全書
增減 字有難結體者或因筆畫少而增添如新之爲
新建之爲建是也或因筆畫多而減省如曹之爲曹
美之爲美但欲體勢茂美不論古字當如何書也
應副 字之點畫稀少者欲其彼此相映帶故必得應
副相稱而後可又如龍詩讐轉之類必一畫對一畫
相應亦相副也
撑拄 字之獨立者必得撑拄然後勁健可觀如可下

垂曳

垂，如“都、鄉、卿、卯、夆”之类；曳，如“水、支、欠、皮、更、辶、走、民、也”之类是也。⑰

借换

如《醴泉铭》“祕”字，就“示”字右点，作“必”字左点，此借换也。《黄庭经》“庭”字、“䠝”字，亦借换也。又如“靈”字，《法帖》中或作“𤴓”，或作“㣺”，亦借换也。又如“蘇”之为“蘓”，“秋”之为“秌”，“鵝”之为“鵞”、为“䳘”之类，为其字难结体，故互换如此，亦借换也，所谓“东映西带”是也。⑱

增减

字有难结体者，或因笔画少而增添，如“新”之为“新”、“建”之为“建”是也。或因笔画多而减省，如“曹”之为“朁”、“美”之为“芙”。但欲体势茂美，不论古字当如何书也。[19]

应副

字之点画稀少者，欲其彼此相映带，故必得应副相称而后可。又如“龍、詩、讐、轉”之类，必一画对一画，相应亦相副也。[20]

撑拄

字之独立者，必得撑拄，然后劲健可观，如“可、下、永、亨、亭、寧、丁、手、司、卉、草、矛、巾、千、予、于、弓”之类是也。[21]

永亨亭寧丁手司卉草矛巾千予于弓之類是也

朝揖　凡字之有偏旁者皆欲相顧兩文成字者為多如鄒謝鋤儲之類與三體成字者若譽斑之類尤欲相朝揖八訣所謂迎相顧揖是也

救應　凡作字一筆纔落便當思第二三筆如何救應如何結裹書法所謂意在筆先文向思後是也

附麗　字之形體有宜相附近者不可相離如形影飛起超飲勉凡有文欠支旁者之類以小附大以少附

多是也

回抱　回抱向左者如曷丐易匈之類向右者如艮鬼包旭它之類是也

包裹　謂如園圃打圈之類四圍包裹也尚向上包下幽凶下包上匱匡左包右旬匂右包左之類是也

卻好　謂其包裹鬬湊不致失勢結束停當皆得其宜也

小成大　字以大成小者如门辶下大者是也以小成

朝揖

凡字之有偏旁者，皆欲相顾。两文成字者为多，如“鄒、謝、鋤、儲”之类，与三体成字者，若“讐、斑”之类，尤欲相朝揖。《八诀》所谓“迎相顾揖”是也(二)。㉒

救应

凡作字，一笔才落，便当思第二三笔如何救应，如何结裹。《书法》所谓“意在笔先，文向思后”是也(三)。㉓

附丽

字之形体，有宜相附近者，不可相离，如“形、影、飛、起、超、飲、勉”。凡有“文、欠、支”旁者之类，以小附大，以少附多是也。㉔

回抱

回抱向左者，如“曷、丏、易、匊”之类；向右者，如“艮、鬼、包、旭、它”之类是也。㉕

包裹

谓如“園、圃”打圈之类，四围包裹也，“尚、向”上包下，“幽、凶”下包上，“匱、匡”左包右，“旬、匈”右包左之类是也。㉖

却好

谓其包裹斗凑，不致失势，结束停当，皆得其宜也。㉗

小成大

字以大成小者，如“冂、辶”，下大者是也。以小成大，则字之成形及其小字，故谓之小成大。如“孤”字

大則字之成形及其小字故謂之小成大如孫字只在末後一㇏寧字只在末後一亅欠字一拔戈字一點之類是也

小大成形　謂小字大字各字有形勢也東坡先生曰大字難於結密而無間小字難於寬綽而有餘若能大字結密小字寬綽則盡善盡美矣

小大　大小　書法曰大字促令小小字放令大自然寬猛得宜譬如日字之小難與國字同大如一字二

字之疎亦欲字畫與密者相間必當思所以位置排布令相映帶得宜然後為上或曰謂上小下大上大下小欲其相稱亦一說也

左小右大　此一節乃字之病左右大小欲其相停人之結字易於左小而右大故此與下二節著其病也

左高右低　左短右長　此二節皆字之病不可左高右低是謂單肩左短右長八訣所謂勿令左短右長是也

只在末后一㇏，“寧“字只在末后一亅，“欠”字一拔、“戈”字一点之类是也。[28]

小大成形

谓小字大字各字有形势也。东坡先生曰：大字难于结密而无间，小字难于宽绰而有余[四]。若能大字结密，小字宽绰，则尽善尽美矣。[29]

小大　大小

《书法》曰：“大字促令小，小字放令大，自然宽猛得宜。”譬如“日”字之小，难与“國”字同大；如“一”字、“二”字之疏，亦欲字画与密者相间。必当思所以位置排布，令相映带得宜，然后为上。或曰：“谓上小下大，上大下小，欲其相称。”亦一说也。[30]

左小右大

此一节乃字之病，左右大小，欲其相停。人之结字，易于左小而右大。故此与下二节著其病也。[31]

左高右低　左短右长

此二节皆字之病。不可左高右低，是谓单肩。左短右长，《八诀》所谓“勿令左短右长”是也。[32]

褊学欧书者，易于作字狭长故（五）

此法欲其结束整齐，收敛紧密，排叠次第，则有老气。《书谱》所谓“密为老气”，此所以贵为褊也。[33]

褊　學歐書者易於作字狹長故此法欲其結束整齊收斂緊密排疊次第則有老氣書譜所謂密為老氣此所以貴為褊也

各自成形　凡寫字欲其合而為一亦好分而異體亦好由其能各自成形故也至於疎密大小長短闊狹亦然要當消詳也

相管領　欲其彼此顧盼不失位置上欲覆下下欲承上左右亦然

欽定四庫全書

應接　字之點畫欲其互相應接兩點者如小八忄自相應接三點者如糸則左朝右中朝上右朝左四點如然無二字則兩旁二點相應中間接又作八亦相應接至於丿乀水木州無之類亦然

已上皆言其大略又在學者能以意消詳觸類而長之可也

御定佩文齋書畫譜卷三

各自成形

凡写字欲其合而为一亦好，分而异体亦好，由其能各自成形故也。至于疏密、大小、长短、阔狭亦然，要当消详也。[34]

相管领

欲其彼此顾盼，不失位置，上欲覆下，下欲承上，左右亦然。[35]

应接

字之点画，欲其互相应接。两点者，如“小、八、忄”，自相应接；三点者，如“糸”，则左朝右，中朝上，右朝左；四点，如“然、無”二字，则两旁二点相应，中间相接又作“灬”，亦相应接；至于“丿、乀、水、木、州、無”之类亦然。㊱

已上皆言其大略，又在学者能以意消详，触类而长之可也。㊲

按：《三十六法》一文，《全唐文》未收录，今见于《四库全书·御定书画谱》卷三。原题为《欧阳率更书三十六法》，下有引注：“诸本都附欧阳询后，今考篇中有‘高宗书法’、‘东坡先生’及‘学欧书者’等语，必非唐人所撰，故附于宋代之末。”

上述一说，使后世人多以该文系宋代人所作，甚至有人认为系宋代以后托欧阳询之名的伪作。总之，对欧阳询为《三十六法》作者持怀疑或否定态度。

本编认为，持此之说存在诸多疑点。若是宋代人所作，该文可谓精辟之论，常为学书人效法，且流传甚广，那么又会是谁的作品？怎么不见署其大名？如此洪博之作传世，怎么会被人忘了作者？另外，《三十六法》中所阐述的观点，诸如“分间布白”、“不可头轻尾重”、“四面停匀，八边俱备”、“东映西带”、“勿令左短右长”等句，怎么会与欧阳询《传授诀》、《八诀》同出一辙？难道宋代的撰文者就不知道变通一番？而非要如此生吞活剥？这显然就不是宋人所作，分明与《八诀》、《传授诀》同为一人所撰。

再者，持宋代以后托欧阳询之名的伪作一说更见可笑。果真如此的话，那么这位作伪人的智商就太低劣了，难道不知“高宗书法”、“东坡先生”在欧阳询辞世五百多年之后才有吗？既有作伪之能事，又焉得会犯这种低级错误？窃以为此章《三十六法》应为欧阳询总结魏晋诸家之论而言之。那么文中出现宋代人之语又该作何解释呢？今察辨其文所谓“高宗书法”、“东坡先生”、“学欧书者”等语，均属正文之中的小字夹注，系解读《三十六法》者之诠释语句。由于历代几经转刊抄录，将其小字“夹注”混同原文，故而成了三豕涉河之误传。本编将其重新用作夹注，以正本清源。

【注释】

①“排叠”全段：笔法中的总体布局之类。字形的结构与安排，应疏密均衡，不可写得一边宽、一边窄。例如“壽、藁、畫、竇、筆、麗、羸、爨”这类字与“系”字旁、“言”字旁之类，按《八诀》中所提到的“分间布白”，这里重申应调整均匀点画为是。

排叠：指书法上的字形结构与整体布局。宋代黄庭坚《论书》云：“今人字自不按古体，惟务排叠字势，悉无所法，故学者如登天之难。”

②“避就”全段：笔法中的回避与趋向之类。书写时要避开密集而趋向疏朗，回避险笔而趋向便易，回避远隔而趋向贴近，要使左右相互衬托适宜。又例如“廬”字，上面一撇已出尖锋，下面一撇就不应该雷同；“府”字一笔向下撇，另一笔向左撇；“逢”字下端的“辵”超出，那么上端必须加点，这也是回避重叠而趋向简便之途径。

避就：避开与趋向。《商君书·定分》云：“为置法官吏为之师以道之，知万民皆知所避就，避祸就福而皆以自治也。”

映带：指左右关联。

③“顶戴”全段：笔法中下顶上戴之类。汉字的底部承接上部的居多，唯有上部笔画多显得沉重，下部笔画少显得轻简的字形取法顶戴。要使之有气势，例如“疊、壘、藥、鸞、驚、鷺、礬、聲、醫”等字，即前文《八诀》中所谓“斜正如人，上称下载”以

及“不可头轻尾重”之阐述是也。

顶戴：本谓头上戴帽，或举物过头顶行敬奉之礼，这里指书法中对于上部分笔画多，下部分笔画少的某些字的合理安排。南朝梁武帝《金刚般若忏文》云：“顶戴奉持，终不舍离。”

④“穿插”全段：笔法中穿凿交叠之类。某些笔画交错的字，要使之间架疏密相当，长短合度，大小均等。例如“中、弗、井、曲、册、兼、禹、禺、爽、爾、襄、甬、耳、婁、由、垂、車、無、密”等字，《八诀》中所说“四面停匀，八边俱备”即是。

穿插：穿插交凿，这里指字的笔画交叠。《书影》卷四云：“绢素极古，穿插之奇之伙，非就朗日下细计之，不能得其原委。”

⑤“向背”全段：笔法中的相向与反向之类。有笔画倾于同一方向的字，也有笔画倾于反方向的字。各有其字形姿势，不应该有差池。同一方向的字如“非、卯、好、知、和”等。反方向的字如“北、兆、肥、根”等就是。

向背：相向与相背，这里指字的两种不同姿态与书写时的技法。宋代欧阳修《试笔·鉴画》云：“若乃高下、向背、远近、重复，此画工之艺尔。”

差错：这里指差池错杂。汉代司马相如《大人赋》云：“纷湛湛其差错兮，杂遝胶輵以方驰。”

⑥“偏侧”全段：笔法中的偏斜与倾侧之类。汉字中方正的居多，但仍有结构偏侧、倾斜的字，还应当随着字的本来态势结构其形体。偏向右边的字，例如“心、戈、衣、幾”等类；偏向左边的字，例如“夕、朋、乃、勿、少、厷”等类；方正的字中间又有偏斜的笔画之类，例如“亥、女、丈、乂、互、不”等。写字的法则所谓偏体的字将它规正，方正的字让它略微偏翘，这更是书法艺术的妙处。《八诀》中又称“勿令偏侧”，其核心所指也是如此。

偏侧：本指倾向一侧，这里指汉字的结构有偏斜。《法书通释·八法》云：“审其势而侧之，故名。”

若：如此，这样，而。《尚书·盘庚上》云："若火之燎于原，不可向迩，其犹可扑灭。"

⑦"挑𢱉"全段：笔法中的斜挑延伸之类。字的形态，有些须要使之有气势而运用挑起延展的技法，例如"戈、弋、武、丸、氣"等字。又例如"獻、勵、散、斷"等字，左边的笔画多，还应向右边延伸。再如"省、炙"等类的字，上部分偏向一边，还须在下半部求正充实，使之匀衡对称为妥。

挑𢱉：书法用语，指字的笔画倾斜向一边延展，达到不偏不倚，遒劲稳妥的效果。𢱉，同斡。唐代吴融《赠䍧光上人草书歌》云："摘如钩，挑如拔，斜如掌，回如斡。"

⑧"相让"全段：笔法中左右互相让出位置之类。字的左、右两边，笔画有多有少，还须彼此互相让出余地，方能称得上尽善尽美。例如马字旁、系字旁、鸟字旁的各种字，必须将左边写得平直，然后右边才能书写成完整的字。否则就会互相妨碍，给书写带来不便。例如"䜌"字，要将中间的"言"字上面的笔画写得略短一些，让出左右两个"糸"旁的位置。又如"辦"字，中间的部分应稍微写向下一点，让出左右两个"辛"字的位置。再如"鷗、鷗、馳"等字，左右的偏旁都是上边略窄，下边略宽，也应当互为容让。又如"鳴、呼"等字，"口"部在左边，应该靠近上面来书写；"和、扣"等字，"口"部在右边，适宜靠近下面书写，使之互不妨碍，然后才称得上完备。这类字，就是这样摆布才对。

相让：本指互相谦让，这里用于书法中对于偏旁部首的书写时，应互为留出一定的空间，为字的完整性作出调整。

䜌：音同"峦"。《说文解字·言部》云："䜌，乱也。"

⑨"补空"全段：笔法中填补空白之类。书法讲究填补空白，例如"我、哉"等字，书写一点时，还须应对左边笔画的充实部分，不可与写"成、戟"这类字的"戈"旁一样采用同一种技法。例如"襲、辟、餐、贛"等字，只要写得四周圆满方正就行了。譬

如《九成宫醴泉铭》中的“建”字，添加一点就是补空。

补空：补笔于空白处。此论对后世影响深远。宋代欧阳修《夏日学书说》云：“嘉祐七年正月九日补空。”

醴泉铭：全称为《九成宫醴泉铭》，唐代贞观六年，太宗李世民避暑九成宫，因得甘泉而名之。敕魏征撰文，欧阳询楷体书就，镌刻石上。

⑩“覆盖”全段：笔法中的盖头书写之类。有“宀”之形的字如“賓、容”等类，上面一点必须规正，笔画还须圆润明朗，不可相形之下显得上面一节长而下面一节短。

覆盖：本指遮蔽、掩盖，这里专指有“宀”形盖头部首的字。

员明：圆润而明朗光鲜。员，古与“圆”字通用。《孟子·离娄上》云：“规矩，方员之至也。”

相著：相显现，相突出，相形之义。宋代刘过《沁园春·美人指甲》云：“算恩情相著，搔便玉体，归期暗数。”

⑪“贴零“全段：笔法中妥贴书写与“零”字相似的字之类。“零”字类的字，最要把握好底部一点的书写。例如“令、今、冬、寒”等类的字就是。

贴零：书法用语，指把握书写与“零”字相类似的字中最后一点的要领。

⑫“粘合”全段：笔法中粘连结合之类。某些字的结构本来就呈背离分开之形，书写时，应当为之关连结合，使之相形互为关顾亲密才好。例如“卧、鑒、非、門”等偏旁字，就是这一类。

粘合：粘接结合，维系在一起。汉代字书《三苍》云：“粘，合也。”

顾揖：环顾相揖，指回首彬彬有礼。《国语·吴语》载：“王孙雒进，顾揖诸大夫曰：‘危事不可以为安，死事不可以为生，则无为贵智矣。’”这里指字的两边笔画互为避让。

⑬“捷速”全段：笔法中快速书写之类。例如“風、鳳”等

字，两边的笔画只宜迅速书就，使之圆润饱满。用笔时，若要营造左边一笔的气势，宜疾不宜缓，相反的这一笔也要做到心中有数，快如闪电，一气呵成才是。

捷速：敏捷迅速。《左传·成公五年》载："待我，不如捷之速也。"

员擥：即圆揽，指书法中用笔圆通周揽。擥，同"揽"。《说文解字·手部》云："擥，撮持也，从手，监声。"王筠《句读》："擥，俗作揽。"

⑭"满不要虚"全段：笔法中圆满不空虚之类。对于四围团绕的字，中间不能空虚。例如"園、圃、圖、國、回、包、南、隔、目、四、勾"等字，就是如此。

满不要虚：饱满不能空虚，指环绕状的字，内部应书写充实，不能空洞。

⑮"意连"全段：笔法中形断意连之类。有的字笔画虽然断开，但要使笔意让人感觉其连贯。例如"之、以、心、必、小、川、州、水、求"等字，属于这类。

意连：意念中的相连，这里指书法中分开书写的笔画，察其笔意，使之连贯。

⑯"覆冒"全段：笔法中以上面垂覆下面之类。有的字上面宽大，势必要罩住下面的部分。比如"雲"字头，"穴、宀、𥫗"等部首，还有"奢、金、食、夅、巷、泰"等，这一类字都是如此。

覆冒：覆盖，蒙盖遮蔽。《后汉书·陈元传》载："左氏孤学少与，遂为异家之所覆冒。"

⑰"垂曳"全段：笔法中垂针与牵引之类。垂针之笔如"都、鄉、卿、卯、夅"等字，牵引之笔，如"水、支、欠、皮、更、辶、走、民、也"等，均属这类。

垂：指书法中的"垂针"之笔，谓汉字书写中有向下垂伸之竖画。

曳：指书法中牵扯之笔，一般为笔画向两边牵引。

⑱“借换”全段：书法中偏旁部首互相交换位置之类。例如《九成宫醴泉铭》中的“祕”字，就将“示”旁写在右边，将“必”字写在左边，这便是借换。还有《黄庭经》中的“庭”字、“嶷”字，也叫作借换。又例如“靈”字，《法帖》中或者写成“埋”，或者写成“川”，也都是借换。又比如“蘇”字写作“蘓”，“秋”字写成“烁”，“鹅”字写成“鵞”或者“鵝”之类，因为这些字的笔画难以组合成可观的姿态，故而互相移位成这种样式，也是运用借换手法，所谓“东映西带”就是如此。

借换：汉字的偏旁部首变换位置，使字形更为别致，称之为借换。

黄庭经：原为一部道家经典，论述养身修炼之术。据说王羲之曾书写该经，遂为法帖，这里指书法帖本。

嶷：即“巍”字。《龙龛手鉴·山部》云：“嶷，巍的俗字。”

法帖：指学习书法的范本，多为名家书法拓片与印本。《隋书·经籍志一》载《四体书势》一卷，《古今八体六文书法》一卷等，均属此列。

结体：书法用语，指汉字书写时的整体布局与审美结构，又称“结字”。元代赵孟頫《兰亭跋》云：“书法以用笔为上，而结字亦须用工。”

⑲“增减”全段：笔画增加或减少之类。有些字很难构成完美整体，或者是因为笔画太少，必须添加笔画。例如“新”字增笔为“新”，“建”字增笔为“建”，就是属于这类。或者因为笔画太多而减省笔画。比如将“曹”字写成“亩”，将“美”字写成“芙”。只要使得字的形体气势隽美，就不必论究自古这字应当怎么书写。

增减：本指增加和减少，这里指对于汉字书写时，某些字可以增添笔画，有些字可以减省笔画。

茂美：美好、隽美，秀美。《吕氏春秋·孝行览·首时》云：

"方叶之茂美，终日采之而不知。"

⑳"应副"全段：笔法中互相应对之类。有些一点一画很稀少的字，若要使得左右彼此关联，必须使均衡相称方才可以。又例如"龍、詩、讐、轉"等这些字，必然要一笔对应一笔，使之相应又相称才是。

应副：本指应对，照应。宋代王禹偁《谪居感事》诗："恨无才应副，空有表虔祈。"这里指书法中笔画相对称、相对应。

㉑"撑拄"全段：笔法中支撑挺立之类。有些字以金鸡独立之状出现，必须得靠支撑树立，然后才显得刚健美观。例如"可、下、永、亨、亭、寧、丁、手、司、卉、草、矛、巾、千、予、于、弓"等字，就是这类。

撑拄：支撑，顶立。三国时陈琳《饮马长城窟行》诗："君独不见长城下，死人骸骨相撑拄。"

劲健：这里指笔力强劲刚健。宋代严羽《答出继叔临安吴景仙书》云："如米元章之字，虽笔力劲健，终有子路事夫子时气象。"

㉒"朝揖"全段：笔法中朝向与揖让之类。大凡字有由偏旁所组成的，都应当相互顾及。由两个偏旁字组合成一个汉字的居多，例如"鄒、謝、鋤、儲"等类就是。还有以三个偏旁字组合而成的汉字，比如"讐、斑"等字，尤其要彼此顾及朝向与避让。《书法》一文中所谓"迎相顾揖"讲的是同样的道理。

朝揖：朝向与两相揖让，相对与互相避让。指两个或三个偏旁组成的汉字，要彼此谦让，留出对方的书写位置。

两文：这里指两种相对可以独立的偏旁字。文，指字。《说文解字·序》云："仓颉之初作书，盖依类象形，故谓之文。"

㉓"救应"全段：笔法中的相助接应之类。大凡写字，一笔方落下，就应当想到第二、第三笔如何扶持和接应，如何组合笔画缔结字势。《八诀》中所谓"意在笔先，文向思后"之说即是。

救应：护持接应。救，援助，护持之义。《广雅·释诂》云：

“救，助也。”

结裹：结缔，裹结，这里指书法中构结字的整体。

㉔“附丽”全段：笔法中的互相依附之类。汉字的形态笔画，有些只适宜依附靠近，不可两相分离，例如“形、影、飛、起、超、飲、勉”等字。凡是有“文、欠、支”的偏旁这类字，书写时要以小的偏旁依附于大的主体，以笔画少的部位依附于笔画多的部位，这才是正确的方式。

附丽：依附于强势。《晋书·张载传》载：“汉祖泗上之健吏，光武春陵之侠客耳，况乎附丽者哉！”

㉕“回抱”全段：笔法中回转呈拥抱状之类。书写时有回笔勾抱向着左边的字，例如“曷、丐、易、匊”等类即是。回笔勾抱向着右边的字，例如“艮、鬼、包、旭、它”等字就是。

回抱：环抱。唐代皮日休《蓝田关铭》序云：“睹山形关势，回抱于天，秀欲染眸，危将惊魄。”

㉖“包裹”全段：笔法中包围环裹之类。所谓回环之形的字，例如“園、圃”等字，书成圆圈这种类型，即四周完全围合即是。又有“尚、向”等字，从上面包向下方；还有“幽、凶”等字，从下面包向上方；另有“匮、匡”等字，从左边包向右边；再有“旬、匈”等字，从右边包向左边。以上诸类都是。

包裹：本指包揽、围裹。《淮南子·原道训》云：“包裹天地，禀授无形。”这里喻指书法中笔画包转、裹绕之状。

㉗“却好”全段：笔法中恰到好处之类。所谓这些围裹结构之字，笔画凑接之处，不能使之失去气势，书写收束停当，都应该适宜合度。

却好：本指从一个范畴推及另一个范畴而言其好。比如“虽少却好”、“居简却好”之类。这里指书法上的恰到好处。清代戈守智《汉溪书法通解》云：“诸篇结构之法，不过求其却好。疏密却好，排叠是也；远近却好，避就是也。”

斗凑：凑合，连接。《朱子语类》卷六八云："许多嘉美一时斗凑到此，故谓之会。"这里指笔画连在一起。

㉘"小成大"全段：笔法中以小成就其大之类。汉字以其大成就其小的书写方式，例如"门、辶"等部首，则以下面大为是。以其小成就其大之类，则就其字的形态本来就小，应以小处大着眼，故称之为"小成大"。如"孤"字关键在最后书写一捺，"寧"字关键在最后书写一竖勾，"欠"字关键在最后书写一捺，"戈"字关键在最后打上一点，诸如此类即是。

小成大：按本文中所谓"则字之成形及其小字，故谓之小成大"之义，即指从字的小处着手，成就其大。

一拔：一捺，指高拔一捺画。

㉙"小大成形"全段：笔法中字的大小形状与结构之类。说的是小字、大字各有其姿态与气势，如若能够将大字书写得紧凑，小字书写得宽松疏朗，就达到尽善尽美了。

小大成形：指字的大小形态与结构的总体书写安排。

结密：结构紧凑。《宣和书谱》卷五云："以谓大字难于结密而无间，小字难于宽绰而有余。"

宽绰：宽裕，宽松。《尚书·周书·无逸》云："不永念厥辟，不宽绰厥心。"

㉚"小大 大小"全段：笔法中大模样的字小写，小模样的字大写之类。《书法》中说："笔画多的字大，要使之写小一点，笔画少的字小，则要放大来写，要注意自然恰当，让其宽裕与严谨适宜。"譬如"日"字形状小，很难以与"國"字写得同样大。又如"一"字、"二"字最为宽疏，也要按照笔画密集的字那样写得间隔相当，必须要考虑位置的排列分布，使之互相关联衬托相宜，然后才能称上乘。也有人说："书写时让上部分小而让下部分大，让上部分大而下部分小，只要使得对称。"这也是一种说法。

小大 大小：按文义即指笔画少的字小，要参照笔画多的字来大写，反之，笔画多的字大，要相对写小一点。

宽猛：宽容与刚猛，宽绰与严谨。《左传·昭公二十年》载：“宽以济猛，猛以济宽。”

㉛“左小右大”全段：笔法中将左边写小右边写大之类。这一节讲的是写字的弊端。左右两边写大写小，要讲究均衡对等。通常人们写字时，容易将左边写小而右边写大，故而此节与下面二节撰述其弊病。

左小右大：指书写中将字的左边写小，又将右边写大。通常人们都会以此结字，欧阳询则不赞同这种书写方式。

病：缺点，毛病，弊端或弊病。三国时曹植《与杨德祖书》云：“世人之著述，不能无病。”

相停：相当、相等、均衡之义。《白雪遗音·马头调·牙牌名》云：“春分昼夜相停，暗自伤悲。

㉜“左高右低 左短右长”全段：笔法中左边写得高，右边写得低，左边写得短，右边写得长之类。这两节都是论述书写上的弊病，不应当将左边写高右边写低，即所谓抬起一个单肩膀。还有将左边写的短而右边写的长，这也就是《八诀》一文中已说过的“勿令左短右长”。

单肩：书法用语，指汉字书写时让某一边高起，某一边低落，左右不平衡之状。

㉝“褊”全段：笔法中将字书写狭长之类。这种书写要使之结字整齐，收缩紧凑，排列布局有序，便有老成持重的气派。《书谱》中所谓“密为老气”，此一说就是重视褊狭。

褊：本指衣服狭小，引申为狭窄，偏长之义。汉代贾谊《新书·道术》云：“包众容易谓之裕，反裕为褊。”

次第：次序，依次。《汉书·燕剌王旦传》载：“旦自以次第当立，上书求入宿卫。”

书谱：此处《书谱》应非孙过庭之《书谱》，因为欧阳询卒后才有其人其书。再说孙过庭的《书谱》中也没有“密为老气”一语。考《隋书·经籍志》，虽未见《书谱》之名，却有《文字谱》、《杂体书九卷》、《四体书势》、《篆隶杂体书》、《书品》等。文中《书谱》疑是上述书籍之统称或异名。

贵：重视，敬重。《礼记·中庸》云：“去谗远色，贱货而贵德。”《玉篇·贝部》云：“贵，高也，尊也。”

㉞“各自成形”全段：笔法中各自形成自己的风格个性之类。凡属写字，要使之合成一体也好，分开书写成相对独立的形态也好，全由它能够各自形成不同风格的原故。至于疏与密、大与小、长与短、宽与窄也是如此，应当尽量省察。

各自成形：指汉字书写各自保持自己的风格，统一在一种书法势态之中。

消详：详尽，尽量详省，尽量揣度。消，尽量之义。《说文解字·水部》云：“消，尽也。”详：洞悉，审察。《玉篇·言部》云：“详，审也，论也。”

㉟“相管领”全段：笔法中相互照管依从主领之类。要使书写各种笔画彼此都能观照，不至于某些地方失去位置，上面要覆盖于下，下面要承载其上，左右两边也是如此。

相管领：彼此照管，服从主体引领。释道璨《樗寮生日》诗：“摘来不用供调鼎，且唤曲生相管领。”

顾盼：关顾，回望，观照。《西京杂记》卷六载：“恭王大悦，顾盼而笑。”

㊱“应接”全段：笔法中连贯相接之类。字的一点一画，要使之笔意互相接应。书写笔画两点的，如“小、八、忄”，应让其自成对应相接；书写笔画三点的，如“糸”，则要让左边一点朝向右方，中间一点朝向上方，右边一点朝向左方；书写笔画四点的，如“然、無”两字，既要让两边的两点相互照应，中间相连接又可以写成“灬”，这也叫做互相接应。至于一撇、一捺，水字、木字、

州字、無字等类，也是要相互应接。

应接：应对、接应。《后汉书·寇恂传》载：“长安道里居中，应接近便。”

㊲“已上”全段：以上《三十六法》都只是讲了一个大概要略，这又在于学习书法的人来体会，用心省察揣度，触类旁通而增加理解就可以了。

已：同“以”，自古“已”与“以”共一“目”，音 yǐ。《孙子兵法·作战》云：“故车战，得车十乘已上。”

【校】

（一）“高宗书法所谓‘堆垜’亦是也”句：《御定书画谱》卷三刊作正文。按文义，颇有书法造诣的高宗，即宋代高宗赵构，欧阳询不可能言及。该文句当为后世刊本之“夹注”，并非正文。本编改为小字夹注。

（二）“《八诀》所谓‘迎相顾揖’是也”句：今查《八诀》一章中无此语，应为《书法》中文句。当是与下文《书法》之谓相颠倒之刊误。

（三）“《书法》所谓‘意在笔先，文向思后’是也”句：此语实为《八诀》中所载，而非《书法》中文句。应为与上段中《八诀》颠倒其名之刊误。

（四）“东坡先生曰：大字难于结密而无间，小字难于宽绰而有余”句：《御定书画谱》卷三刊作正文。东坡先生为宋代人，欧阳询不可能言及，当为后世刻本之小字夹注混为原文。本编按“夹注”刊定。

（五）“学欧书者，易于作字狭长故”句：《御定书画谱》卷三刊作正文。欧阳询不可能自言“学欧书者”，该处亦为后世刊本之夹注混成原文。本编刊作夹注。

论飞白（残存文句）

张乌巾冠世，其后逸少、子敬又称妙绝尔。[①]飞而不白，萧子云轻浓得中，蝉翼掩素，游雾崩云。[②]

按：欧阳询著《论飞白》一文，惜未见其详。《宝刻类编》卷一仅录欧阳询《论飞帛》（帛，即白）篇目。据《宣和书谱》卷八论欧阳询云："张怀瓘又称：其飞白、隶、行、草入妙。"今考唐代张怀瓘《书断》卷中《妙品·萧子云》载有上述正文，仅此只言片语，权且录下，虽为残存，聊胜于无而已。

【注释】

①"张乌巾"三句：三国时期东吴张弘的书法飞白，名冠当世。之后，有王羲之、王献之继承发扬飞白，又被当时称之为绝妙之笔。

张乌巾：张弘，字敬礼，三国时吴国吴郡人。一心治学而不入仕途，头上常裹乌巾，时人号为"张乌巾"。善于汉隶，又以飞白著称而名世。

逸少：即王羲之，字逸少。

子敬：王献之，字子敬，王羲之第五子。《晋书·王献之传》载："工草隶，善丹青。七八岁时学书，羲之密从后掣其笔不得，叹曰：'此儿后当复有大名。'"

②"飞而不白"四句：以飞白之笔法却现出枯笔相连而不使露白，这是萧子云用笔墨之轻重浓淡最为恰当之处。轻薄如蝉翼的浅

墨飞掠划过白色的纸，如同游来一丝雾气，抑或崩裂一抹云烟。

飞而不白：指书法中用飞白之笔却依稀有藕断丝连的笔锋痕迹。也指飞白之技艺炉火纯青，达到最高境界。

萧子云：字景乔，南朝齐高帝萧道成之孙，豫章文献王萧嶷之子。封为新浦县侯，历任侍中、国子祭酒，故又称“萧侍中”。善书法，著《晋书》一百一十卷。《南史·萧子云传》载：“欲作论草隶法，言不尽意，遂不能成，略指论飞白一事而已。”

蝉翼掩素：蝉的翅膀薄而透明，掩盖在白净素色的上面。这里比喻飞白之浅淡的墨迹呈现在纸上。

附　　录

欧阳询年谱序

嗟吁夫，予何以修订欧阳询年谱耶，此实非不才敢想敢为之事。虽说予自公元 1998 年始考据欧阳询之身世，曾为之撰写过一部长篇历史小说，也曾回复过不少人的相关咨询，但毕竟与作年谱相去甚远。此后，便无暇他顾，将这些资料封存，为杯羹菽水而奔走。

讵料十七年后，垂白之际，适逢府主注重人文，召予汇集欧阳询之诗文，并为之作注。受托公门，不敢懈怠。其时，有同仁告予曰："近有网络文抄公们，以无耻之徒所杜撰的《补江总白猿传》为由，胡乱从史书中摘录，别有用心地定欧阳询为广州出生、衡州出生，实为荒谬。"予闻之不置可否，敷衍一笑。同仁追问曰："询公果真生于岭南乎？君能听其胡乱猜测而辱没前贤耶？"予对曰："《补江总白猿传》言梁大同末，欧阳纥妻为白猿所掠，其时纥公才八岁，焉能有妻子？宋代王尧臣曾云：'唐人恶欧阳询者为之。'此稗官野史，何足道哉！"同仁执意曰："愿君能为之正视听矣。"

盛意拳拳，为之奈何，予且勉为其难，试以求索。考新、旧两《唐书·欧阳询传》均载欧阳询为"潭州临湘人"。唐代张怀瓘《书断》云："皇朝欧阳询，长沙汨罗人。"此处言汨罗不能视为有误，张怀瓘晚欧阳询不过几十年，其记载应为可靠。欧阳询故里距汨罗境域也不过十余里，或许曾经划属汨罗亦未可知，只要始终归于长沙所辖就没有多少差别。又《宣和书谱》卷八载："欧阳询，字信本，潭州临湘人。"

上述几种史料皆称欧阳询为潭州（长沙）人，可谓众口一词，早成定论。今遍查史籍，从未见过有某卷某章称欧阳询为"广州人”或“衡州人”，不知那些文抄公们何以要信口雌黄？

其次，必须澄清一个事实：官衡州刺史的是欧阳询的祖父頠公，而不是他的父亲纥公。頠公数年来，在岭南一带征山獠，讨侯景，战兰裕，还与陈霸先一同平定蔡路养、李迁仕之乱。梁元帝授欧阳頠为衡州刺史之时，并未到任，欧阳頠又为萧勃所挟持，与朝廷为敌，起兵直逼江西豫章。如此战事不断，稍有一点常识的人都知道，欧阳頠能带上家小转战南北吗？能带上身怀六甲的儿媳妇随军打仗吗？有这样的公爹吗？

另外，欧阳頠进入陈朝授衡州刺史时，只可能是在永定元年十月以后，因为陈霸先称帝是这年冬十月。《陈书·高祖纪》载：“永定元年冬十月乙亥，高祖即皇帝位于南郊。”只有当陈高祖坐稳了江山后，才能够赐封群臣。因此，擢欧阳頠为“衡州刺史，始兴县侯”都在这年十月之后。那么，这时欧阳询就已经在故乡出生了。乾隆十九年《欧阳氏家乘》载：“询公丁丑九月诞于临湘石渚山故里。”丁丑系陈永定元年，即公元557年。

综上可知，那些说欧阳询为“衡州出生”、“广州出生”实属无稽之谈。不论从哪个角度来考究，欧阳頠任广州刺史都要晚于欧阳询出生。《陈书·高祖纪》载，永定二年，“衡州刺史欧阳頠进号镇南将军”。其时，欧阳询两岁了。又《南史·陈本纪》载，永定三年“丁酉，镇南将军、广州刺史欧阳頠即本号开府仪同三司”。其时，欧阳询都三岁了，怎么可能是在广州出生呢？

最后，这里还须重申一句，欧阳頠是欧阳询的祖父，孙子出生何处，难道一定要与祖父为官何处相关联吗？以这种感性的思维方式作出推测，其结论的可靠性可以想见。

关于欧阳询所书碑刻，特别是那些题写日期的书法作品，对于考校其年谱尤为重要。曾经由历代论定为作者欧阳询的作品，如今不时被一些浅尝辄止的人弄得真假莫辨，是非混淆。这中间不乏受清代陆增祥《八琼室金石补正·金石祛伪》的影响，往往从所见碑刻或拓片上的款识入手而论其真伪。比如《八琼室金石补正·金石祛伪》称，《女子苏玉华墓志铭》中有"弘文馆学士欧阳询撰并书"之款识，又以苏玉华卒于武德二年为由，认为"武德年，信本未为弘文馆学士"。因为欧阳询官弘文馆学士是在贞观年间，便就此推断该墓志铭为托名伪作。

陆增祥这种孟浪之论，为后辈开启了一扇误导之门，使得不少人据此跟着鼓噪。近代有萧沈撰《欧阳询年谱略》，文中引用《八琼室金石补正·金石祛伪》，称《唐故卧龙寺黄叶和尚墓志铭》中题有"守黄门侍郎许敬宗制，弘文馆学士欧阳询书"字样，黄叶和尚武德三年秋九月四日葬于万年县时，许敬宗还未授黄门侍郎。以此认为《唐故卧龙寺黄叶和尚墓志铭》是托名之作。

殊不知，隋唐时期书刻墓碑墓志，基本不署书撰人名，这在欧阳修的《集古录》，赵明诚的《金石录》早有论述。当今所存世的碑刻或拓片，大部分是历代为了保存即将残毁的古碑古刻，而重新按拓本摹刻上石的仿刻品。如南唐的"澄心堂"，宋代的"淳化阁"、"汝州帖"与"潘附马帖"等。摹刻者自此以降，历代都有人效仿。摹刻者们为尊重前朝撰书人，对已考定的撰书人氏，以其最高官衔而称之，这难道有错吗？历代撰修史料者，不都是以最高之衔而荣称作古的前人吗？试问这些怀疑论者们，凭什么认为见到的拓本就是来自原始碑刻呢？

欧阳询生活的年代距今已有一千三百七十多年了，出土的碑石，历经风霜寒暑，日晒雨淋，很难保持原样。如今所见到的《女子苏玉华墓志铭》与《黄叶和尚墓志铭》，窃以为都不是原碑原刻，而是后来重新摹刻的。所谓"弘文馆学士"及"黄门侍郎"之称谓，均属摹刻者所新添。且作如是说，以供读者钧鉴。

此序。

静心楼主　袁慧光
于 2014 年 7 月

长沙欧阳氏世系表

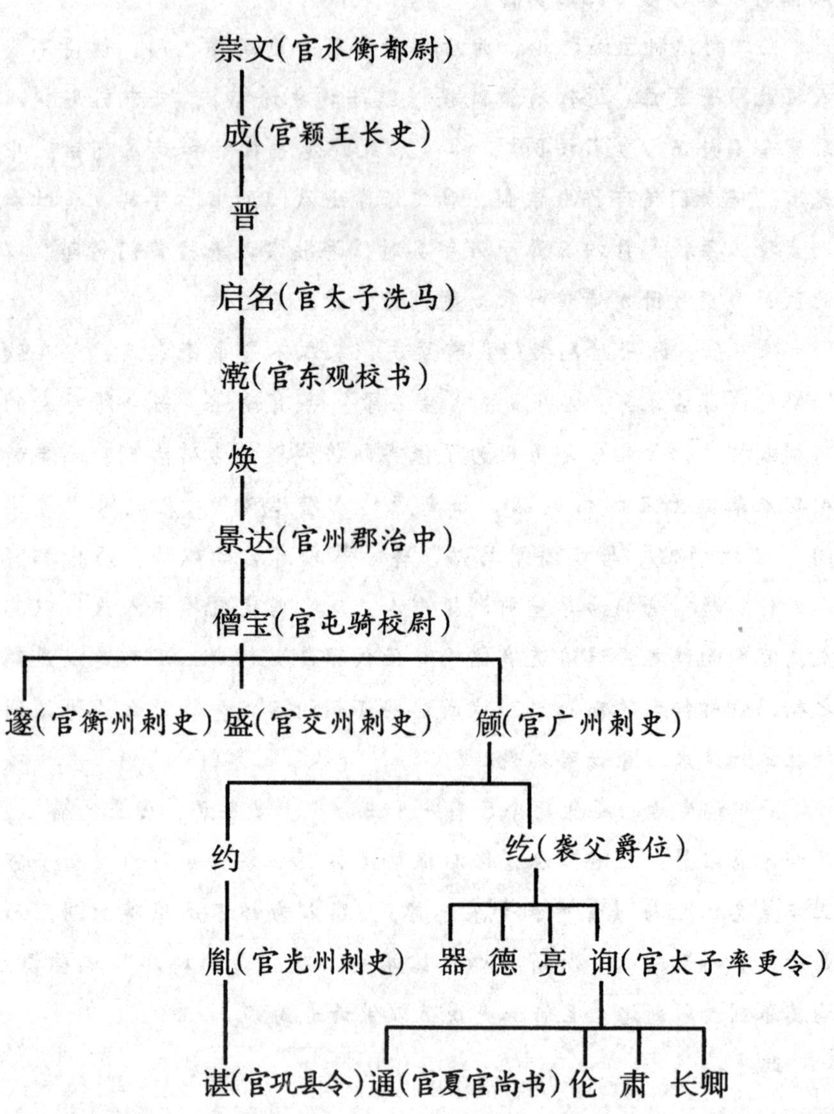

崇文(官水衡都尉)
成(官颖王长史)
晋
启名(官太子洗马)
潨(官东观校书)
焕
景达(官州郡治中)
僧宝(官屯骑校尉)
邃(官衡州刺史)
盛(官交州刺史)
頠(官广州刺史)
约
纥(袭父爵位)
胤(官光州刺史)
器
德
亮
询(官太子率更令)
谌(官巩县令)
通(官夏官尚书)
伦
肃
长卿

欧阳询年谱

朝代纪年	公元纪年	年龄	时事与作品	考　据
（陈） 永定元年	557年	1岁	欧阳询出生于潭州临湘石渚山（今长沙望城书堂山）。	《新唐书》和《旧唐书》均载欧阳询为"潭州临湘人"。又《宣和书谱》卷八亦称："欧阳询字信本，潭州临湘人。"当是指出生地。又乾隆《欧阳氏家乘》载："询公丁丑九月，诞于临湘石渚山故里。"
永定二年	558年	2岁	处襁保中。	居潭州临湘石渚山故里。
永定三年	559年	3岁	居故里，为总角。	该年陈高祖崩，欧阳頠欲自广州北还赴帝丧，未成行。《陈书·世祖纪》载："又诏州郡悉停奔赴。"
天嘉元年	560年	4岁	随父欧阳纥移居广州。	嘉庆《欧阳氏家谱》载："陈天嘉元年，岭南安定，纥徙家小迁广州。"是年，欧阳纥奉召至京师。觐见陈文帝，受封进爵。《陈书·欧阳纥传》载："天嘉中，除黄门侍郎、员外散骑常侍，累迁安远将军。"
天嘉二年	561年	5岁	居广州，始习字。	嘉庆《欧阳氏家谱》云："五岁始知书。"
天嘉三年	562年	6岁	初临智永《千字文》。	乾隆《欧阳氏家乘》称："六龄甚爱智禅师千文。"
天嘉四年	563年	7岁	素冠斩衰服丧，奉祖父欧阳頠灵榇归故里。	该年正月，会陈宝应纳叛将周迪，欧阳纥代父领兵讨之。二月，欧阳頠进号征南大将军，数月后欧阳頠卒。《陈书·世祖纪》载："秋九月壬戌，开府仪同三司、广州刺史欧阳頠薨。"

续表

朝代纪年	公元纪年	年龄	时事与作品	考据
天嘉五年	564年	8岁	居潭州临湘石渚山故里守孝。	《通典·礼四十八》载:“是以孙及曾、玄其为后者,皆服三年,受重故也。”又古人所谓守孝三年,实为二十七个月。
天嘉六年	565年	9岁	守制礼成,随父母至广州。	《陈书·欧阳纥传》载:“袭封阳山郡公,都督交、广等十九州诸军事、广州刺史。”按欧阳纥袭爵位当是守孝期满方才上任。
天康元年	566年	10岁	居广州刺史府。	欧阳询尚在求学期间。其年,陈文帝崩,太子陈伯宗嗣位。
光大二年	568年	12岁	居广州求学期间。家难开始萌发,起因系朝廷陈顼专权篡位,太子陈伯宗诏欧阳纥起兵勤王。	《陈书·废帝纪》载:“又别敕欧阳纥等攻逼衡州,岭表纷纭。”
太建二年	570年	14岁	始成孤儿,为江总所收养。其父举兵勤王不成,反而兵败,被陈顼所杀。	《陈书·欧阳纥传》载:“屡战兵败,执送京师,伏诛,时年三十三。家口籍没,子询以年幼免。”
太建三年	571年	15岁	受业于江总,江总教以书传。	《长郡欧阳氏谱》云:“(江)总教以书记,每读辄数行目尽,遂博贯经史。”
太建五年	573年	17岁	临王羲之帖。	乾隆《欧阳氏家乘》云:“年十七,每临池,尤喜右军。”
太建八年	576年	20岁	书《年廿帖》。	按宋代潘驸马师旦《绛帖》所录,当为是年所书。
太建九年	577年	21岁	此后几年,常与友人游于江西鄱阳。	据《临川帖》所称:“年二十余,至鄱阳,地沃土平,饮食丰贱,众士往往凑聚”,当指二十岁以后几年之行。

续表

朝代纪年	公元纪年	年龄	时事与作品	考　据
太建十四年	582 年	26 岁	陈顼崩，后主嗣位，大赦天下。欧阳询入陈朝，辟为司空东阁祭酒。	嘉庆《欧阳氏家谱》载："后主嗣位，江总备位朝列，询公应召，辟为司空东阁祭酒。"又《陈书·后主纪》载，太建十四年，后主嗣位后，诏曰："应内外众官九品已上，可各荐一人，以会汇征之旨。"
祯明元年	587 年	31 岁	迁五礼学士。	嘉庆《欧阳氏家谱》载："祯明改元，迁五礼学士。"《长郡欧阳氏谱》亦载："陈辟为司空东阁祭酒，五礼学士。"
（隋）开皇九年	589 年	33 岁	陈朝覆亡，欧阳询入隋，官太常博士。	《旧唐书·欧阳询传》载："仕隋为太常博士。"又《长郡欧阳氏谱》云："陈崩入隋，为太常博士。"按开皇九年正月，隋军攻破建邺，陈后主被俘，三月押送长安，陈朝旧僚授官当在该年。
开皇十四年	594 年	38 岁	江总卒，欧阳询为报养育之恩赴丧。	乾隆《欧阳氏家乘》云："会江总薨，询公素缟衔悲，行孤哀子礼。"
仁寿二年	602 年	46 岁	服文献独孤皇后之丧礼。	《隋书·高祖纪》载，仁寿二年"八月己巳，皇后独孤氏崩。"又《通典·礼四十》载："皇太后崩仪，自复魂敛葬，百官哭临。"据此礼制，欧阳询必定会参与。
仁寿四年	604 年	48 岁	服隋文帝丧礼。	《隋书·高祖纪》载，仁寿四年七月"丁未，崩于大宝殿，时年六十四。"《通典·礼四十一》云："礼，臣为君服，皆斩缞。"欧阳询为太常博士，官七品，自然不能例外。

续表

朝代纪年	公元纪年	年龄	时事与作品	考　据
大业元年	605 年	49 岁	书《周罗睺墓志》。	按《宝刻类编》卷一所记，该墓志为欧阳询书，系“徐敞撰，大业元年四月立。”又《隋书·周罗睺传》载：“炀帝即位，授右武侯大将军……卒于师，时年六十四。”
(同年)			奉诏协助杨素修《魏书》。	据《隋书·潘徽传》载：“炀帝嗣位，诏（潘）徽与著作佐郎陆从典，太常博士褚亮、欧阳询等助越公杨素撰《魏书》。”
大业二年	606 年	50 岁	《魏书》未修成，因杨素死而中断。	《隋书·炀帝纪》载：“（大业二年秋七月）乙亥，上柱国、司徒、楚国公杨素薨。”又《隋书·潘徽传》载：“撰《魏书》，会（杨）素薨而止。”
大业七年	611 年	55 岁	书《左屯卫大将军左光禄大夫姚恭公墓志铭》。	该墓志文中云：“大业七年三月遘疾，十九日薨于京兆郡，春秋六十有六”即知其岁。又《宝刻类编》卷一记为欧阳询书“虞世基撰，大业七年十月立。”
大业八年	612 年	56 岁	书《隋尚书左仆射元寿碑》。	《宝刻类编》卷一记录为欧阳询书，“虞世基撰，大业八年正月。”又《隋书·炀帝纪》载：“八年春正月……甲辰，内史令元寿卒。”
(同年) 三月			书《兵部尚书段文振碑》。	《宝刻类编》卷一载为潘徽撰，欧阳询八分书“大业八年立”。又《隋书·炀帝纪》载：“（大业八年）三月辛卯，兵部尚书、左侯卫大将军段文振卒。”

续表

朝代纪年	公元纪年	年龄	时事与作品	考据
大业九年	613年	57岁	撰并书《江夏县缘果道场砖塔下舍利记》。	按该碑刻拓片印本前有张问陶题记云："此《缘果道场砖塔下舍利记》，文与书皆出自率更手"即知。又碑记云："以今大隋大业九年昭阳之岁，江夏县缘果乡长刘大懿等，遵敕旨共三乡仕民奉诸佛齐与道场七层砖塔一所。"则指明是年。
大业十三年	617年	61岁	撰并书《西林寺碑》。	该文载于《全唐文》卷一四六，文中云："大业七年，达公寂灭，次有东林道生法师，树明因于往劫"云云，当是七年之后。又《集古录》卷五云，庐山西林道场碑载："隋常更名佛寺为道场，此碑大业十三年建也。"
（唐） 武德元年	618年	62岁	撰并书《楚哀王稚诠碑》。	按《新唐书·高祖诸子传》载："楚哀王智云，初名稚诠……武德元年，追王及谥。"当是此时撰书。又《宝刻类编》卷一云，此碑系欧阳询"撰并分书"。
武德二年	619年	63岁	撰并书《女子苏玉华墓志铭》。	据该墓志所载："以大唐武德二年五月九日，终于居德里之第"，即知。又该文载于《唐文拾遗》卷十四，定为欧阳询作品。有近代人萧沈引《资治通鉴》云：欧阳询其时还在窦建德的夏王朝任太常卿，便认为该墓志为托名伪作。今按《通鉴》所载无根据，假设欧阳询这年不在唐朝，若要等到武德四年窦建德败亡才归唐的话，欧阳询怎么写《楚哀王稚诠碑》，又怎么书"开元通宝"？《通鉴》又在武德四年记录欧阳询书制"开元通宝"，与此前后矛盾，不可信。

续表

朝代纪年	公元纪年	年龄	时事与作品	考　据
武德三年	620 年	64 岁	书《黄叶和尚墓志》。	以墓志中所云："武德三年秋九月四日，葬于万年县"，即知其时。碑志题下有"守黄门侍郎许敬宗制，弘文馆学士欧阳询书"。萧沈认为许敬宗其时尚未官黄门侍郎，因而质疑该墓志的真伪。其实，这并非原刻，而是后来摹刻者为区分作者添加上去的称谓，无需怀疑。
武德四年	621 年	65 岁	撰并书《司空窦抗墓志》。	按《旧唐书·窦抗传》载："武德四年，因侍宴暴卒，赠司空，谥曰密"，即知墓志作于是年。而《宝刻类编》卷一记为"武德五年十月立"，有误。窦抗四年死，难道要待到五年十月才下葬么？此说难以服人。又《金石录》卷二十三云："右唐窦抗墓志，欧阳询撰并书。"
（同年）七月			书写新铸钱币"开元通宝"四字。	按《太平广记·书第三十二》载："今'开元通宝'钱，武德四年铸，其文乃欧阳率更书也。"又《旧唐书·食货志》载："武德四年七月，废五铢钱，行'开元通宝'钱……给事中欧阳询制词及书。"
武德五年	622 年	66 岁	主修《艺文类聚》。同时参与修《陈书》。	据《旧唐书·令狐德棻传》载："五年，迁秘书丞，与侍中陈叔达等受诏撰《艺文类聚》"，即知始编之时。按《新唐书·令狐德棻传》载："秘书监窦琎、给事中欧阳询、文学姚思廉主《陈》"，即知。

续表

朝代纪年	公元纪年	年龄	时事与作品	考　据
武德六年	623年	67岁	专修《艺文类聚》。	本项编纂起自武德五年，成书到了武德七年，其中武德六年当是致力于兹。其时，裴矩、陈叔达等另有主修史书之职责。《新唐书·令狐德棻传》载："太子詹事裴矩、吏部郎中祖孝孙、秘书丞魏征主《齐》……侍中陈叔达、太史令庾俭及德棻主《周》。"故而《艺文类聚》由欧阳询专修，书成署名即是。
武德七年	624年	68岁	编纂《艺文类聚》成书一百卷，并为之撰写序言。	按《旧唐书·欧阳询传》载："武德七年，诏与裴矩、陈叔达撰《艺文类聚》，一百卷，奏之。"又《唐会要》卷三十六云："武德七年九月十七日，给事中欧阳询奉敕撰《艺文类聚》成，上之。"此处《旧唐书》所言裴、陈二人应为最初的参与。成书上奏系欧阳询所为，《唐会要》为是。
武德八年	625年	69岁	撰书《大唐宗圣观记》。	按该碑帖印本落款处称："武德九年二月十五日建。"撰写其文当在武德八年，如此撰书与勒石，决不是朝夕之功可以立就。又该文载于《全唐文》卷一四六。
武德九年	626年	70岁	《大唐宗圣观记》碑刻已立，又上呈《帝德论》。	据《册府元龟》卷三十七《帝王部·颂德》载"九年四月，给事中欧阳询奏上《帝德论》，帝览之称善"，即知是年所撰。惜至今未见到该文。
贞观元年	627年	71岁	兼弘文馆学士，常入内殿，与太宗讲授经义。	据《唐会要》卷六十四载："太宗初即位……精选天下贤良文学之士，虞世南、褚亮、姚思廉、欧阳询、蔡允恭、萧德言等，以本官兼学士，令更宿直，听朝之隙，引入内殿，讲论文义。"

续表

朝代纪年	公元纪年	年龄	时事与作品	考　据
贞观元年	627年	71岁	于弘文馆同时教习五品以上士子之书法。	又《唐会要》卷六十四云："贞观元年，敕见在京官文武职事五品以上子，有性爱学书及有书性者，听于馆内学书。其书法内出，其年有二十四人入馆，敕虞世南、欧阳询教示楷法。"
贞观二年	628年	72岁	楷书《兰亭记》。	按该帖印本文后有款云："渤海欧阳询书，贞观二年二月初二日"即知。
贞观三年	629年	73岁	书《骨利献马赞》。	以《宝刻类编》卷一所记，为贞观三年书。
贞观四年	630年	74岁	奉书《司空杜如晦碑》。	按《旧唐书·杜如晦传》载："（贞观）四年，疾笃，令皇太子就第临问，上亲幸其宅，抚之流涕……寻薨，年四十六。"又《宝刻类编》卷一云："《司空杜如晦碑》，虞世南撰，（欧阳询）八分书，贞观四年立。"
贞观五年	631年	75岁	奉书《徐州都督房彦谦碑》。	该碑为隶书，落款处隐约可见"安平男李百药撰"，"渤海男欧阳询书于贞观五年三月二日"云云。 又《宝刻类编》卷一载为"贞观五年二月二日"。有"三月"与"二月"之误。
（同年）七月			书写《唐故银青光禄大夫凉州刺史定远县开国子郭公墓志铭》。	按本墓志石刻拓片印本为八分书，题下云："率更令欧阳询书。"文中又曰："以贞观五年六月廿有七日，终于修德里第，春秋五十有九。"即知书撰年月。
（同年）十一月			正书《化度寺故僧邕禅师舍利塔铭》。	今见该碑铭印本，前题下有"右庶子李百药撰，率更令欧阳询书"。文中又曰："以贞观五年十一月十六日，终于化度寺，春秋八十有九。"

续表

朝代纪年	公元纪年	年龄	时事与作品	考　据
贞观六年	632 年	76 岁	奉书《九成宫醴泉铭》。	该碑铭首句即:“维贞观六年孟夏之月。”落款处云:“兼太子率更令渤海男，臣欧阳询奉敕书。”
(同年)四月			书录《黄帝阴符经》。	该帖落款处曰:“贞观六年四月廿七日，率更令欧阳询书。”按萧沈引宋代岳珂《宝真斋法书赞》云:“欧阳询《阴符经》帖，楷书二十七行……贞观十一年丁酉岁九月□□，书与善奴”之说，应为彼帖与上述《黄帝阴符经》并非同一书帖。
(同年)五月			造访寺庙，见僧师所藏前朝书法珍品，为之题跋，即所书《兰惹帖》。	该帖载于《淳化阁帖》卷四，又见于《全唐文》卷一四六。文中首句道出年月云:“贞观六年仲夏中旬，初偶诣兰惹。”
(同年)七月			撰书《传授诀》。	据《全唐文》卷一四六所录该文，又据《墨池编》卷一亦录，结尾处有“贞观六年七月十二日，询书付善奴”，即知其时。
贞观七年	633 年	77 岁	书《周大宗伯唐瑾碑》。	按唐瑾本为北周时期人，曾官纳言、内史中大夫，卒于位。此碑系唐瑾之孙唐皎所补刻。据《金石录》卷二十三云:“贞观中，其孙皎所立。”唐皎于贞观七年官吏部侍郎，当是该年所追建。又《宝刻类编》卷一记为欧阳询书“于志宁撰，贞观中立”。
贞观八年	634 年	78 岁	书写《丹州刺史肃恭公张崇碑》。	据《宝刻类编》卷一录为欧阳询书，云“贞观八年十一月立”。

续表

朝代纪年	公元纪年	年龄	时事与作品	考　据
贞观九年	635年	79岁	书《般若波罗蜜多心经》。	该帖之后有款云："贞观九年十月旦日，率更令欧阳询书于白鹿寺。"
贞观十年	636年	80岁	长孙皇后崩，欧阳询参与吊唁，为许敬宗所嘲笑。	《新唐书·太宗纪》载贞观十年六月"己卯，皇后崩。"又《新唐书·奸臣传》载："文德皇后丧，群臣衰服，率更令欧阳询貌丑异，（许）敬宗侮笑自如，贬洪州司马。"
（同年）十一月			奉书唐太宗所撰《昭陵刻石文》。	按《金石录》卷二十三云："右唐《昭陵刻石文》，太宗为文德皇后立，欧阳询书其文。"又《新唐书·太宗纪》载："（贞观十年）十一月庚寅，葬文德皇后于昭陵。"
贞观十一年	637年	81岁	奉书《赠高颎礼部尚书诏批答》。	据《宝刻类编》卷一所录欧阳询书法作品称该文云："贞观十一年二月诏，无（书人）姓名，十二月二十八日批诏，乃询书。" 又《金石录》卷二十三云："右唐《赠高颎诏书》，贞观十一年改葬有诏：赠礼部尚书。"
（同年）十月			撰书《大唐故特进尚书右仆射上柱国虞恭公温公墓志》。	按《新唐书·温彦博传》载："（贞观）十年，迁尚书右仆射，明年卒，年六十三"，即在贞观十一年。
			同时书写《右仆射温彦博碑》。	《宝刻类编》卷一记该碑为欧阳询书，"岑文本撰，贞观十一年立"。
贞观十二年	638年	82岁	抄写旧作《道失》诗。	诗后落款为"贞观十二年六月二日"。按《道失》诗所言陈后主之事，应在陈亡入隋之际所咏，此系翻阅旧稿，重抄时所记日期。

续表

朝代纪年	公元纪年	年龄	时事与作品	考　据
贞观十五年	641 年	85 岁	楷书《千字文》。	该帖印行本前有“太子率更令欧阳询书”，后有落款“大唐贞观十五年，岁在辛丑，三月廿日，附子隐之明奴、通之善奴”之语，即知其年。
（同年）			欧阳询卒。	据《欧阳氏续修族谱》载：“赠越州都督，卒，年八十五，敕葬长沙之临湘乡书堂南山。”又《书断》卷中云：“以贞观十五年卒，年八十五。”

图书在版编目(CIP)数据

欧阳询诗文笺注/袁慧光笺注.—长沙:岳麓书社,2014.11
(2024.9 重印)
ISBN 978—7—5538—0296—1

Ⅰ.①欧... Ⅱ.①袁... Ⅲ.①古典诗歌—诗集—中国—唐代②古典散文—散文集—中国—唐代 Ⅳ.①I214.22

中国版本图书馆 CIP 数据核字(2014)第 228082 号

OU YANG XUN SHI WEN JIAN ZHU

欧阳询诗文笺注

笺　　注　袁慧光
责任编辑　刘　文
责任校对　舒　舍
封面设计　罗志义

岳麓书社出版发行
地址:湖南省长沙市爱民路 47 号
电话:0731—88804152　88885616
邮编:410006
网址:www.yueluhistory.com

2014 年 11 月第 1 版　　2024 年 9 月第 2 次印刷
开本:710×1000　1/16
印张:15.75
字数:200 千字
印数:1—6 000
ISBN 978—7—5538—0296—1/I · 1180
定价:78.00 元

承印:唐山楠萍印务有限公司

如有印装质量问题,请与本社印务部联系
电话:0731—88884129